三國小札

劉逸生

目錄

關於《三國小札》

以刻苦自學終成大器的逸堂老人，窮其一生，致力於中國古典文學的普及。在寫出蜚聲國內的《唐詩小札》之後，陸續寫了《宋詞小札》《三國小札》，主編了《中國歷代詩人選集》《中國古典小說漫話叢書》兩套共數十種，晚年還寫了文史小品數百篇，在刊諸報章之外，並編輯出版了《史林小札》《藝林小札》《事林小札》等，在普及中國傳統文化知識方面，堪稱貢獻良多。

逸堂老人的自學，隨興趣所至，在少年時代除了古典詩歌之外，就是古典小說。他說考進香港《星島日報》當校對，第一次發薪水，全部拿來買了一部《反三國志》。那時他雖然依舊貧困，但早已步入成熟之年了，對三國卻仍舊如此癡迷！他少年時代內心的飢渴，更可以想見。其中《三國演義》（全稱《三國志通俗演義》）自然屬於老人極為喜愛的一種。讀書人大約都如此，對一部書，或一個作者，或一個問題發生了強烈興趣，在以後的閱讀中，乃至生活中、工作中，遇上有某種連帶關係的觸發點，就會一下被觸發、點燃，尋味一番之後，會把素材和思考所得儲存起來，或以記錄的方式，或以記憶的方式。逸堂老人則更喜歡以剪報的方式，這大抵由於他的職業方便吧！他保存着許多剪報，有些就直接夾在有關的書頁間。時間一長，這些相關資料會積累得很多，而對一個聰明人，它可以使他成為「問題專家」，或者換句話說，它可以使他在「這個問題」上，成為一個知識淵博的人。逸堂老人對《三國演義》的知識造詣到底有多深？不好說。但他確是一個「三國迷」則不假。因此，到「文革」結束以後，應復辦的《羊城晚報》之約，他就開了一個專欄叫「漫話三國」。根據晚報讀者對象的要求，仍以知識性、趣味性為取向。專欄頗受歡迎，其後結集。老人為初版所作「內容提要」說：

本書以「漫話」的形式，不拘一格地談論三國人物和故事……它傳播歷史知識，但又非史料的羅列，而充滿了軼聞趣事；它進行藝術分析，但又非理論的說教，而從比較中給人啟發；它也有史實的核查，但並非繁瑣的考證，而言簡意賅；它還有人物的評價，卻不是長篇大論，而言之有據。本書各篇文字，都是圍繞小說《三國演義》為中心來展開的，但不局限於此，而是牽針引綫，將三國故事有關的民間傳說，以及正史、野史的有關記載，施以取捨，分置輕重，搜羅編織而成……

它概括了《三國小札》普及性的特點和作者為文的用心。但是，在翻閱這些趣味盎然的篇章時，如果對《三國志》或者《三國演義》下過功夫的讀者，並不難感受到老人修養的深淺。也和《唐詩小札》《宋詞小札》一樣，他其實是運用深入淺出的筆致，看似閒來幾句，卻是舉重若輕，在不經意中啟導讀者，通過有趣的話題激發他們去想像、探究和思考。這正是一本好的普及讀物所具有的魔力，與大學講義那般嚴肅、學究的面孔完全不同。

在讀《三國小札》時，我們不難從字裏行間發現逸堂老人不時流露出來的童心——那是一個充滿着求知欲望的、對書的海洋充滿着好奇心的自學少年的心。且看這些篇章題目：

關羽大戰若干回合……另一個「巧使連環計」……不問年齡的「桃園結義」……來歷不清的關羽……奇怪的「過五關」……關羽之敗，誰應負責？……何來的「五虎將」？……劉後主懷疑過孔明嗎？……諸葛亮為什麼要痛罵王朗？……木牛流馬不是獨輪車……魏延是降將嗎？……曹操的「七十二疑冢」……刮骨與開顱……左慈的魔術……魯肅的真正面目……民間創造的「赤壁之戰」……華容道的面貌……草船借箭的來歷……

從這些吉光片羽之中，我們彷彿可以看到逸堂老人從少年到中年，再到老年，一生閱讀、探究「三國故事」的濃厚興趣和不減熱情。《三國演義》對於廣大讀者的魅力，從近年易中天《品三國》，結合三國的歷史開講《三國演義》而聲名鵲起，又得一證。我想指出，此類普及性的漫談的方式，在二十世紀八十年代初，逸堂老人的《三國小札》中，就已經有過成功的嘗試了。

劉斯翰

二〇〇七年五月三日於童軒

「真三國」和「假三國」（代序）

三國故事的複雜性

在五千年炎黃歷史上，英雄豪傑、風流人物，可謂項背相望，數不勝數。太遠古的不計，單說「一部二十四史」，其中人物的傑出、事件的離奇，就已使人眼花繚亂，真有「不知從何說起」之嘆。但是，也奇怪，從學者、詩人，到工農商政，若問起他最熟悉的歷史人物和事跡時，絕大多數都會回答——「三國」。

三國在幾千年中國有文字可記的歷史長河中，不過佔了區區的九十多年（自黃巾起義至吳孫皓滅亡為止），是很短暫的一段。為什麼諸色人等對這段歷史竟是如此熟悉，又如此感興趣呢？

這當然得歸功於宋元以來的小說家、戲劇家和說書藝人，若不是他們孜孜不倦、歷久不衰地大力宣揚，三國故事和人物是無法深入民間，貫通上下，直到如此普及的程度的。

然而，普及是一回事，求真求實又是另一回事。三國這段歷史固然是普及了，但一般人所接受的，果真是「真人真事」嗎？其中有多少是真，又有多少是假；有多少是半真半假，又有多少事情是純屬「子虛烏有」？這個問題實在複雜。

誰都知道三國故事之深入人心，最起作用的是《三國演義》。而在此書之前，既已出現元人的雜劇，又已出現元人刊印的《三國志平話》，然後由羅貫中去粗取精，補充修改，成為《三國志通俗演義》。此書在明代盛行近三百年，到清代初年，再由毛宗崗刻意加工，才成為由清代到現在廣為流行的《三國演義》（毛氏把羅貫中的古本稱為「俗本」，那是帶有自我標榜性質，且不說它）。但不論羅氏的還是毛氏的，演義畢竟是演義，既有作者自己的寫作目的，又有自己的個人愛憎，也有相沿的世俗見解，還有少不了的藝術加工。這樣一來，人物面貌不同了，故事情節也改變了。於是就出現了所謂「真假三國」的問題。

真三國和假三國之混淆

本來既是小說，便無所謂真假。誰去追究《西遊記》的孫大聖故事是真有假有？但《三國演義》卻是例外。因為它是屬於「演史」，其中很多情節都是史實，人物絕大多數都是實有。正如史學家章學誠說：此書「七分實事，三分虛構」。然而，哪些是實事，哪些是虛構，卻又混淆不清。於是許多假的情節，甚至人物，往往使人誤認為實有其事。不特沒有去讀史書的一般老百姓是如此，便是能文善詩的知識分子，有時也以假為真，把它當做史實來吟詠。

袁枚《隨園詩話》卷五云：

崔念陵進士詩才極佳。惜有五古一篇，責關公華容道上放曹操一事。此小說演義語也，何可入詩？何屺瞻作札，有「生瑜生亮」之語，被毛西河誚其無稽，終身慚悔。某孝廉作關廟對聯，竟有用「秉燭達旦」者，俚俗乃爾，人可不學耶？

王應奎《柳南續筆》云：

「既生瑜，何生亮」二語，出《三國演義》，實正史所無也。而王阮亭《古詩選凡例》，尤悔庵《滄浪亭詩序》，並襲用之。以二公之博雅，且猶不免此誤；今之臨文者可不慎歟！

翟顥《通俗編》卷三十七又云：

《後漢書．郡國志》：「漢壽城，屬荊州武陵郡。」《三國志．關羽傳》：「解白馬之圍，曹公即表封為漢壽亭侯。」《梅花渡異林》:「史稱費禕屯漢壽,遇害。唐詩亦曰:漢壽城邊春草生。是漢壽者,封邑,亭侯,其爵也。」《明會典》只稱關壯繆為壽亭侯,去漢字,而以「壽亭」為封邑,誤矣。

可見自從《三國演義》出現以後,既讀正史也讀演義的讀書人,便把「真假三國」攪成一團。這種風氣以晚明尤甚。晚明許多讀書人都喜歡讀小說,袁中郎、李卓吾、金聖嘆就是代表人物,他們推崇《水滸》《三國》,認為可與《離騷》《莊子》《史記》媲美,一時文壇風氣為之轉移。詩文中混入《三國演義》情節,也無人引以為怪,清初多少還保留這種習氣。但是清代是復古風氣很濃的朝代。梁啟超曾說:「清人嗜古如狂。」對於元明小說,排斥甚嚴,不但詩文中混入《演義》的話受到指責,便是朋友來往書信中、廟宇對聯中偶然涉及,也被認為是「不學無術」,梁章鉅的《楹聯叢話》,一再指摘關帝廟的對聯「習用《三國演義》語,殊不雅馴」,就是一例。所以關於「真假三國」在清代竟變成了尖銳的問題。雍正年間,有個姓札的滿洲官員,在奏疏中用了孔明揮淚斬馬謖的話,雍正皇帝怒他不應當以小說中語入奏(按,《三國志》只說「謖下獄物故」,是死在獄中),責打四十棍,枷號示眾。皇帝既然「真假分明」,臣下自然信奉唯謹。難怪陸繼輅說:「余深惡演義《三國志》,子弟慎不可讀。」簡直把《三國演義》視為禁書了。

《三國演義》不應受詩人歧視

其實這種風氣，是貴古賤今的心理作怪。用小說、神話作為典故入詩，早就古已有之。例如「精衛銜石」「夸父逐日」「嫦娥奔月」「刑天舞干戚」等等，何嘗不是從小說、神話中來；詩人慣用的西王母、王子喬、萼綠華、董雙成等仙人故事，無一不是出於小說；甚至唐人的小說，如裴航、柳毅、聶隱娘、紅綫、崑崙奴和李靖行雨之類，都非史實，而詩人運用，盈篇累牘，何嘗有人指摘。便是歷史人物，也一向有真假之分。在漢代，東方朔實有其人，卻加上是歲星下凡的神話；漢武帝求仙毫無結果，而傳說他會見了西王母；更有楊貴妃成仙，臨邛道士找到她的故事，白居易寫入《長恨歌》中，千古流傳，膾炙人口。這些小說家言，從不受人指摘，為什麼一用《三國演義》就要被人譏諷呢？

我倒以為，按照詩人的一向習慣，把宋元以來的演義、小說作為典故入詩，乃是增添詩家材料的好辦法。打破不合情理的禁錮，如今是時候了。

當然，即使如此，「真假三國」的問題依然是存在的。歷史上，鞭督郵的仍然是劉備；斬華雄的仍舊是孫堅；關雲長並沒有在華容道上放走曹操；周瑜毫不小氣，也不是給人氣死；魯肅為人更不是那麼糊裏糊塗；至於潘璋之死不是由於關公顯聖；呂蒙更非關公索命而亡；「七擒孟獲」中許多神怪表演，全是空中樓閣。這些都可一望而知。可是，也有並非可以一望而知的。比方說，關雲長保護嫂嫂，秉燭達旦，有無其事呢？過五關，斬六將，有無其事呢？「三英戰呂布」，有無其事呢？孔明火燒葫蘆谷，有無其事呢？周瑜死時嘆一聲「既生瑜，何生亮」，有無其事呢？徐庶在赤壁之戰中出現，有無其事呢？龐統提出連環船的主張，有無其事呢？徐母擲硯打曹操，有無其事呢？夏侯霸做了姜維的助手，終被亂箭射死，有無其事呢……太多了，都不是可以一望而知的，又怎能怪「揮淚斬馬謖」被人認作是歷史事實！

《三國志》同樣也有假

話又說回來，那些所謂「正史」，難道就都完全忠於事實，並無隱匿，並無虛構？就拿陳壽的《三國志》來說，不少史學家稱之為「良史」，果真是良史嗎？別的不說，請看他寫的《華歆傳》。

陳壽記載華歆的行事可謂詳細了。說他平日「議論持平，終不毀傷人」。好一個謙謙君子。又說他出任豫章太守時，「為政清靜不煩，吏民感而愛之」。又說他官居司徒時，把俸祿分賜親戚故人，自己卻安於貧素。更說他舉薦老友管寧，後來還「稱病乞退，讓位於寧」，因曹丕不許而罷……人們看了《三國志》，真以為此人好得不得了。

單有一件事《三國志》隻字不載，那是在曹操殺伏皇后時，華歆做他第一個幫兇的事。

《後漢書．伏皇后傳》載：「（操）又以尚書令華歆為郗慮副，勒兵入宮收后。（后）閉戶藏壁中，歆就牽后出。時帝在外殿，引（郗）慮於坐。后披髮、徒跣、行泣過，訣曰：『不能複相活耶？』帝曰：『我亦不知命在何時。』顧謂慮曰：『郗公，天下寧有是耶？』遂將后下暴室，以幽崩。」（此係據《曹瞞傳》，但略有出入。）

殺伏皇后，又殺伏后所生二子，又殺伏氏宗族百餘人，這是震動全國的大事。劉備此時正在成都，聞訊之後，即為伏皇后發喪。可見華歆此舉之傷天害理。可就是這件大事，《華歆傳》中隻字不載，好像完全不關華歆的事；就連《武帝紀》，雖寫了伏皇后「被廢黜死」，依然不着華歆一字。這能說陳壽是「良史」，《三國志》的記載都可靠嗎？

《晉書．陳壽傳》揭發陳壽說：「丁儀、丁廙有盛名於魏，（陳）壽謂其子曰：『可覓千斛米見與，當為尊公作佳傳。』丁不與之，竟不為立傳。」《晉書》又指出，陳壽的父親因罪被諸葛亮加刑，於是陳壽就詆譭諸葛亮，說他「應變將略非其所長」。又因諸葛瞻以事處分過陳壽，陳壽便在書中譏諷諸葛瞻，說他只懂寫字，名過其實，鄧艾入蜀時，他徘徊不決。就是這樣一個人寫的《三國志》，卻列入正史，被稱為記載翔實，豈不大為可笑！我們常說小說家善於作假，其實那些所謂史家，如陳壽之流，難道就不作假？如果《三國志》少了裴松之所添的許多注解，真不知是第幾流的穢史哩！

真真假假，也不是可以「一刀切」的。誰以為陳壽的《三國志》都真，準定會大上其當。

《三國演義》有其真實性

小說是一種藝術創作，當然不同於史書，但又何嘗沒有它真的一面。拿《水滸傳》來說，除了《宋史》記載的幾十個字，其他情節可以說都是假的；可是，它不是很典型地描繪出北宋末年的社會面貌嗎！大官僚的作威作福，殘害忠良；衙內們的荒淫無恥，強橫不法；文官欺壓武官，鄉紳欺凌百姓，乃至小小的解差都可以隨便處死囚犯，等等，難道不是實實在在反映了當時的現實，比乾巴巴的《宋史》顯得血肉充盈，鮮明有力？說到《三國演義》那「三分虛構」的部分，也一樣有它真實的一面。曹操這個人物，便是集中了歷史上奸險狡詐而又有相當才能的統治者的本質而創造出來的典型，可說是非常之真。孔明的智慧，雖然帶上理想的色彩，也是集中了的典型。此外如關羽的義氣，張飛的粗豪，周瑜的褊狹，魯肅的持重，乃至呂布的反覆無常，董卓的殘暴，陳宮的耿直，蔣幹的酸腐可笑……都個個有其作為代表的意義，都應該說是真實的，只不過這些形象都帶有集中性，和歷史上的原型不完全相同罷了。

再說歷史事件吧，難道只有史書上寫的才是真，小說寫的就是假？我們可以舉「赤壁之戰」來做例子。《三國志》寫此戰經過，簡略得很，其中許多細節沒有交待清楚，還加上失敗者和史官們的掩飾和歪曲（例如曹操說：「赤壁之役，值有疾病，孤燒船自退，橫使周瑜虛獲此名。」），你能說史書上的記載便百分之百真實？試看《三國演義》描寫赤壁之戰，從曹操發出威脅信開始，便寫孫權的疑慮，文臣如張昭等紛紛主張投降，武將如程普等憤慨主戰，以及周瑜的堅決鎮定，魯肅的力主聯盟，孔明駁倒投降派，孫權才下了決心，凡此種種不同反應，豈不是十分真實地寫出應有的現實？隨着孔明過江協助，孫劉鞏固聯盟，曹軍先鋒受挫，退守江北；僵持一陣，然後又是蔣幹過江遊說，周瑜將計就計，再又是黃蓋用苦肉計，闞澤獻詐降書，龐統授連環船之策；而曹操方面，志得意滿，臨江賦詩，還殺了人。一方面是用盡智謀，力抗強敵，一方面是驕傲自大，喪失警惕。於是諸葛孔明借來一場東風，周瑜放出一把大火，曹操便兵敗如山倒了。

你說，有些細節並非如此。有些人物並未在場，這當然是對的；但是從整個戰爭來看，豈不分明寫出了「驕兵必敗，哀兵必勝」的道理嗎？它又是何等的真實啊！

由此可知，即使是被封為「正史」的史籍，也是真中有不少假；而被貶為稗官的小說，在假中也有許多的真。要這樣去讀這些書，才不至於在真假之中感到茫然失措。

經濟界研究《三國演義》之熱潮

近年，國內外還出現了些新事，日本的實業家中的有識之士，興起了一股研究《三國演義》之風。他們研究《三國演義》卻不是為了欣賞它的藝術技巧，或動人的故事，而是從中學習「商戰之道」。他們認為，《三國演義》一書，集中許多智慧，本來就像一部「錦囊大全」，其中許多事件的敘述，都可以在工商業的經營管理中加以靈活地運用。如各種人才的發掘、搜羅、培養、使用，各種信息、情報的收集、處理、分析、利用；在市場競爭中，面對強大對手，如何進行掩護、埋伏、突擊、制勝；在形勢突變時，如何巧妙地應急處理；在企業管理上，如何保持旺盛士氣，如何嚴肅紀律；在使用員工中，如何發揮其長，避免其短，如此等等，《三國演義》都有大量值得借鑒，大有啟發作用的例子。因而他們正以高度的興趣，鑽研此書，正如他們努力研究《孫子兵法》，以求在商戰中爭取優勢一樣。據報道，已發表的專著有城野宏的《三國的人際關係學》、狩野直禎的《三國的智慧》等。日本經濟月刊《願望》還編了《三國——商業學的寶庫》專輯。專家們撰文說：《三國演義》對如何分析形勢，調動有利因素，戰勝對手，壯大自己，有許多好辦法，很值得研究和應用。一位教授指出：松下幸之助就是因為善於運用諸葛亮的謀略，而使松下電器公司成為世界大企業。諸葛亮的智謀，已給日本企業提供了生動的經營教材。社會工業研究所所長牛尾治朗說：無論在國際或國內，日本企業要增強競爭能力，就得學習和應用《三國演義》。

在中國，廣東省歷史研究會也有人寫出了《三國演義與現代企業經營》的專文，目的如出一轍。在「真三國」與「假三國」之間，《三國演義》比之《三國志》更有實用價值，其所起的作用，已大大超出文藝範疇之外，更不須說清兵入關前滿洲將軍把此書視為兵書戰策，李自成、洪秀全等首領以之作為軍中錦囊了。

由此看來，三國人物和事跡之真真假假，假假真真，確乎是可以探討的，而且探討起來又是相當有趣的。有心人士確乎可以花一番力量，着意深入研究，寫成一本皇皇巨著，那價值是不在《三國人物論》或《三國史話》之下的。

現在回到本書來。筆者雖然揭出「真假三國」的問題，說得那麼鄭重，但本書卻只是隨隨便便地聊聊這個問題，並非什麼巨著鴻篇。不過，也不敢說它就一無可觀。過分謙虛，容易引起誤會。不如請看下面的吧。

略說羅貫中

羅貫中是個大家都知道的著名小說家。他生活在元末明初之際，傳說是《水滸傳》作者施耐庵的學生。《水滸傳》也是經過他編定的。他的著作有《隋唐志傳》《三遂平妖傳》《殘唐五代史演傳》和《三國志通俗演義》，而以後者最為著名。他又是個戲劇家，寫過雜劇《宋太祖龍虎風雲會》，可知羅貫中對於小說、戲劇都是頗有研究，也能創作的。

羅貫中不像一般的民間藝人。一般民間藝人，大抵通曉民間故事傳說的多，能讀歷史書籍的少。羅貫中卻不然，他既熟悉民間，又知史傳，是個博覽群書，通古知今的人物。所以他的《三國志通俗演義》獨樹一幟，不同凡響，數百年來一直為廣大讀者所喜愛。

首先是，他把當時在民間流傳的三國故事（包括說書人口述的，舞台上表演的，以及刊印成書的）儘可能收集起來，然後分別情況，酌量去取。凡是他認為可以吸收的，便吸收過來；只能取其一枝一節的，便取其一枝一節；凡是他認為不合情理、過於荒誕的，就摒棄不取；認為還可以改造的，就加以改造。可以說，他是用自己的眼光，把幾乎所有他能看到的民間三國故事，都拿來研究一番，篩選一番，作為他創作《三國志通俗演義》的材料。

其次，他又把史書上有關三國時代的史實大致上都收集研究過。那本陳壽寫的《三國志》自不用說，連其中別人的附注也不肯放過。此外還有《華陽國志》《世說新語》《後漢書》《晉書》等史籍，他認為能用的，他都儘量加以利用；能糾正民間故事中不合理、不準確的情節的，他又斟酌情況，用史書上的材料加以代替；至於史書中雖有史料價值但卻用不上的材料，他就堅決加以摒棄，而不是大小不遺，以多為貴。

民間傳說同史書的記載如果分歧很大，或完全不同時，他又從藝術的角度來斟酌取捨。有些是按照史書來改正民間傳說，有些又用民間傳說來代替史書的記載。他對於傳說和史實，同樣重視，沒有此輕彼重的成見，而是看它是否在塑造人物、豐富情節方面用得上。

他對魏、蜀、吳三國自有一套順逆是非的看法。他認為劉備的蜀國應該是合法繼承漢朝的，是正統的；而魏、吳兩國不過是僭位和篡竊。基於這種認識，他在人物塑造、故事演述和材料取捨方面就自有一套體例。例如對於曹操，要突出他的奸詐虛偽和用心險惡，同時又不抹殺他的機智和用兵的本領；對於劉備，便處處強調他是漢室宗親，繼承漢室有合法地位，強調他的忠厚愛民，待人厚道義氣，等等。對於魏、蜀、吳的將領，主要是突出諸葛孔明的智慧，關、張等五虎將的英勇，周瑜的氣量狹隘、妒才忌能，魯肅的老實，呂蒙的奸險。對於曹操手下文武人才，也個個按着藝術要求，加以塑造，應肯定的，還是肯定；應貶責的，便加貶責。他不諱言蜀國的失敗以至於滅亡，但尊蜀貶魏，卻是一根主綫，貫徹始終。

羅貫中生活在元末明初之際，他看到蒙古貴族統治者的專橫殘暴，飽受了民族壓迫的苦痛，所以他尊崇繼承漢室的劉備，是有政治用意的；何況自南宋以來，民間藝人的傾向就是尊蜀抑魏，他也不能不受到影響。處在他的時代，他的這種傾向是很自然的，也無須加以指摘。

羅貫中的思想中，自然也有落後的一面。相信宿命，描寫神怪，雖然並未在《三國志通俗演義》裏佔主要的篇幅，但是也不時出現，像諸葛亮的「隴上裝神」「禳星求壽」，關羽死後的顯聖索命、顯靈救子，以及見星墜而知大將死亡，臨死前而妖異屢見之類，這些迷信的描寫未免使此書略為減色。但我們知道，民間三國故事裏的神怪，比《三國志通俗演義》更多，羅貫中已有意識地刪除不少。所以我們也無須苛責這位生於六百多年前的藝人。

羅貫中的藝術手法確實是高明的，他在許多紛繁雜亂、精粗各異的材料中，細心選擇，認真整理，憑着他的藝術才能，重新塑造了許多正面反面的人物形象，個性鮮明，栩栩如生；還有許多故事情節，如此曲折生動，使人讀了久久不能忘懷；而更使人讚嘆的，是其中有許多戰例，簡直可與歷史上的兵書戰策比美。歷史上還沒有任何一本小說，在這方面可以趕得上它。這是《三國志通俗演義》的又一種價值。

對於這部名著的巧妙構思和藝術特色，筆者將在以後的漫談中具體加以分析。這裏只是先來作個簡略的介紹。

不尋常的開篇——桃園結義

《三國演義》第一回，劉、關、張首先出場。

一個是賣草鞋織草席的貧家子弟，一個是開酒店賣豬肉的商販，一個又是闖蕩江湖的流浪漢。他們都是社會上的下層人物。

於是，聚集在看台下面的觀眾或聽眾，都很高興了。他們看到這三個人的身分【一】同自己相差不遠，都是下層社會出身，而又都是有本領的英雄。

故事開展，是「宴桃園豪傑三結義」，他們又感到很親切。

封建社會的下層民眾，有句老話，道是「在家靠父母，出外靠朋友」。因為謀生計也好，圖發跡也好，他們都不能不依靠朋友的幫助。他們享受不到「封蔭制度」，不像公子王孫一生下來就有個當官襲爵的資格。他們要憑雙手去奮鬥。但是個人力量孤單，為了闖蕩江湖，就要交結朋友。朋友固好，卻總不及兄弟的親密，於是就自然產生了所謂「金蘭結

【一】身分，同「身份」。編者注。

宴桃園豪傑三結義

義」，又叫「拜把子」，把朋友的關係拉近一大步。

在舊社會，結義是很普遍的現象，有它的客觀原因，而且那起源也甚早。秦末農民大起義時，劉邦和項羽就是在反秦戰爭中結為兄弟的。北齊時，王紹信同大富人鍾長命結為義兄弟，見於《北齊書》。南齊顏之推《顏氏家訓》說：「四海之人，結為兄弟，亦何容易。必有志均義敵，令終如始者，方可議之。……比見北人，甚輕此節，行路相逢，便定昆季，望年觀貌，不擇是非，至有結父為兄，托子為弟者。」可見南北朝時的社會風氣。《南史》載宋明帝與蘇侯神像結為兄弟，以求福助，更是怪事了。大抵越是處境不利，急需幫助的人，就越要結些義兄弟，這些人又以下層百姓為多。《三國演義》的作者（更早的是說書人）深知群眾心理，有意把劉、關、張的君臣關係變成兄弟關係。從此，「桃園結義」便成為佳話深入民間。

這是民間藝人對三國歷史的第一個改造。

史書裏本來只有這樣的幾句話：「先主（劉備）與二人（指關羽、張飛）寢則同牀，恩若兄弟。而稠人廣坐，侍立終日，隨先主周旋，不避艱險。」【一】不過說他們的關係親密到像兄弟一般，自然並無結義的事。至於「寢則同牀」，也並不等於便是兄弟。劉備投靠袁紹

【一】 見《三國志．關羽傳》。

時，關、張失敗，只和趙雲在一起，也是「與雲同牀眠臥」[二]，何嘗又不是「恩若兄弟」。大抵劉備為人，是很重友情的，所以也能得朋友或部下的死力。這確是他能夠以一個「販履織席小兒」而卒於成「帝王之業」的原因之一。

不過民間藝人也有他們庸俗的一面。

元人雜劇有一齣叫《桃園結義》，先寫張飛開了一間肉店，故意在地上放了一把屠刀，用千斤大石壓住，吩咐莊家：有誰能搬開石頭拿出刀子，就切肉送他，不取分文。恰值關羽路經此處，搬開大石，取出屠刀，卻不受贈送的肉。事後張飛知道，尋到關羽所住的招商店，與他結拜成為兄弟。過了不久，關、張二人同遊街市，看見一人「耳垂過肩，手垂過膝，隆準龍顏，實為貴相」，便請他到酒店喝酒。原來此人正是劉備。關、張二人頻頻勸酒，劉備大醉，伏在桌上睡着，只見此時出現了怪事：

關羽：「兄弟，你見麼？他側臥着，面目口中鑽出條赤練蛇兒，望他鼻中去了。呀呀呀！眼內鑽出來，入他耳中去了。兄弟也！你不知道，這是蛇鑽七竅，此人之福，將來必貴也。等他睡醒時，不問年紀大小，拜他為兄，你意下如何？」

原來關、張二人同劉備拜把子，只是看到他「蛇鑽七竅」，是個福相，將來必成貴人。

這就未免把這場「結義」弄得庸俗化了。

但還有奇怪的一層：這個雜劇一再強調「不問年紀大小」。先是由關羽說：「不問年紀大小，拜你為兄。」「哥哥，您兄弟拜德不拜壽也。」再又由張飛唱：「俺雖是孤窮無德，壽年高，你須是枝葉名門不輕薄。」照此看來，關、張二人的年紀竟都比劉備為大了。只因為劉備是漢室宗親，關、張是屠狗之輩，才認劉備為兄。看來，宋元之間，民間的結拜兄弟，不少就已經是只問財富地位，不論年齡大小的了。

民國初年出版的《小說叢考》，其中有一段說：「劉、關、張桃園結義，人固知其劉備為兄，關、張為弟也。殊不知論其年齡，關羽實長劉備一歲，張飛則少劉備四歲。其認劉備為兄者，蓋備於此時身無尺土，關、張雖得其主，未能定君臣之分，故且認之為兄，其意實已君之也。」

《關公年譜》認為關羽比劉備大一歲，不知是何根據；但卻與雜劇《桃園結義》不謀而合，則是很有趣的。【二】

羅貫中到底比民間藝人高明一籌，他的《三國演義》，寫結義的目的，是在於「破賊安

【一】見《三國志·趙雲傳》注引《趙雲別傳》。

【二】《三國志》沒有具體提及關、張的年紀。

民，共舉大事」，把「蛇鑽七竅」的神話一筆刪掉。至於年紀，卻又含糊地說：「誓畢，拜玄德為兄，關羽次之，張飛為弟。」根本不說誰的年紀大。他知道民間固然有「拜德不拜壽」的習慣，但是放到劉、關、張身上，又未免有點庸俗，還是含糊一些為好。這卻把許多讀者都瞞過去了。

英雄也要問出處——關雲長的出身

被人尊為「忠義仁勇神聖大帝」的關羽，乃是河東郡解縣人（解縣舊城在今山西省臨猗西南）。但是他的出身，早已沒有人知道。最早記載他的事跡的是《三國志》。《三國志》說：「關羽字雲長，本字長生，河東解人也。亡命奔涿郡（今河北省涿縣【一】）。」他是因犯了事逃到涿郡，在劉備的家鄉見到劉備，從此就追隨劉備東征西討的。至於他出身是貧是富，因何犯事逃亡，就沒有記載了。

關羽的出身如何，本是一件小事。但是自從後代尊崇他為忠義之神，小事也就變成大事，許多人就要關心打聽了。然而事隔久遠，史料缺乏，誰也不知道，結果就讓小說家出來進行創造。

宋代是三國故事大為流行的時代，許多史書上沒有的故事情節，都是在這時候陸續出現的。關羽的故事自然也通過說書人之口創造了不少。

【一】 涿縣即今涿州市。編者注。

從現存最早的平話小說《三國志平話》來看，關羽是個讀書人家出身。此書寫道：

話說一人，姓關名羽，字雲長，乃平陽蒲州解良人也（按：蒲州應作蒲州，解良應作解梁）。生得神眉鳳目，虬髯，面如紫玉，身長九尺二寸，喜看《春秋．左傳》。觀亂臣賊子傳，便生怒惡。因本縣官員貪財好賄，酷害黎民，將縣令殺了，亡命逃遁，前往涿郡。

書中說的「喜看《春秋．左傳》」，乃是從《三國志．關羽傳》注引《江表傳》搬過來的。這不算小說家的杜撰。至於殺了貪贓的縣令，那就是想像之詞了。

到了元人寫的雜劇《劉關張桃園三結義》，這個殺官的故事又得到了發展。這個雜劇說，關羽「曾把黃公三略讀（傳說黃石公有三卷兵書，稱為《三略》，是在圯橋上傳授給張良的），數年久困在鄉閭」。可見他是熟讀兵書的人。雜劇又說，關羽在家鄉時，有個州官臧一貴（贓一櫃的諧音），想趁天下大亂之時，也起兵作反，自稱一路諸侯。聞說關羽武藝過人，便命人請關羽前來，共商大事。關羽到了州衙，聽說臧一貴要起兵反叛，心中憤怒，一劍把臧官殺死，逃走出來，到了涿州。

在這裏，雜劇藝人又把關羽的形象進一步拔高，說他的殺官，是為了忠於漢室，誅鋤反賊，顯得正氣凜然了。

羅貫中的《三國志通俗演義》卻另有說法。他不說關羽殺死贓官，也不說他殺死臧一貴，僅僅含糊其辭地說：「因本處豪霸倚勢欺人，關某殺之，逃難江湖五六年矣。今聞招募義士破黃巾賊，欲往應募。」

大抵羅貫中以為，州官是朝廷上的命官，關羽是個老百姓，老百姓殺死朝廷命官，頗有「犯上作亂」之嫌，因此就改為殺死地方惡霸。這可見羅貫中為了維護關羽這個神人的完美形象，筆下何其小心。

還有第三個關羽出身的故事，那是另一個民間傳說。這個傳說記載在清代學者梁章鉅的《歸田瑣記》裏。內容是這樣的：

蒲州解梁關公本不姓關，少時力最猛，不可檢束，父母怒而閉之後園空室。一夕，啟窗越出，聞牆東有女子啼哭甚悲，有老人相向而哭。怪而排牆詢之。老者訴云：我女已受聘，而本縣舅爺聞女有色，欲娶為妾。我訴之尹，反受叱罵，以此相泣。公聞大怒，仗劍徑往縣署，殺尹並其舅而逃。至潼關，聞關門圖形捕之甚急，伏於水旁，掬水洗面，自照其形，顏色變蒼赤，不復認識，挺身至關，關主詰問，隨口指關為姓，後遂不易。

這個故事可注意之點，就是關羽本不姓關。那是從來未見記載的。

這個故事又說，關公——

東行至涿州，張翼德在州賣肉，其賣止於午，午後即將所存肉下懸井中，舉五百斤大石掩其上，曰：能舉此石者與之肉。公適至，舉石輕如彈丸，攜肉而行。張追及，與之角力，相敵莫能解，而劉玄德賣草履亦至，從而禦止。三人共談，意氣相投，遂結桃園之盟云云。

這一段敘述，卻同元人雜劇《桃園結義》裏說的差不多。也許兩者是同出一個來源的。不過，因為關羽的名氣越來越大，謚號越封越高，有些封建文人就不滿意他的來歷不明，硬是想方設法，要找出關羽的祖先來，以便顯示這人物的出身有根有據。

下面就是從這種心理產生的一個奇怪的東西：

清代學者宋犖的《筠廊隨筆》有一段記載說，康熙十七年，解州有人在塔廟附近發現了關羽祖先的墓磚，說關羽祖父名審，字問之；父親名毅，字道遠。於延熹三年（公元一六〇年）生羽，娶妻胡氏，生子平。這明明是憑空捏造、毫無根據的。這塊墓磚其實誰都沒有見過。

一個人名氣大了，就有許多莫名其妙的附會。關羽不過是個小小的例子。

天下第一條好漢——張飛

小說家筆下的「五虎將」，在史學家的筆下，卻是關、張兩員猛將。

《三國志·程昱傳》載程昱的話說：「劉備有英名，關羽、張飛皆萬人敵也。」《三國志·周瑜傳》載周瑜上表孫權說：「劉備以梟雄之姿，而有關羽、張飛熊虎之將，必非久屈為人用者。」史官陳壽也稱讚道：「關羽、張飛皆稱萬人之敵，為世虎臣。」可見當時的看法是一致的。

關羽死後，被捧為神，前已說過。張飛死後，也仍然被人看作是武將的代表人物。

《晉書·劉遐傳》：「劉遐……每擊賊，率壯士陷堅摧鋒，冀方（河北）比之張飛、關羽。」

《宋書·檀道濟傳》：「薛彤、高進之，並道濟腹心，有勇力，時以比張飛、關羽。」

《魏書·楊大眼傳》：「楊大眼……當世推其驍果，皆以為關、張弗之過也。」

不須一一列舉，單從上引數例，也可見關、張的威名，數百年後仍是「凜凜如生」了。

小說家有所謂「第一條好漢」的說法：

李元霸是隋末第一條好漢，天下無敵。他是觸怒了雷神才死的。此事見於《說唐》。三國時代又是哪個人屬於第一條好漢呢？在藝人們的筆下，這頂桂冠就戴在張飛頭上。宋元的平話和雜劇是這樣去描畫張飛的：

他勇猛無比。不要說許褚之流不是他對手，古城會一場，趙雲便敗在他手下，連呂布也殺得大敗虧輸（雜劇《單戰呂布》）。後來呂布圍困小沛，張飛三番出城請救兵，三次衝營，直把呂布殺得不敢正目而視，只好吩咐小校：「將征旗遮住我面皮，俺往左手下過去，讓他右手出陣去吧（雜劇《三出小沛》）。」

他又足智多謀。襲取黃巾張角大本營杏林莊，是他獻的計；擒拿張角、張寶、張表也是他的奇謀（雜劇《杏林莊》）。至於智取瓦口隘，計捉嚴顏，人所共知，不在話下。

此人又是一條莽漢。鞭督郵還算小事，居然可以隨便殺死定州太守，還把袁術的太子袁襄生生摔死（《三國志平話》），這就莽得不太正常了。

宋元藝人的浪漫主義往往會過火。因為在說書或演出中，不妨隨意加插熱鬧的情節，你加一段，他也加一段，合起來時，就超出於一般浪漫之外。

於是羅貫中出來補偏救弊了。刪去單戰呂布而保留三戰呂布，刪去殺太守而保留鞭督郵，刪去智擒黃巾而保留智敗張郃，而又把正史中的事實補充進去，於是張飛的勇猛、豪爽而又細心，都能曲曲傳出，宛然像個歷史上的真實人物。

在《三國演義》裏，張飛沒有成為三國第一條好漢，他不會單獨戰敗呂布，同馬超也只殺過平手。這反而給讀者以真實感。不過，《三國演義》也透漏了一句，那是在關羽斬顏良之後，對曹操說：「某何足道哉！吾弟張翼德於百萬軍中取上將之頭，如探囊取物耳。」這話出於《三國志平話》，原是把張飛作為第一條好漢來誇張的。

張飛是羅貫中塑造得最成功的人物之一。「生張飛」一詞，屢見於後世對猛將的讚譽中，自是不為無因。

最近聽一個朋友說，海豐縣有一種大戲，過去一向是專演三國故事的。這個劇種的三國戲，又以表現張飛為主，張飛的故事佔了劇目裏的大部分，而且內容多是抑關羽而表彰張飛。其中《古城會》這個戲，描寫張飛義憤填膺，痛斥關羽投降曹操的唱詞，尤其動人。在戲劇的影響下，人們還把美男子的臉型稱為「張飛臉」，認為能像張飛那樣的大眼方臉，虎虎有威的，正是標準的美男。又據說，湖南耒陽縣有一種酒稱為「鬍子酒」，酒味很淡，甚至淡於啤酒。民間傳說，這種酒也是來源於張飛。因為張飛非常愛酒，喝得很多，人們不讓張飛喝得爛醉，就造出這種淡酒云云。這些民間傳說和習俗，是很有趣的。

「獨破黃巾」——張飛的傳奇

自從《三國演義》在群眾中廣為流行以來，許多原來出自民間或說書人講說的三國故事，絕大多數都失傳了。它們的失傳自然有種種原因。有些是因為已被《三國演義》所吸收，無法獨立存在；有些因故事情節過於荒誕而受到摒棄；也有些是由於人為的原因而毀滅。其中也有偶然幸運的，例如在明末，臧晉叔選《元曲選》一百種時被拋棄的十幾種三國戲曲故事，就由於有其他印本或抄本收錄了而保存下來。這些幸存的三國故事，多數是《三國演義》所不取，或與《三國演義》內容不盡相同的。它們的藝術價值也高下不一，但畢竟都是有用的材料。我們可以從中看到元代或宋代的民間藝人，怎樣處理故事和塑造人物。即便情節離奇，內容怪誕，也可藉此看出時代的風尚和觀眾的趣味，對於我們理解古代，仍然不無好處。

如今就先來介紹張飛自桃園結義以後，怎樣「破黃巾」的故事。這故事被《三國演義》作者認為荒唐而摒棄了。

故事是這樣說的（筆者在文字上重新整理）：

當黃巾起義時，攻城佔地，聲威很大。劉、關、張三人正在涿郡招兵買馬。忽一日，探子來報，黃巾大隊要來侵犯幽州，劉備接受燕主（這個燕主，大抵就是幽州刺史郭勳）派遣，掛了先鋒印。探得黃巾人馬集中在兗州昔慶府，共五十萬。離兗州三十里的杏林莊，有兩個頭目，一名張寶，一名張表，亦有兵二十萬。劉備聽了，便帶領本部三千五百軍，直到任城縣下寨。此時元帥燕主接得皇帝詔書。詔書說，黃巾如願降者，前罪均可赦免。燕主叫劉備持詔書招安黃巾。劉備問眾人，誰敢持詔書進入杏林莊招安？張飛應聲願往。當下張飛一人一騎，來到杏林莊，直衝而入，把門軍卒攔擋不住。到了中軍帳前，立馬橫槍，看見帳內坐着五十餘人，中間一人，正是張表；帳下五百軍卒，擎槍而立。張表忽見一個大漢闖來，便問：「你莫非是探馬？」張飛應道：「我乃漢元帥手下先鋒軍內一卒，有皇帝聖旨，招安你們。若還投降，死罪可免，如若抗拒，盡皆誅戮。」張表聽了大怒，呼左右把他拿下。張飛舞動手中長矛，眾軍不能向前。張飛在寨內縱橫馳驟，無人能敵，軍士驚慌發喊，一時大亂。正在此時，小卒來報，有漢先鋒軍分為六隊，已奪門入寨。張表大驚，慌忙棄莊奔走。劉備領兵佔了杏林莊，迎接元帥到寨，犒賞眾軍。

隨後打探得張表逃到兗州，與張寶合兵一處。元帥問：「誰去收復兗州？」劉備願往。當下帶領人馬，直到兗州城外，只見城牆高峻，守衛嚴密。劉備又問：「誰去招安張表、張寶？」張飛應聲而出，只邀了十三個馬軍，來到城下，叫城上答話。張表認得張飛，對張寶道：「此人在杏林莊如此如此，不可開城。」二將堅守不出，任憑張飛叫罵，只不出戰。張飛忽然心生一計，對眾軍道：「俺眾軍鞍不離馬，甲不離身，枕弓沙印月，臥甲地生鱗，連場惡戰，這般辛苦。今日就着壕塹之前，柳陰之下，卸甲洗馬，好好歇息一番。」便命軍士人人卸甲，個個洗馬。張飛又再指着城上，高聲痛罵。城上張表、張寶看了，商議着道：趁此機會，殺出城去，生擒張飛。當下張表領了五千人馬，開城衝出。張飛與十三騎慌忙投南而走。張表奮勇追趕，趕了四十餘里，忽見大隊人馬迎來，為首一人，手持雙股劍，正是劉備。張表迎上交戰二十餘合，忽有簡獻和從旁殺出，一陣混戰，張表大敗，向後便退。正走之間，林子裏衝出一員大將，卻是關雲長。張表不敢迎戰，奪路奔向兗州，到得城下，只剩數十騎人馬，急叫開門。城上張寶看見，吩咐開城放人。不料張飛早已埋伏壕邊柳林之中，乘勢撞入城來，殺死守軍不計其數。後面劉備大軍跟進，一擁而入，奪了兗州。張寶死於亂軍之中，只有張表逃向揚州去了。

這便是宋元藝人創造的張飛大破杏林莊，以及洗馬賺兗州的故事。這個故事，《三國志平話》和雜劇《杏林莊》的描寫大略相同。只是前者文字相當粗率，後者情節更為簡略。出場人物，後者的元帥是皇甫嵩，不是燕主，又多了個曹操。而黃巾方面，則以張角為主，張表、張寶為副，歷史上的張梁，都改成張表，也不知是何緣故。

黃巾起義是當時一件大事，戰爭遍及今山西、河北、山東、河南、湖北、安徽、江蘇七省。後漢王朝費了九牛二虎之力，才勉強將黃巾軍鎮壓下去。可是說書和編劇的藝人卻把「破黃巾」的功勞都歸在張飛一人身上，固然距離史實太遠，而且單身入寨，無人能敵，也未免過於神奇（其中地理方面的錯謬且不去計較）。這個故事，羅貫中在編寫《三國志通俗演義》時毅然把它割捨了，也許便是因為它同三國的史實完全違背，假如用上了它，一個人包打了天下，其他的故事就無法安排的緣故。

不過我們由此也可知道，張飛在古代藝人的心目中，確是第一等的英雄，許多故事都是圍繞他而開展發生的。他一出場就包攬了「破黃巾」，不但歷史上鎮壓黃巾的朱雋、皇甫嵩、曹操之流毫無寸箭之功，連劉備、關羽也成為陪襯人物了。

唐代詩人李商隱有兩句詩說：「或謔張飛胡，或笑鄧艾吃。」在唐代流行的三國故事中，張飛已是個無人不知的草莽英雄，這就難怪他越來越神奇了。而說書藝人之可愛，也在這些地方表露出來。

張角和「太平道」

後漢末年的黃巾起義，能夠在短期之內組織起來，以大火燎原的聲勢，沉重打擊了封建統治者，從根本上動搖了後漢政權，當然是有各種原因的。桓、靈二帝當政時，統治階級內部進一步墮落腐敗，更沉重地壓迫剝削百姓，人禍還加上天災，到處民不聊生，才迫使老百姓不得不起來造反。這是主要的。

但是張角以一個用符咒神水替人治病的道士（後漢末年，瘟疫大流行，死人無算，連貴族和官僚也不能幸免。詳見另文），卻能夠發動一場有青、徐、幽、冀、兗、豫、荊、揚八州的人參加，形成橫掃中原廣大地區的大起義，則是利用「太平道」這個宗教形式進行組織工作的。這是中國歷史上第一次以道教外衣為掩護的農民大起義。那麼，張角的道教內容又是怎麼樣的呢？

史書上只說張角奉的是「黃老道」（或「太平道」），自稱大賢良師，用符水咒語來治病，還有八個弟子，周行四方，「以善道教化天下，十餘年間，眾徒數十萬。」可是所謂「善道教化」又是什麼？史官卻故意不去提它。

可幸的是，太平道還有一本《太平經》流存下來，雖然殘缺，還可以知道它宣傳的是些什麼東西。

這本《太平經》又叫《太平清領書》，是于吉傳下來的（參見《于吉——一個大有來歷的道士》）。張角拿來作為教義的便是這本書。

這本書很龐雜，上至宇宙，下至人生，以及書符唸咒，趨吉避凶之類，無所不談。但那裏面卻有主張平均財富，反對剝削，反對聚斂財物，反對欺凌老弱，反對重男輕女等進步的思想，這是符合老百姓的願望的。當時許多人信奉它，這也是個重要的原因。

《太平經》說：「積財億萬，不肯救窮周急，使人飢寒而死，罪不除也。」它指出富家聚斂金錢，藏於幽室，是「與天為怨，與地為咎，與人為大仇，百神憎之」。還罵他們是大米倉裏的老鼠，獨佔許多糧食。這是很有針對性的話。

書裏又指出人人都應勞動得食：「天生人，幸使其人人自有筋力，可以衣食者。」還應該互通有無：「見人窮厄，假貸與之，不責費息。」「人有財相通。」

《太平經》又發揮了平等思想，指出「或多智反欺不足者，或力強反欺弱者，或後生反欺老者，皆為逆」。理由也很簡單：「智者當苞養愚者，反欺之，一逆也；力強當養力弱者，反欺之，二逆也；後生者當養老者，反欺之，三逆也。」

它又提出人們應該互相親愛幫助：「諸神相愛，有知相教，有奇文異策相與見，空缺相薦相保，有小有異言相諫正，有珍奇相遺。」認為這是人們的道德本色。

它還說：「夫男者，乃天之精神也；女者，乃地之精神也……天地之性，人命最重，此賊殺女，深亂王者之治，大咎在此也。」針對當時賤女溺嬰的風氣，提出警告，也是頗有現實意義的。

此外，書中還反對飲酒（當時酗酒的多是荒淫的統治者），認為是浪費五穀。它主張「敢有無故飲酒一斗者，笞二十……一斛者，杖三百」。但「家有老疾，藥酒可通」。

書中還反對「時王者賜人臣以刀兵」，說「金」能剋木，是不祥之物，王者應該「厭絕不祥」。作者知道統治者拿起刀子，是隨時可以殺向老百姓的。

凡此，都可看出這個「太平道」是很有一些有價值的思想的，它能鼓動廣大老百姓，自有原因。當然，既是「神道設教」，迷信的東西也少不得，此書亦不例外。這裏就不去說它了。

張角既然宣傳「太平道」，統治者就加給他一個「妖言惑眾」的罪名，既車裂馬元義於洛陽，又窮追「有事（張）角道者」，誅殺千餘人。統治階級的刀子亮出來了。張角也就不客氣，宣稱「蒼天已死，黃天當立。歲在甲子，天下大吉」。正式舉起義旗，要推翻後漢王朝的統治了。

張角固然很快失敗，但徒子徒孫並未絕跡。直到宋代，中原又出現了一個事魔食菜教，此教是以張角為祖師的，入教的人都避諱「角」字（見莊綽《雞肋編》）。這卻是鎮壓黃巾的「群雄」連做夢也想不到的了。

後漢末年的大瘟疫

讀《三國演義》的人，都知道後漢、三國時代許多故事，但未必知道這數十年間，出現過連綿不斷的大瘟疫，其死亡人數之多，簡直無從統計。可惜不論《三國志》還是《三國演義》都沒有注意到這件歷史性大事。幸而《後漢書．五行志》還留下幾行極簡略的記載。使人知道除了戰爭之外，還有一個瘟神同時肆虐。

該書記載從公元一一九年至二一七年這百年間的十次大瘟疫：即一一九年會稽大疫，一二五年京都大疫，一五一年京都大疫，九江、廬江大疫，一六一年大疫，一七一年大疫，一七三年大疫，一七九年大疫，一八二年大疫，一八五年大疫，二一七年大疫。這十次大瘟疫，最集中的是靈帝在位十五年間，共達五次，也正是黃巾大起義前夕，民不聊生的時候，真所謂禍不單行，大疫又兼大兵，中原地區陷入極恐怖的狀態。

有個戶口增減的數字很可以說明問題：桓帝永壽二年（公元一五六年）全國戶數是一千六百零七萬多戶，人口是五千零六萬多口，到三國末年，魏、蜀、吳合計，只有戶數一百四十九萬多戶，人口剩下五百六十萬二千多口（參見金兆豐《中國通史．食貨編》）。

即僅存十分之一，這是個何等驚心駭目的數字！

瘟疫的流行，老百姓固然大量死亡，就連有特殊地位的官僚也不能幸免。曹丕還未稱帝時，寫了一封信給吳質，其中說：「昔年疾疫，親故多罹其災，徐陳應劉，一時俱逝，痛可言耶！」徐陳應劉就是徐幹、陳琳、應瑒、劉楨，那時不但這四個人，連有名的王粲、阮瑀【一】都是在一場大瘟疫中死去的，可知這是一場彌漫上下階層的大恐怖。

赤壁之戰，大家都知道是一場東風一把大火，把曹操八十三萬大軍燒得七零八落，大敗而退。但是，《三國志》說當時曹操軍中大疫，吏士多死者，乃引軍還。事後曹操在答孫權的信中，又說：「赤壁之役，值有疾病，孤燒船自退，橫使周瑜虛獲此名。」這固然是自我解嘲，但若不是真有瘟疫流行，他也無從作為藉口的。而曹操敗軍以後，回到譙縣，又說：「自頃以來，軍數征行，或遇疫氣，吏士死亡不歸，家室怨曠，百姓流離。」建安廿三年又下令曰：「去冬天降疫癘，民有離傷，軍興於外，墾田損少，吾甚憂之。」可見直至獻帝末年，瘟神還未收手斂跡哩。

【一】似誤。或指「建安七子」阮瑀，他於建安十七年（公元二一二）死於瘟疫。編者注。

英雄出現與善惡報應

雖然讀過《三國演義》，恐怕未必知道在此書出現之前，還有一本叫《三國志平話》的。這本《三國志平話》講的也是三國英雄故事，但許多情節都和現行的《三國演義》不同。它是宋元之間的講古佬編出來的，具有濃烈的民間氣息，而且文字也相當粗糙。最妙的是，它把三國英雄的出現，歸因到佛家的輪迴報應上去，帶有濃厚的宿命論思想。

此書開頭就說，有個司馬仲相的人，在陰間做了陰王，判斷一件歷史公案。事因楚漢相爭之時，韓信輔佐劉邦，掃平天下，立了大功，後來劉邦借呂后之手，把他殺死。又有彭越，也是輔助劉邦，立了大功，劉邦也誣他作反，把他斬成肉醬。又有英布，也是立功之官，同樣被劉邦害死。這三人如今都來向司馬仲相要求伸冤。於是司馬仲相把劉邦、呂后傳來審問，又由蒯通作證，證明劉邦授意，呂后執行，冤殺了韓信等三人是實。司馬仲相將這冤案報上玉皇，玉皇下旨，叫三人瓜分漢家天下。韓信投胎成為曹操，佔據中原。彭越投胎成為劉備，佔據四川。英布投胎成為孫權，佔據江東，三分鼎足。再判劉邦投生為漢獻帝，呂后投生為伏皇后，由曹操挾制獻帝，殺伏皇后，報了前世之仇。又因劉備手下缺少謀臣，便由蒯通投生琅琊郡，成為諸葛孔明，輔佐劉備。玉皇又下御旨，叫司馬仲相在陽間重生，成為司馬懿，把魏蜀吳三國一齊消滅，復歸一統。

以上就是《三國志平話》開頭的輪迴報應，可以看出是受到佛家生死輪迴迷信的影響，由民間藝人設想出來的。因《三國志平話》現存元代刊本，因此可以斷定它是宋元之間的創作。

假如讀者對此事還有興趣，不妨再找那部馮夢龍編的《古今小說》一讀。此書第三十一卷有《鬧陰司司馬貌斷獄》一回，同樣是說這個故事，但還添了其他細節。如蕭何投生為楊修，後被曹操所殺；樊噲投生為張飛；項羽投生為關羽；紀信投生為趙雲；戚夫人投生為甘夫人；趙王如意投生為劉阿斗；丁公投生為周瑜；項伯、雍齒投生為顏良、文醜；項羽自刎後把他屍首分為六塊的楊喜等人，則再世為守五關的六將，讓他們一一死於關雲長的刀下。真是體現了「天道昭昭，報應不爽」，但它又加了些枝枝葉葉。

當然，如今誰也不會相信這些胡說。但是，這個故事卻如實反映了宋元之間老百姓對於「善惡到頭終有報」的想法。

羅貫中的妙手——怒鞭督郵另有人

在《三國志》裏，怒鞭督郵的人是劉備，不是張飛。《先主傳》注引《典略》本來說得很清楚。

此書說，平了黃巾之後，朝廷下了一道詔書，凡是因軍功派任地方長官的，要看其情況，不合格的就加以淘汰（當時叫沙汰）。督郵來到安喜縣，要沙汰劉備。劉備知道了，想去求見，督郵不肯接見。劉備大怒，帶一隊人馬衝入督郵的住地，宣稱我奉州官命令，捉拿督郵。於是把督郵捆綁起來，帶到郊外，縛在樹上，鞭打百餘下，還要殺他。督郵苦苦哀求，劉備才釋放了他。劉備因此棄官去了。

可是到了小說家（或說話人）手裏，這卻成了問題。玄德是仁厚之人，他怎麼會親自去鞭打督郵？於是出現了兩種處理辦法，但又都與張飛有關。

第一種是純屬市井意識的，《三國志平話》就是。它說自平定黃巾以後，劉、關、張三人回到京師，因常侍段珪讓向劉備索賄不遂，反為張飛所毆，便半月不給宣見，虧得國舅董承為他奏帝，才得補安喜縣尉。不料定州太守有意為難，反將劉備侮辱一番。張飛大怒，乘

張翼德怒鞭督郵

夜殺了太守，朝廷便命督郵崔廉查究此事。督郵擅作威福，要擒拿劉備，又被張飛縛於繫馬樁上，打了一百大棒身死，分屍六段。於是劉、關、張便領了眾軍往太行山落草為寇去了。

此事荒唐無稽，自然不在話下。但說話人為了突出張飛的戇莽性格，把鞭督郵判在張飛頭上，卻是有他的藝術考慮的。確實是由張飛動手，比由劉備動手，那藝術效果要好得多。

後來又到了羅貫中的手裏。他覺得上面那一大段描寫未免貽笑大方，使人無法接受，於是把什麼張飛打段珪讓，殺死太守，以及分屍六段，到太行山落草等等，全刪去了，只保留了張飛怒鞭督郵這一節。

羅貫中不愧是個卓越的文學家。材料到了他手裏，該刪就刪，該留就留。留下民間的張飛鞭督郵，卻不理會正史上面的記載，便是他的才華過人之處。

《三國演義》卷首有一篇《讀法》，似是毛宗崗所作，認為此書「敘一定之事，無容改易」，所以比《水滸》下筆更難。實在說，《三國演義》也在處處改易。如果都照正史來安排，也就不成其為《三國演義》了。

呂布及其赤兔馬

呂布是九原（今山西省忻縣）人，弓馬嫻熟，膂力過人，當時便有「飛將」的稱號。他起初在并州刺史（并州舊址在今山西省太原市南）丁原轄下做騎都尉，丁原駐守河內（今河南省武陟縣西南），他是丁原手下得力的幹將。何進謀誅宦官時，向州郡召集援兵，丁原帶兵到了洛陽，官拜執金吾之職（相當於衛戍司令）。後來何進被殺，董卓隨之進入洛陽，為了奪取丁原的兵權，就使人利誘呂布，於是呂布殺了丁原，前來投降，董卓便與呂布結為父子。

以上呂布的出身，史書是這樣記載的，《三國演義》也照抄不誤，雖然加插了一些小枝節。

但在《三國演義》之前，民間藝人對於這個呂布，卻是寫得很猥瑣的。

請看下面呂布的一段自述：

胯下征駹名赤兔，手中寒戟號方天。天下英雄聞吾怕，則我是健勇神威呂奉先。

某幼而習文，長而演武。寸鐵在手，有萬夫不當之勇；片甲遮身，有千人難敵之威。先拜丁建陽（丁原）為父，一日丁建陽令吾濯足，丁建陽左足上有一黑瘤，某問其故。丁建陽言曰：足生一瘤者，有五霸諸侯之分。某暗想你足生一瘤，尚有五霸諸侯之分，某足生雙瘤，福分更小似你哪？某綽金盤在手，一金盤打殺了丁建陽，就乘騎卷毛赤兔馬，投奔出來，後拜董卓為父。【一】

這是元代雜劇家鄭德輝筆下的呂布出身歷史。他寫呂布親自替丁原洗腳，未免使人難以置信；又說呂布因看到丁原腳上有瘤，而自己腳上也有瘤，便殺了丁原，那更是毫無道理了。古代民間藝人往往有些出人意外的奇想，是現代人所難以理解的。

但是早於《三國演義》的《三國志平話》卻有另外一種說法。此書說，西涼府有四大寇作反，王允舉薦董卓前往平亂。方欲興兵，忽聽得城內人聲喧嘩，兵士慌忙閉了城門，點兵數千人，前街後巷，搜索兇犯。只見一人坐在馬上，有如猛虎，蕩散軍兵，殺死者不計其數。續後添兵重重圍住。董卓高聲問此是何人？百姓皆曰：此人是丁建陽家奴，因殺了丁丞相（即丁建陽），騎着丁丞相之馬逃走，被軍兵圍住，因此不能得脫。不久，眾軍將呂布

【一】 見元人雜劇《三戰呂布》。

擒獲，押到董卓跟前。董卓親自審問其人。其人自言：姓呂名布，字奉先。方欲再問，有丁丞相家人說道：此人不為別事，只為丁丞相一匹好馬，遂起心殺丁丞相。董卓問此馬有何好處？呂布言道：此馬渾身上下，血也似的鮮紅，鬃尾如火，名為赤兔馬。此馬旱地而行，見了兔子，不會走脫一個。若遇江河，如履平地，在水中不吃草料，只食魚鱉。日行千里，負重八百餘斤，非凡馬也。又說，呂布非為此馬，只因丁建陽常常辱我，以此殺他。董卓見呂布身長一丈，腰闊七圍，獨殺百十餘人，如此英雄，當今天下少有。正是用人之時，董卓便免了呂布之罪，收為義子。

雖然這也是一種虛構，但比之鄭德輝的雜劇，總還算是合理。

史書上本來就有「人中有呂布，馬中有赤兔」的話【二】，這匹赤兔馬，當時就很有名。於是《三國演義》的作者又在這匹馬上大做文章。不但在開頭，這匹馬已是董卓引誘呂布的釣餌，在關羽降曹時，這匹馬又成了曹操想收買關羽的一種本錢。此後赤兔馬在讀者的心目中，竟與關羽不能分開了。這確是小說家的高明之筆。因為歷史上一匹罕見的名馬，在呂布死後便不知下落了（史書確實沒有記載這匹名馬以後的去向），那畢竟是使人感到遺憾的。

項羽有一匹烏騅馬，臨了送給江東亭長。實在令人喪氣。所以赤兔馬還是與關羽同生共死的好。正如孫行者少不了他的金箍棒，關羽也少不了他的赤兔馬。儘管歷史上不一定有這記載，人們又何妨認為實有其事呢！這叫做「合則雙美，離則兩傷」。

【一】 見《三國志·呂布傳》注引《曹瞞傳》。

呂布的方天畫戟

看過三國戲的人，都會留下這樣的印象：呂布年少英俊，白面無鬚，手執方天戟，縱橫馳騁，英勇無敵。舞台上雖然不曾出現真馬，也能想像那匹日行千里的赤兔，是如何神駿。這裏面就有真有假，教你一時分不清哪些是歷史人物的原型，哪些又是文藝家的創造。

呂布當然也有過年青的時候，不過那是漢靈帝初年的事。到獻帝初平元年關東諸侯討伐董卓時，他已是三十過外的人，沒有資格當「小白臉」了。他死於建安三年，應該超過四十歲。證據是在「轅門射戟」那場喜劇中，呂布曾稱劉備為弟，而建安三年劉備已經三十八歲。

不論小說裏還是舞台上，開頭時，呂布都是掛着鬍子的；也不管演《鳳儀亭》還是《白門樓》，仍舊是這般扮相。有證據麼？也有。

元代刻印的《三國志平話》有插圖，其中一幅圖《呂布刺董卓》，貂蟬站在院子裏，呂布卻手持寶劍，把董卓從床上拖下來，舉劍砍去。那呂布就掛着三綹長鬚。另一幅是《水浸下邳擒呂布》，那呂布走出下邳城，中了關雲長一箭，畫面上還是那把鬍子。

《孤本元明雜劇》裏，元代劇作家鄭德輝寫的《虎牢關三戰呂布》，後面注歸呂布的打

呂奉先射戟轅門

扮，正是「三叉冠雉雞翎」加上「三髭髯」。

由「三髭髯」變成白面無鬚，很可能是首先出現在明代的舞台上，以後繼承下來，直至今日。

方天畫戟原也不是呂布的拿手武器，他是持矛的。《後漢書·董卓傳》說：「卓將至，馬驚不行，怪懼欲還。呂布勸令進，遂入門。（李）肅以戟刺之，卓裏甲不入，傷臂墮車。顧大呼曰：『呂布何在？』布曰：『有詔討賊臣……』布應聲持矛刺卓，趣兵斬之。」

那麼，「轅門射戟」的戟是誰的？《三國演義》說：「布大怒，教左右：取我戟來！」這無非是小說家的點綴。《三國志·呂布傳》不然。此書說：「布令門候於營門中舉一隻戟，布言：諸君觀布射戟小隻。」那顯然不是呂布自己用的戟。

呂布的矛，在鄭德輝《三戰呂布》中變成了方天畫戟；和他對陣的張飛拿的是丈八矛（《三國志》已有張飛持矛的記載），關雲長是三停刀，劉備是雙股劍，同《三國演義》寫的差不多一樣了。這也許便是宋元的說書人或編劇家的創造。這種演進是合理的，因為使人物的形象更加姿彩生動。

順便也談談關雲長那口著名的「關刀」，看來也是後人的創造。《三國演義》第一回說：「關雲長造青龍偃月刀，又名『冷艷鋸』，重八十二斤。」《水滸傳》寫魯智深打造禪杖時，工匠說：「便是關王刀也只有八十斤。」可見宋元時代，關刀重八十斤已是在民間流傳了。

《三國志．關羽傳》是沒有寫關雲長的武器的，自然也不記載他的刀有多少斤。不過，從《三國志．典韋傳》卻可以得到一個旁證。傳裏說：「（典）韋好持大雙戟，與長刀等，軍中為之語曰：帳下壯士有典君，提一雙戟八十斤。」他的大戟和長刀一樣長，共重八十斤，那麼，關雲長一把大刀重八十斤，也完全是可能的。

舞台上的大排場——三英戰呂布

元人鄭德輝的雜劇《虎牢關三戰呂布》，寫的是三國早期一段十八路諸侯征討董卓的故事。這個雜劇，出場人物眾多，場面十分熱鬧，可說是元人雜劇中少見的大排場戲。

先說那十八路諸侯，就有袁紹、曹操、孫堅、劉表、孔融、韓升、鮑信、喬梅、王曠、韓俞、吳慎、張秀、陶謙、袁術、趙莊、劉羽、公孫瓚、田客，都是各州郡的太守。在十八路諸侯之外，便是劉備、關羽、張飛。場上共是二十一員大將，還有各路諸侯帶的卒子，可見演出場面是何等盛大熱鬧了。

至於董卓方面，當先的是呂布，後面又簇擁着八員健將，那是楊奉、侯成、高順、李肅、李儒、何蒙、陳廉、韓先，也各領着一彪軍馬。

諸侯方面，袁紹做了盟主，孫堅是監軍，曹操是參謀。開戰之先，袁紹分派劉表、孔融、韓升為前哨，鮑信、喬梅、王曠為左哨，韓俞、吳慎、張秀為右哨，陶謙、袁術、趙莊為合後，劉羽、公孫瓚、田客為遊兵。各按方位，率領大批人馬，攻取虎牢關。看起來真有氣吞河嶽之勢。

破關兵三英戰呂布

卻不料呂布才一上場，便先殺敗了左哨人馬，再擊退右哨兵將。乘勝追殺，十八路諸侯人馬大亂。呂布率領八員健將直逼中軍。袁紹出馬抵敵，又是大敗虧輸，全軍只好向後潰退。呂布得勝回營，一場惡戰暫告結束。

雜劇跟着寫孫堅登場。孫堅是由丑角扮演，一上來就說了一堆渾話。然後曹操上場。這曹操卻不是丑角，他唸的定場詩：「綽綽胸中智有餘，等閒熟看五車書。恁時列鼎重茵日，方表堂堂大丈夫。」純是個正面角色。當時孫堅請曹操入於軍帳，吩咐他前往青州督運糧草，順便招安一些埋名隱跡的英雄好漢前來協助。曹操領命，當下離了虎牢關，路經德州平原縣，聽說縣官乃是劉備。曹操久聞劉、關、張的英名，特往相見，勸說劉、關、張到虎牢關參戰。劉、關二人怕敵不過呂布，不願前往。獨有張飛堅持要去。張飛是劇中惟一主唱的角色。唱詞裏，有一段拿數目字嵌成的《仙呂點絳唇尾聲》，十分有趣：

十載武夫閒，九（久）得兵書看。八卦陣如同等閒，七禁令將軍我小看。六丁神不許將我遮攔。遮莫是五雲間，四壁銀山，三姓家奴，恁意兒反。二哥哥你休將我小看，憑着我這一生得村漢，我可敢半空中滴溜撲翻過那一座虎牢關。

這個雜劇是由張飛做主角。他的打扮是蟒衣，皂袍，猛髯，身掛竹節鞭。不知那時有沒有臉譜。因呂布稱他是環眼漢，也許他臉上還畫了環眼，那麼簡單的臉譜也應該是有的了。

當時曹操寫下一紙介紹書，囑咐劉、關、張三人到虎牢關下會見孫堅。三人到孫堅營前求見，孫堅聽說劉備是個縣令，關羽是馬弓手，張飛是步弓手，官位低微，就不許入營，還罰劉備躬身立在營前示眾。氣得張飛暴跳如雷。正在此時，呂布忽又帶兵索戰，孫堅嚇得肚子發疼。張飛乘機闖入轅門，罵孫堅是個鑞槍頭。孫堅大怒，要斬張飛。恰巧曹操趕到，向孫堅說情，這才罷手。

經過曹操介紹，孫堅命劉備為糧草官，關羽為副，又命張飛為掠陣使。孫堅親自領兵，同呂布交戰。呂布這一陣又殺得孫堅大敗。孫堅走入密林，使個金蟬脫殼之計，把衣甲頭盔掛在枯樹上走了。呂布得了衣甲頭盔，命部將楊奉拿着，向董卓獻功，楊奉走到半路，正巧碰上張飛，被張飛奪回孫堅的衣甲頭盔。

原來孫堅大敗回營，謊報自己殺敗了呂布，正在說大話逞功。張飛回來，獻上孫堅的衣甲頭盔，當眾羞辱了孫堅一番。孫堅氣得又要把張飛斬首，還是曹操勸住。此時呂布又來索戰，無人敢去應戰，只有張飛報名出陣。

原來呂布已佈置了手下八員健將，分成四路埋伏，自己親率大軍，要擒拿劉、關、張三人。當下出到陣前，同張飛廝殺，不分勝負，劉備縱馬加入助戰，也只打個平手。最後關羽揮舞青龍偃月刀加入作戰，三員猛將殺得呂布大敗虧輸，逃入虎牢關，閉關不出。

雜劇最後照例是對三人加官賜賞，不在話下。

這就是在羅貫中之前民間戲劇流傳的《三英戰呂布》的故事。

這個民間故事的原始性是很明顯的。它把孫堅寫成丑角，就同史實毫無近似之處。孫堅幾次三番要殺張飛，也是近於兒戲。至於劉、關、張在這場戰爭中合力殺敗呂布，當然只是說話人為了突出三位英雄形象而創造的情節。

史書上記載劉備參加征討董卓，只有《三國志．先主傳》注引《英雄記》兩句話：「靈帝末年，（劉）備嘗在京師，後與曹公俱還沛國，募召合眾。會靈帝崩，天下大亂，備亦起軍從討董卓。」記載如此簡單，不但說書人不好講，聽眾也決不會滿意。所以說書人便自己來創造，而雜劇的作者也照此把它搬上舞台。

只有到了羅貫中手裏，才去粗取精，加工修改，成為我們在《三國演義》裏看到的動人的「三英戰呂布」。

數百回合的交鋒

不管看《三國演義》也好，看《說唐》或《水滸傳》也好，常見兩員大將策馬交鋒，少者打數個回合，多者大戰三百回合。這邊一刀揮去，對方人頭落地，於是大軍掩殺過去，殺得屍橫遍野，大獲全勝而回。好像主將單人匹馬就可以決定勝負，手下兵馬只是拿來陪襯。這是不確切的。主將勇敢固然可以鼓舞士氣，增強勝利信心，但不一定就是必勝；主將打敗，軍心自然動搖，也不一定必然慘敗。何況古代戰爭並非陣陣都先由主將交手。大戰若干回合，反而是偶然的事情。

舉個例子說，呂布是十分勇猛的，應該必定大戰若干回合吧？請看下面這段記載：

《英雄記》曰：郭汜在城北，（呂）布開城門，將兵就汜，言「且卻兵，但身決勝負。」汜、布乃獨共對戰。布以矛刺中汜，汜後騎遂前救汜，汜、布遂各兩罷。【一】

【一】 見《三國志．呂布傳》。

這可以說是兩個將軍交馬大戰若干回合了。但是第一，它首先聲明「且卻兵，但身決勝負」，可知不是向來如此；第二，呂布刺傷了郭汜，卻並未因此大獲全勝，而是「遂各兩罷」。

再舉一個例子，關羽斬顏良是這樣的：

（袁）紹遣大將顏良攻東郡太守劉延於白馬，曹公使張遼及（關）羽為先鋒擊之。羽望見良麾蓋，策馬刺良於萬眾之中，斬其首還，紹諸將莫能當者，遂解白馬圍。【一】

這分明是一種突然襲擊，而不是像呂布、郭汜那樣事先說明，然後大戰若干回合。

再說「喝斷長阪橋」的張飛，當時情況是這樣：

先主聞曹公卒至，棄妻子走，使飛將二十騎拒後。飛據水斷橋，瞋目橫矛曰：「身是張翼德也，可來共決死！」敵皆無敢近者，故遂得免。【二】

這也是一種特殊情況。一則敵人震於張飛的勇猛，二則「據水斷橋」，作拚命的姿態，也不是戰鬥的常規。

自然，主將勇猛善鬥，畢竟首先佔了上風。呂布便是這一號人物。《呂布傳》說：「布有良馬曰赤兔。常與其親近成廉、魏越等陷鋒突陣，遂破（張）燕軍。」這種陷鋒突陣的戰法，就是帶一小隊人馬衝亂敵人陣勢，然後大軍湧進。在這裏主將勇敢是起重要作用的。又《典韋傳》也說：曹操、呂布大戰於濮陽時，曹操夜襲呂布野外的營壘，呂布親自去救，「會布救兵至，三面掉戰。時布身自搏戰。自旦至日昳（由早至晚）數十合，相持急。」這也是數十次衝擊，而不是一人對一人的單獨搏戰。

不過到了後來，大戰若干回合的事，畢竟也發生過。

《新五代史．夏魯奇傳》說：

> 魯奇初事梁，為宣武軍校，後奔於晉，為衛護指揮使。從周德威攻劉守光於幽州。守光將單廷珪、元行欽，以驍勇自負，魯奇每與二將鬥，輒不能解，兩軍皆釋兵而觀之。

這段記載，說明在五代時，有些勇將，有時是會親自出馬，互相單騎搏鬥的。這個夏

【一】見《三國志．關羽傳》。

【二】見《三國志．張飛傳》。

魯奇就是自恃武力過人，單騎和敵將搏鬥，而且鬥得難分難解。最妙的是雙方軍士都放下兵器，像觀賞武術表演那樣，看這場廝殺是誰勝誰負。這種情景，就同《三國演義》描寫的「大戰若干回合」很近似了。

既然出現過這種場景，那麼，小說家加以利用、誇張，進一步變成每逢戰鬥，都先由主將出馬，大戰若干回合，也便不足為奇了。所以，說小說家完全虛構也不是。

說到「回合」，開初只是「回環圍繞」的意思，唐詩中的「回合」就是這樣。後來卻成為小說家的術語。古代將軍身披重甲，手執長武器，胯下戰馬，不可能像步兵那樣靈活。假定兩員大將要捉對兒廝殺，那種情況，恐怕就像一些外國武俠電影場面那樣，決鬥武士各自立在相當距離，然後衝馬向前，用矛向對方刺去，不管是否刺中，雙方已擦身而過，又須回頭再來一次。

這也許便是「一個回合」。

據說，廣東海豐縣的西秦戲（也許是大戲）在表演戰鬥時，演員的動作是：雙手橫持武器、握拳作跑馬之狀，先在舞台上互轉圈子，然後交馬把武器互相一碰，隨即又跑馬轉圈，轉圈之後，再一次交馬，碰擊武器。這種戰鬥方式，似乎是有來歷的，但不知來源何處。戲曲家不妨研究一下。

「丑角」孫堅

中國古代戲劇都有一套程式。有些是動作的程式，有些是語言的程式。到了近代，舞台上的表演也還是講究程式。它可說是來源甚古的。

元代雜劇也有程式。正角和反角的程式就不一樣。演員一上場，先不說別的，只看他的定場詩和道白，就知道此人是哪種角色。其中的三國戲，孫堅、張魯、夏侯惇、夏侯淵、曹彰、劉封等人都派做了丑角，由淨來扮演，他們出場都有程式化的說白，人人相差不遠。例如《三英戰呂布》這個戲裏，孫堅一上場就是這樣唸白的：

我做將軍世稀有，無人與我做敵手。聽得臨陣肚裏疼，吃上幾盅熱燒酒。某長沙太守孫堅是也。自幼兒讀了本百家姓，長而唸了幾句千字文。為某能騎疥狗，善拽軟弓，射又不遠，則賴頂風，對南牆箭箭不空。雖然我為大將，全無寸箭之功。

跟着他同呂布對陣，又有這樣一段唸白：

湛湛青天不可欺，八個螃蟹往南飛。則有一個飛不動，看了原來是尖臍。某長沙太守孫堅是也。某十八般武藝，無有不拈，無有不會。上的馬去，常川不濟，聽得廝殺，帳房裏推睡。元帥升帳，威勢全別，不知天文，不曉地理，為頭說謊，調皮無賽……人人奮勇，吃食拚命當先，個個威風，奸狡賊猾無比。

只憑這種道白，觀眾就知道這定是個沒有好下場的壞蛋。對於文化不高的觀眾來說，這倒是個讓他們分辨忠奸好歹的簡單辦法。

不止是雜劇，當時的說書人也醜化孫堅。《三國志平話》寫關東十八路諸侯討伐董卓時，也把孫堅寫成既自高自大，又氣量狹窄的人物。說書人分明要找出一個反面人物，來襯出張飛的粗豪勇猛的。但為什麼不找別人，偏要選上孫堅？那就很難推測了。

孫堅自然不是這樣的膿包。他在討伐董卓時，固然也失利過。《三國演義》寫的那段孫堅給華雄打敗，把頭上赤幘給祖茂戴上，讓華雄追趕祖茂，自己脫身而去的情節，在《三國志》上原是有的；只不過《三國演義》加上個華雄殺祖茂，突出華雄的勇武，讓後來關羽斬華雄顯得更加出色罷了（歷史上是孫堅再戰時斬了華雄，與關羽無關）。

董卓也害怕孫堅，曾命部將李傕向孫堅求和，願意封贈孫堅的子弟，但被孫堅嚴加拒絕。以後董卓焚燒洛陽，退回長安，孫堅入洛陽修復陵廟，掃除瓦礫，又在甄官井中發現傳國玉璽。他在討卓之戰中，態度是最堅決的。

說書人這樣醜化孫堅，原因何在，如今已很難推測。其實直到唐代，詩人還歌頌孫堅。中唐詩人呂溫有《題陽人城》詩云：「忠驅義感即風雷，誰道南方乏武才？天下起兵誅董卓，長沙子弟最先來。」陽人城是孫堅斬華雄的舊地，詩人過此地時，還懷念孫堅。不料到了宋元的民間藝人口中，卻變為丑角，這真叫「身後是非誰管得」了。

《三國演義》作者保留了《三國志平話》中三英戰呂布的情節，又把孫堅恢復成為正面人物，比宋元的民間藝人高明多了。

白臉還是紅臉——複雜的曹操

曹操這個人，譽之者稱之為英雄，貶之者罵他為奸賊。有人替他翻案，說他是「歷史的推動者」；又有人反翻案，說他是鎮壓農民運動的劊子手，「摧殘歷史發展者之一」。大有「是非蜂起」的味道。

確實，曹操不是個簡簡單單的人。我們只從歷史的記載來看，也覺得此人像個多面的晶體，不簡單。

他有智謀，善用權術，大家都知道；卻又通曉兵法，曾注過《孫子》，自己還寫了一本兵書叫《孟德新書》。他懂得武藝，又是文學家，詩寫得很好：「對酒當歌，人生幾何，譬如朝露，去日苦多。」似乎有點頹廢派的情調；卻又唱出「老驥伏櫪，志在千里，烈士暮年，壯心不已」的慷慨激昂的高調。他用兵時善於行詐，但在談到自己生平的那篇《述志令》裏，卻十分坦率，敢於說出「設使國家無有孤，不知當幾人稱帝，幾人稱王」的老實話；還說自己之不願解除兵權，是「誠恐己離兵為人所禍也」，把別人不肯說的心裏話都亮出來。他愛招攬人才，三次頒佈求才的命令，把那套虛偽的儒家道德看得一錢不值。他不喜歡擺出凜然不可侵犯的首長神氣，卻高興輕輕鬆鬆、隨隨便便，和一群文人武士交朋友。他為了取得軍事費用，可以挖人家的墳墓，掠取金珠寶貝；但又提倡節儉，禁止厚葬，甚至把穿着錦繡服裝的媳婦（曹植的老婆）賜死。【二】他好色，可說近乎荒淫；有時又好殺，殺性一起，可以屠盡一城的人；但是他可以放過害了自己兒子（曹昂）的張繡，可以放走投奔敵方的關羽。以他的權力，分明可以自己來做皇帝，他堅決不幹，卻說：「茍天命在孤，孤為周文王矣。」然而殺董承，殺伏皇后，又是心狠手辣的……

以上各式各樣不同的因素，混合起來，就構成人所共知的曹阿瞞的形象。這形象如此複雜，是不能用幾個字來加以概括的。

所以，這個人物在舞台上，就有兩副十分相反的臉譜。

前些年，報紙上有一篇文章談到曹操的大白臉，分析深刻。文章說：「像曹操這樣的人，用什麼色彩勾畫他的臉譜才足以稱之呢？實在太難了。無論什麼色彩，什麼圖案，加在他的臉上，都覺得太淺近，太單薄，不能顯其靈魂於萬一。」只有一張白臉，才顯得奧妙無窮，「這白，不是閨房淑女含嬌凝脂的白，不是書齋秀士風流儒雅的白，也不是冤魂厲鬼肅殺淒怨的白，按照民間傳說，這是『魚肚白』。」「必得是『魚肚白』，他是冷血動物，沒有

【二】見《三國志・崔琰傳》注引《世說》。

人的血性，那一張白臉透出無邊的冷來，由他的面孔時時想到死亡。只有這樣，才是徹底的曹操。」這是數百年間，一致認定曹操是個典型的奸雄的藝人們，絞盡腦汁，才想出來的一個臉譜。但這個臉譜只是代表了曹操邪惡的一面，而不是全部。

曹操還有可愛的一面，一張白臉譜是無能為力的。因此歷史上也有不少「俊扮」的曹操。元人雜劇裏，不論是《虎牢關三戰呂布》還是《張翼德單戰呂布》，曹操都是正面人物，相當於京劇的老生打扮；明代陳與郊的《文姬入塞》，清代南山逸史的《中郎女》，曹寅的《續琵琶記》，那曹操也是老生打扮；至於近年郭沫若的《蔡文姬》，曹操更是超越時代的英雄，那臉不但不白，而且「紅得發紫」了。這也可見曹操其人之複雜。

在後漢末年的群雄角逐中，論世家大族，兵多將廣，有袁紹、袁術兄弟；論驍勇善戰，有呂布；論老成穩重，有劉表；論能得人心，有劉備；論據地守險，有孫權；此外大大小小的軍閥豪強，此伏彼起難以悉計。假定說這些人都各有一方面或不止於一面的長處，又把他們個個看成是一個砝碼，那麼，這些砝碼的重量，是無一能及曹操的。

曹操的政治眼光和政治手腕，的確高出於同時的許多只知爭城佔地的軍閥。這裏只舉出兩件較為重要的事實。

大家都知道，袁紹出身世家大族，聲譽很高，兵多將廣，是個實力很強的軍閥。曹操何以能很快消滅袁紹呢？其中有個主要原因。原來袁紹為了保護那些世家大族的既得利益，必然採取加強壓迫剝削老百姓的做法，苛徵重稅，弄得民怨沸騰。曹操曾指出：「袁氏之治也，使豪強擅恣，親戚兼併，下民貧弱，代出租賦，（老百姓）炫鬻家財，不足應命。審配（袁的謀士）宗族，乃至藏匿罪人，為逋逃主。欲望百姓親附，甲兵強盛，豈可得耶？」【一】曹操是深知豪強地主的專橫對國家的嚴重危害的，所以他消滅袁紹以後，隨即有「重豪強兼併之法」，就是說，禁止大地主豪紳用勢力佔奪民田，以及把賦稅負擔轉嫁到農民頭上。這當然能得到百姓的擁護，從而鞏固了他的政權。這是第一個重要措施。

自從董卓等人互相混戰，生產力便大受破壞。軍閥爭城奪地，百姓逃亡流離，土地大片荒蕪，全國發生嚴重饑荒。當時像呂布、袁術等軍閥，「飢則寇略，飽則棄餘，瓦解流離，無敵自破者，不可勝數。袁紹之在河北，軍人仰食桑葚；袁術在江淮，取給蒲蠃（螺蚌之類）。」軍隊的情形如此，老百姓怎能活得下去？

曹操連年征戰，他深知這是不能維持長久的。所以定都許昌以後，就採納棗祗、韓浩等人的意見，一面招納流散壯丁，給以土地，使他們安心耕種，一方面也叫軍隊自己開荒種植，力求自給。他專設典農中郎將來監督管理，「五里置一營，管六十人，且佃且守。」耕田的兵如借用官方的牛，收成時官得六成，兵士得四成；不用官牛，收成則官與佃兵對分。

【一】見《三國志·武帝紀》注引《魏書》。

這無疑能鼓勵生產的積極性。向農民徵收農業稅，也改變過去計牛多少而定納穀多少的辦法，牛隻也因之增加。從此魏國「歲有數千萬斛，以充兵戎之用」。「數年之間，所在積粟，倉廩皆滿」。曹操的地位鞏固了。

這叫做「百姓足，君孰與不足」。只有讓老百姓富裕起來，國家才真正富強，這樣的政權也就立於不敗之地。

曹操的兵法著作

曹操有一本軍事著作，稱為《孟德新書》，讀過《三國演義》的人都知道。據《三國演義》說，西蜀劉璋派別駕張松到許昌，張松言語不遜，曹操不予禮遇，張松只好投向劉備，獻出西蜀地圖，又陳入蜀之策，在這段故事中，插入張松為難楊修一節。楊修取出曹操所著《孟德新書》，說是仿《孫子十三篇》而作。張松看了一遍，立即朗誦出來，並無一字差錯。又故意說此書是戰國時無名氏所作，曹操盜竊而得。於是，曹操把《孟德新書》扯碎燒了，自此不傳於世。

這段描述自然又是有真有假。《三國志》引《益部耆舊雜記》說：「（楊）修以公（曹操）所撰兵書示松，松宴飲之間，一看便暗誦。修以此益異之。」並沒有曹操燒掉兵書的事。

曹操確實有過軍事著作，王沈《魏書》云：「太祖自統禦海內，芟夷群醜，其行軍用師，大較依孫、吳之法，而因事設奇，譎敵制勝，變化如神。自作兵書十萬餘言，諸將征伐，皆以新書從事。」這裏出現了「新書」二字，「新書」者，別於古代兵書也。

但是這部十萬餘言的「新書」又確實不曾流傳下來，難怪《三國演義》有燒了的說法。

曹操注解過好幾種兵書。姚振宗《三國藝文志》列舉有《太公陰謀解》三卷、《司馬法注》（不知卷數）、《孫子略解》三卷、《續孫子兵法》二卷、《兵書摘要》十卷、《兵書要論》七卷、《兵書略要》九卷、《魏武帝兵書》十三卷。後一種也就是《魏書》所說的《新書》，出於自己著作，其他都是注解或抄撮古代兵書的。

《新書》固已不傳，其他注解古代兵書的著作，現在也僅存《孫子注》一種，也就是上文的《孫子略解》。清人孫星衍校刊的《孫子十家注》收錄曹操的注文，這是曹操軍事著作中惟一幸存的了。

未看過曹操注《孫子》的人，也許以為其中有不少精彩的發明，其實相反，非常簡略。例如《孫子》說「強而避之」，曹操注云：「避其所長也。」「怒而撓之」注云：「待其衰懈也。」「卑而驕之，佚而勞之」注云：「以利勞之。」「親而離之」注云：「以間離之。」「攻其無備，出其不意」注云：「擊其懈怠，出其空虛。」大抵都是這樣的注解，這樣的注解，可以說是注也如此，不注也如此，讀了只有使人失望。

不知所謂《孟德新書》者，是否也如此簡單概略？

看來曹操讀了不少古代兵書，但不過是粗知其意而已。赤壁大敗證明了這一點。

兩個悲劇人物——陳宮和呂伯奢

陳宮是小說家塑造的悲劇人物。後來，在舞台上的《陳宮罵曹》，就是以《三國演義》作為藍本的。此人的舞台形象高大，很能襯出曹操的奸險，一般人對他是印象甚好的。

在歷史上，陳宮這人很怪。他為人剛直烈性，年少時同海內知名之士頗有聯結。關東諸侯討伐董卓時，他追隨曹操。興平元年，曹操東征陶謙，只留陳宮把守東郡。東郡在今河南濮陽縣南，這是曹操的老根據地，可見曹操對他是很信任的。【一】不知怎樣，他卻同張邈聯合，迎接呂布，反起曹操來了。以後陳宮追隨呂布，為他劃策，但呂布常常不聽，卒在下邳被曹操擒殺。

陳宮以曹操的親信而反曹，直至被擒，寧死不屈，其中有什麼內幕，史書已經失載。於是小說家乘機利用，塑造一個以耿直反襯奸詐的人物形象，這個人物就是陳宮。

小說家的手段是巧妙的。

【一】見《三國志·呂布傳》。

歷史上，曹操因董卓擅自廢立而棄官歸去，確有其事，但卻不曾獻刀行刺，路上也不曾遇見陳宮，而是在中牟縣給一個亭長捉住，有人認得他，便把他放了。去成皋時，又因懷疑而殺了呂伯奢一家，但陳宮也不在場。[一]小說家的聰明，就在於先把陳宮移到中牟縣做縣令，說他同情曹操，把他放了，還立意追隨他，便樹立了陳宮的俠義形象；再進一步，又利用殺呂伯奢的事，突出曹操「寧可我負天下人，不可天下人負我」的奸險面目，再寫陳宮對他起了殺心，而又覺得殺之不義，終於棄之而去，這又使陳宮的形象更為光彩。後來寫他輔助呂布，屢獻奇謀，可惜呂布不聽，這個人物的悲劇色彩便逐步顯示；直到白門樓一幕，陳宮視死如歸，毫無乞憐之意，曹操則「泣而送之」。[二]悲劇至此達到了高潮。

陳宮這個形象的意義，還有更深一層，那便是一個剛正而有智謀的人，只因為所追隨的領導者是個不足成事的傢伙，結果又丟不開他，於是只好落得個身敗名裂的下場。歷史上，不知有多少這種悲劇人物。陳宮這個形象，是可以作為代表的。

小說處處抬高陳宮，目的卻在處處貶低曹操。本來曹操路上被捉被放，又殺呂伯奢，是兩件絕不相干的事，卻用陳宮加以串連，於是事情的性質和人物的形象就起了變化，一個耿直義俠，一個陰險狡詐，對立非常明顯了；而陳宮被擒，寧死不降，曹操不念舊恩，將他殺死，更是加重勾勒一筆，讓曹操那張「大白臉」面目更加清楚。

由於京劇《陳宮捉放曹操》的盛行，人們很自然會想到那無辜的呂伯奢。

在金戈鐵馬的三國故事中，呂伯奢是個僅僅閃現了一下，隨即消失的人物。可是，讀過或聽過三國故事的人，總是對他產生了惋惜之情，因而沒有忘記他。

這是因為他無辜地遭遇了滅門之禍，是個悲劇色彩很濃的人物。

有個叫掃花詞人的，特地為他寫了一首詩道：「垂老歸林下，悠然世外思。豈知滅門禍，即在宴賓時。」呂伯奢迎來了這樣的客人，真使人搖頭三嘆。

那時無辜滅門的人還有不少，為什麼人們如此同情呂伯奢？

因為人們總是痛恨那些忘恩負義的人。呂伯奢出於一片好心，招來的卻是一場橫禍。這橫禍不是由於其他原因，而是那個受恩者的加予，這就不能不使人為之震驚。因為後者是違背起碼的為人道德的。

而且，這個人又是曹操。

《三國演義》作者固然憎恨曹操，常常給他畫一些醜臉，但這件事卻不是捏造。

郭頒的《世語》講得很清楚：「太祖（曹操）過伯奢，伯奢出行，五子皆在，備賓主禮。太祖自以背（董）卓命，疑其圖己，手劍夜殺八人而去。」孫盛《雜記》也證實說：「太祖

【一】見《三國志・武帝紀》。

【二】《三國志・呂布傳》注亦載此事。

聞其食器聲，以為圖己，遂夜殺之。既而悽愴曰：『寧我負人，毋人負我。』遂行。」

只有王沈的《魏書》，因為要維護魏國的尊嚴，才曲筆寫道：「太祖……逃歸鄉里，從數騎過故人成皋呂伯奢；伯奢不在，其子與賓客共劫太祖，取馬及物，太祖手刃擊殺數人。」反把罪過歸到呂伯奢的兒子身上。

郭頒、孫盛都是晉朝人，王沈卻是魏國的秘書監，所處地位和時代不同。我們寧可相信晉人的話。

「寧我負人，毋人負我。」這是千古奸雄的「座右銘」，只不過有人敢於直言不諱，有人卻藏在心裏，只用行動來表達而已。所以修訂評論《三國演義》的毛宗崗為此特意發表了一通議論，他說：

（曹操）至殺呂伯奢，則惡極矣。更說出「寧使我負人，休教人負我」之語，讀書者至此，無不詬之詈之，爭欲殺之矣。不知此猶孟德之過人處也。……至於講道學諸公（按，這是指儒家的道學一派），且反其語曰：「寧使人負我，休教我負人。」非不說得好聽，然察其行事，卻是步步私學孟德二語者，則孟德固不失為心口如一之小人，而此輩之口是心非，反不如孟德之直捷痛快也。

確實是這樣。有些偽君子，滿嘴仁義道德，口沫橫飛，其實心裏只是要學曹操的這兩句話。人們只要對照一下他的講話和行徑，就十分了然了。

歷史上曾出現過數不清的「呂伯奢式的悲劇」，究其原因，大抵是私心要學習曹操的人，實在為數不少吧！

貂蟬果真有其人嗎

貂蟬是個完全虛構而又頗為知名的小說戲曲人物。因為她出自虛構，小說戲劇家於是紛紛馳騁想像，創造了好幾個不同形象的貂蟬。

在《三國志平話》裏，貂蟬姓任，本是呂布的妻室，因在臨洮亂中失散，進入王允府中。貂蟬因燒夜香，王允撞見，問起情由，於是想出連環計，送貂蟬到董卓府中，挑撥呂布。呂布一怒，入府殺了董卓。這可能是最原始的故事。值得注意的是貂蟬原屬呂布之妻，因此王允使用的連環計就未免顯得太卑劣了。

《三國演義》卻不然。寫王允憂國，貂蟬願意捨身報國。貂蟬的形象顯得高大了。多年來，《鳳儀亭》的故事即以《三國演義》為藍本。

元人雜劇中，既有無名氏的《錦雲堂暗定連環計》，又有無名氏的《關大王月夜斬貂蟬》。後一劇早已失傳，不知關羽何事居然要斬此女?（舊時京劇也有《斬貂蟬》，應是同出一源的。）但也可以猜想，劇作者是把貂蟬寫成反面人物，好讓關大王開刀的。

數十年前，粵劇有一出《關公月下釋貂蟬》，新珠、薛覺先都演出過。此劇筆者未曾寓目，不知所說何事。但既然終於釋放，可見貂蟬還不是太壞。

舊時還有個朱派小生戲《白門樓》，寫呂布在下邳被擒，其中也有貂蟬出場。貂蟬卻被處理成為忠於曹操反對呂布的角色。她出場唱的搖板是：「老王允定下了連環巧計，我這裏用假意諒他（指呂布）不知，但願得曹丞相大兵齊至，破徐州俱擒去萬事全休。」然後陳宮上場有事啟奏，給貂蟬擋了回去，不得見面，陳宮痛罵貂蟬是蘇妲己。後來張遼再闖入報告呂布的畫戟赤兔馬俱被盜去，貂蟬還說「溫侯威名誰不怕，無有戟馬也勝他」。還是穩住呂布。隨後曹兵擒了貂蟬、呂布，曹操上場，先帶貂蟬，他唱的是：「貂蟬女好妙計蓋世功果，獻連環救得了漢室山河。叫人來送貂蟬養老宮坐，太平時也許她安然快樂。」原來在下邳之戰中，貂蟬做了裏應外合的角色，這真是大大出人意外的情節了。【一】

還有流傳在湖北襄樊地區的一個故事。這個故事說：

> 後漢末年，董卓作亂，司徒王允在野外拾得一個無父無母的女孩，收養在家，取名貂蟬。原來這女孩的父母都被董卓所殺，女孩立志報仇。王允也想誅除董卓，要將貂蟬送去，離間董卓和呂布父子。但又見貂蟬面貌不揚，無計可施。忽一日，神醫華佗來訪，談起此

【一】見錦章圖書局《京戲大觀》二集。

事。華佗自稱有辦法。過了十幾天，華佗帶了個包袱再來找王允，吩咐喚出貂蟬，給她吃了一服藥，只見貂蟬登時不省人事。華佗便拔出利刀，把她的頭顱一刀切下，嚇得王允魂飛魄散。華佗從容地從包袱中取出一個頭顱，對王允說：「這是我到西施墓中取來的，是西施的頭，我給貂蟬換了。」換頭之後，貂蟬果然貌似西施，美艷非凡。王允便把連環計的事告訴她。不料貂蟬聽說要她服侍董卓，那董卓是兇惡無比的人，她一聽就心膽俱落，手腳戰抖。王允知她膽小，必然誤了大事，只好再向華佗問計。華佗又答應給貂蟬換膽。幾天之後，華佗又來了，說是到咸陽找到荊軻的膽，堅如鐵石，他又剖開貂蟬胸膛，把荊軻的膽換進去。於是，一個又漂亮又大膽的貂蟬被送進了董卓深宮，完成了王允的連環計，立了大功。

這個故事只在當地民間流傳，是不見於史書記載的。它把神醫華佗牽入連環計中，讚揚了華佗的醫術和他的正義感，正是民間對神醫敬仰的反映。而貂蟬本是個理想人物，加些神奇色彩，自然也是無不可的。

上面已有幾種不同類型的貂蟬。後來看到電視劇《三國春秋》，發覺貂蟬的形象又更高大。因為它最後加插了一段，說的是貂蟬不願嫁予呂布，為了自己的崇高與清白，一條白練，自縊身亡了。

《鳳儀亭》以後，貂蟬的「歷史使命」原已完成。讓她成為呂布的妻或妾，固然未嘗不可，但總使人覺得此事「了而未了」，倒不如「一納頭憔悴死」來得乾淨俐落。照我看，這未始不是一種進步。

貂蟬本來是個虛構中的人物，憑你怎麼捏合都不礙事。

史書上只有這樣兩句話：「卓常使布守中閣，布與卓侍婢私通。恐事發覺，心不自安。」本來與王允無關。但有人又從《開元占經》卷二十三查出另一種出處：「《漢書通志》：『曹操未得志，先誘董卓進貂蟬以惑其君。』」【二】那麼，貂蟬又實有其人了，不過這貂蟬卻是董卓找來蠱惑漢獻帝，而且是曹操教唆的。

真是越弄越糊塗了。

【一】見平步青《小棲霞說稗》。

石榴園裏論英雄——小楊修戲弄曹阿瞞

如果下面這段記載不假的話，曹操在征服呂布以後，是想把劉備收為己用的；又如果劉備樂於為曹操所用，那麼，三國歷史就要改換一種寫法了。

這段記載說，建安元年，劉備領徐州牧，袁術率兵來攻。呂布乘虛襲取下邳，劉備向呂布求和，暫駐小沛。不久，呂布又進攻劉備。劉備戰敗，往投曹操。曹操待他甚厚。後來曹操自率大軍圍呂布於下邳，生擒呂布。劉備隨曹操返許昌，封為左將軍，「禮之愈重，出則同輿，坐則同席」。〔一〕這時候，曹操確實是想收羅他的；不過，還未能完全信任他，所以劉備也小心提防。及至董承受了獻帝的衣帶詔，劉備參加了這個密謀，情勢突然轉變。劉備不但不肯作曹操的犬馬，反而倒戈相向。從此曹、劉的關係就完全決裂了。《三國演義》從第十九回到第二十四回，寫的就是這幾件大事。《三國演義》雖然有些情節誇張，基本上是根據歷史來鋪演的。

讀者讀到第二十一回《曹操煮酒論英雄》一節，大抵都很感興趣。書中寫曹操試探劉備，劉備隨機應變，都很精彩。這也是出自羅貫中的生花妙筆。

在這一幕中，曹、劉是在暗中鬥智。正是「將軍欲以巧勝人，盤馬彎弓故不發」，雙方在表面頗為含蓄，而內裏的殺氣，仍是咄咄逼人的。

早於羅貫中的民間藝人，也說了煮酒論英雄這回書，但卻寫得完全不同。它公開揭出曹操要殺劉備的陰險面目，而又使它成為一齣嘲弄曹操的喜劇。

這個喜劇值得向讀者介紹一下。

曹操一上場，就表露了心事，他本想將劉、關、張三人收留在麾下，不料此三人「各有異志，不從某調，我欲將此三人殺害了，怎奈他弟兄們英雄無比，一時難以擒拿」。於是曹操就把夏侯惇、許褚、張遼召來商議。當有張遼獻計道：「俺這城外有一所石榴園，內有一座凝翠樓。丞相可在樓上安排筵宴，差人請劉備。待此人赴會，樓下埋伏七重圍子手。筵間，羅織他一些風流罪過，擊金鐘為號，活拿了劉備。若關、張來救，憑着俺眾將英雄，來一個拿一個。此計如何？」曹操聽了大喜，便依計而行。

當下叫許褚前去請劉備飲酒。劉備應了，心中卻疑惑不定，便同簡雍商議。簡雍勸劉不要去，劉備認為不妨事，帶着隨從去了。

此事隨即被關、張二人知道，商議之下，認定曹操必然不懷好意。張飛便要單身闖入虎

【一】見《三國志・先主傳》。

穴，把劉備救出。關羽不放心，喚了關平來整備軍馬，領五千軍在後接應。

劉備到了石榴園，上了凝翠樓，同曹操飲酒。夏侯惇等人已在樓下用兵圍住。曹操見無人行酒，忽然想起楊修，即命楊修上樓。楊修早知曹操要殺劉備，便應命前來。

曹操借個因由，把楊修拉過一旁，對他說道：「我意如此如此。你替玄德公遞一杯酒，到他跟前滿斟十分，到我跟前淺斟半杯。灌醉劉備，好羅織他些風流罪過。」

於是楊修負責行酒。他給曹操斟酒，酒滿十分。說是「君子不吃凹面鐘」。曹操只好飲了。又給劉備斟酒，卻只斟八分。曹操問是何緣故？楊修答道：「酒雖八分，玄德公全都喝了；丞相的酒十分，只喝一半。」曹操無可奈何。這樣喝了幾杯，曹操便先自醉倒，伏在桌上睡着了。

楊修便用幾句相關的話，提醒劉備。一是說，野雁只為貪一口吃，就撞在羅網裏頭，牠是「自己傷身為口」。又說：「主人家嫌你葉密枝稠，待將他剪草除根不存留。」劉備聽了說：「我知道了。」

轉眼間，曹操酒醒，忽問劉備：「古往今來，有哪幾個是英雄好漢？說得是，吃三杯酒，說得不是，罰三碗涼水。」叫楊修做監證人。劉備先說：「呂布是英雄好漢，十八路諸侯無一個是他對手。」曹操笑道：「呂布是三姓家奴，豈是英雄？」楊修立即接口道：「丞相說得是，請飲三杯酒。玄德公罰涼水三碗。」曹操又問：「古來誰是英雄好漢？」劉備答道：

「項羽可稱英雄好漢。」曹操又笑道：「項羽被韓信追至烏江，自刎身亡，豈得謂之英雄？」楊修又接口道：「丞相說得是，再飲三杯。」氣得曹操下令推出楊修，重打四十大棒，趕下樓去。

杯盤重整，曹操再問：「且說俺兩個誰是英雄好漢？」劉備答道：「曹劉好漢。」曹操大怒：「怎麼曹劉好漢！你待說某是好漢，恐怕某掩了你；待說你是好漢，又怕我怪你。想來漢家十八路諸侯，都不敢與某作對，惟有你敢與某作對，豈有此理！」把桌子一拍。劉備雙手掩耳，詐作害怕道：「小官平生有些怕雷。」

正在鬧嚷之間，張飛趕來，後面關雲長帶了人馬也到。二人衝上樓去。許褚等人攔擋不住。張飛一把扯住曹操，嚇得曹操求饒。劉備勸住，三兄弟一齊下樓，回私宅去了。

這便是元人雜劇《曹孟德定計凝翠樓，莽張飛大鬧石榴園》的情節。

這也可以說是一齣民間小喜劇吧！它是那樣樸素天真，饒有風趣。對於這些民間的東西，是不應用史實的是非去要求它的。

關雲長遇上好色的曹操

桂陽太守趙範有個寡嫂，趙範想把她嫁給趙雲，趙雲不答應。這段故事，《三國演義》是根據《三國志》引《趙雲別傳》略加誇張寫成的。《趙雲別傳》只說，趙雲代趙範領桂陽太守，趙範想把寡嫂樊氏許配趙雲，趙雲推辭了。後來趙範逃走，趙雲絲毫不受牽連。很把趙雲的見識誇獎一番。

但還有另外一個女人，《三國演義》卻有意不提了，此人便是秦宜祿的前妻杜氏。

秦宜祿是魏國驍騎將軍秦朗的父親，秦朗則是曹操的油瓶兒子。為什麼秦朗做了油瓶兒子？這裏有一段故事。

秦宜祿原是呂布手下的官員，呂布派遣他同袁術聯絡，袁術把他留下來，還把漢宗室的女兒嫁了給他。這時，他的原配杜氏還留在下邳。杜氏是個絕色美人，不幸便成了被遺棄的寡婦。

到建安三年曹操圍攻下邳，劉備、關羽同曹操合兵。據《魏氏春秋》說，關羽好幾回向曹操表示，城破以後，他要娶杜氏為妻。曹操為人好色，猜想杜氏準是個美人，便不肯答應。下邳城破，曹操召見杜氏，果然是個美人，便納入後宮。這就使關羽十分掃興。

此事在《華陽國志》也有記載。明代有個叫鄭以偉的人，看到此事，憤憤然寫了一首《舟中讀〈華陽國志〉》詩，他寫道：

百萬軍中刺將時，
不如一劍斬妖姬。
何緣更戀俘來婦？
陳壽常璩志總私。

（自注：志載，關壯繆請於曹操，求納秦宜祿妻。）

這位鄭先生把一肚子氣都發泄在史官身上，說陳壽（撰《三國志》）、常璩（撰《華陽國志》）都是出於自私，這個記載是不足憑信的。

關羽後來娶了哪個女子為妻呢？史無記載，以後卻有人杜撰，說「妻胡氏」，那只是胡謅。至於秦宜祿此人，不久就回歸曹操，曹操任他為銍縣長（銍縣在今安徽宿縣西）。建安四年，劉備據徐州，殺車冑，張飛隨劉備到小沛（今江蘇沛縣），經過銍縣，張飛對秦宜祿說：「曹操佔了你的妻子，你還有面目做他的縣長，還是跟我走吧！」秦宜祿跟張飛走了一程，後悔想回去，就給張飛殺了。

秦朗這個油瓶兒子卻從此一直養在曹操身邊，很受寵愛。曹操常對人說：「世有人愛假子如孤者乎！」後來秦朗一直官運亨通，富比王侯。

曹操一生的「風流罪案」不少。著名的清談家何晏的母親，也是他接收過來的一個（她原是大將軍何進的媳婦），又不止張繡的嬸母而已。《三國演義》詳細描繪了曹操在宛城的醜態，可謂淋漓盡致；於是京劇中又出現了《戰宛城》，寫曹阿瞞微服私訪，把張繡嬸子搶回營中尋歡作樂，引起張繡造反，賴得典韋死戰，才撿回一條性命。至於秦宜祿妻的事，因為牽連到關羽，便又隻字不提了。

「漢壽亭侯」不是「漢．壽亭侯」

關羽殺了袁紹的大將顏良，解了白馬之圍，曹操便奏請獻帝，封關羽為漢壽亭侯。這事情在《三國志．關羽傳》裏寫得很清楚。

然而不幸，他封的侯爵有一個「漢」字，便引出了後來的許多誤解。最常見的誤解，是把「漢壽亭侯」拆開成為「漢」「壽亭侯」。說「漢」是漢朝，「壽亭侯」是侯的名稱。

這個誤解由來已久。南宋時，洪邁在《容齋四筆》中就說，湖北荊門【一】玉泉的關將軍廟，有「壽亭侯印」一方，直徑四寸。洪氏指出這是後人的偽造，因為漢壽是亭名，既然鑄印，就不應省去「漢」字。偽造此印的人顯然是不懂歷史的。

但一般人不懂歷史，也還可說。據《明史．禮志》載，洪武二十七年，地方官在南京的雞籠山建造關公廟，也稱關羽為「漢前將軍壽亭侯」。南京當時是明朝首都，在首都建

【一】荊門縣即今荊門市。編者注。

關公廟，居然把名號弄錯，而貴為天子的朱元璋也不曾發覺。直到嘉靖十年（距建廟已一百三十七年）才由當地政府公開訂正，改稱「漢前將軍漢壽亭侯」。明初的禮部老爺們也真夠糊塗。不過，我們知道，朱元璋是農民出身，以一群農民而取得天下，那麼，他們禮部老爺不知道「漢壽」是地名，「亭侯」是侯的一種，也就不足為奇了。

在漢代，列侯大者食縣（收受一縣的賦稅），小者食鄉、亭。漢獻帝封曹操為費亭侯，就是這種亭侯。而漢壽則是地名。經後人考證，武陵郡有屬縣名漢壽，舊地在今湖南漢壽縣北，正是關羽被封的地方。所以把漢壽兩字拆開，是完全錯的。

但還有一個誤解，卻是出於羅貫中的《三國志通俗演義》。這位小說家抓住那個「漢」字大做文章，煞有介事地又把關雲長吹捧了一番：

卻說曹操為雲長斬了顏良，倍加欽敬，表奏朝廷，封雲長為壽亭侯，鑄印送與關公。印文曰「壽亭侯印」，使張遼賫去。關公看了，推辭不受。遼曰：據兄之功，封侯何多？公曰：功微不堪領此名爵。再三辭卻。遼賫印回見曹公，說雲長推辭不受。操曰：曾看印否？遼曰：雲長見印來。操曰：吾失計較也。遂教銷印匠銷去字，別鑄印文六字：「漢壽亭侯之印」，再使張遼送去。公視之，笑曰：丞相知吾意也。遂拜受之。

羅貫中為了突出關羽的「降漢不降曹」，故意杜撰了這段情節，卻不知違反了歷史常識。後來到了清初的毛宗崗手裏，他看出這個錯誤，就把這一段書刪去了，還在評語裏特別指出：「今人見關公為漢壽亭侯，遂以漢為國號，而直稱之曰壽亭侯，即博雅家亦時有此，此起於俗本《演義》之誤也……漢壽亭侯，猶言漢壽之亭侯耳，豈可去漢字而以壽亭侯為名耶？」

稗官小說不等於歷史。假如屬於藝術上的杜撰，小說家有他的自由。可是像「漢壽亭侯」這種爵位名稱，還是尊重史實為好，我是贊成毛宗崗的意見的。

當人們還沒有把曹操說成是奸臣之前，對於關羽兵敗降曹，後來又回歸劉備這件事，是既表揚了關羽，也讚許了曹操的。

讚許曹操的人，首先有注《三國志》的裴松之。他說：「曹公知羽不留，而心嘉其志，去不遣追，以成其義，自非有王霸之度，孰能至於此乎？斯實曹氏之休美。」

但自曹操被視為奸臣，而關羽卻上升為「神聖」以後，「降曹」一事就變得不甚光彩了。於是民間藝人就來設法解決這個棘手的問題。

史書說：「建安五年，曹公東征，先主奔袁紹。曹公擒羽以歸，拜為偏將軍，禮之甚厚。」這段史實，藝人們覺得不好抹殺，也不能裝作視而不見，但又須替關羽找個投降的理由，維持他那聖潔的形象。

什麼理由呢？最主要的一點，就是說關羽「降漢不降曹」。

根據現有的材料，我們知道在元代的雜劇和元刊本《三國志平話》裏，都已出現這個情節：關羽在降曹前，先向張遼提出三個條件。這絕不是偶合，而是說明了「有條件的投降」之說，比雜劇和《三國志平話》出現得更早，很可能從宋代開始，就已由說書人創造出來，在民間流傳開了。

在雜劇《關雲長千里獨行》裏，關羽是這樣對張遼提條件的：「頭一樁，我雖然投降，我可不降你丞相，我是降漢不降曹。第二樁，我和俺哥哥家屬，一宅兩院。第三樁，我若打聽的俺哥哥兄弟信息，我便尋去，可不許你攔擋。」

《三國志平話》的這一節，寫得雖然毛糙，內容還是一樣。

稍後的《三國志通俗演義》不過把文字理順了一下，內容也沒有什麼不同。不過《三國演義》還有更高明的一筆。它寫張遼到土山上勸降時，關羽起初堅決拒絕，仍想拚死一戰，不料張遼妙算在胸，反而指責他「死有三罪」。這三罪一是負了與劉、張同生共死的盟誓；二是使甘、糜二夫人失卻依託，無人保護；三罪更大，說他沒有為匡扶漢室作長遠打算，卻去輕生送死，逞其匹夫之勇，正是不忠於漢室。這一席話，說得關雲長啞口無言，考慮過後，只好提出投降的三個條件了。

張遼這番話自然是羅貫中費力想出來的。他覺得把關羽寫成一見張遼便立即提出投降條件，不但過於突兀，又顯得關羽勢窮力蹙，急要投降（只不過有條件），關雲長的「忠義神聖」形象就難免大打折扣了。

羅貫中是考慮縝密、照顧周到的。不過這種苦心，目的只在替一位「神靈」塗上更光彩的金粉，又不免使人啞然失笑了。

「五關」蹤跡何處尋

《過五關斬六將》這回書，寫關雲長保護甘、糜二夫人，從許昌出發到河北找尋劉備，一路上闖過東嶺關、洛陽、沂水關、滎陽，到滑州渡過黃河，共殺了孔秀、韓福、孟坦、卞喜、王植、秦琪六員魏將。正是避我者生，擋我者死，小說家這支筆痛快得很。

這段故事莫說《三國志》沒有，連《三國志平話》和元代雜劇都是不曾出現的。看來這是羅貫中的又一創造。他也許覺得千里迢迢投向河北，毫無攔擋，既不合理，也未免太寂寞了。

而毛宗崗還想得更遠。他認為，曹操雖然不留關羽，還贈金贈袍，卻吝惜一紙關文，不肯給予，這是故意讓守關將士放手去殺他，「己則居愛賢之名，而但責將吏以誤殺之罪，斯其奸不已甚歟！」原來還有這麼一層深意。

這回書也算寫得不壞，不過，人們也不能看得太認真，因為別的且不說，單說這五個關口，就奇怪得使人無從查考。那是小說家不大理會地理方位的緣故。

關羽出發的許昌，在今河南省中部，由此北上到黃河渡口的白馬津（後漢屬白馬縣，即關羽斬顏良，解劉延白馬之圍那地方），要經過尉氏、開封、封丘、長垣、滑縣（今地名，均在河南省）。這一帶地勢平坦，並無高山大嶺，用直綫來畫，大約是四百華里左右。

《三國演義》裏的關羽是怎麼走的呢？他過的第一關叫東嶺關。查東嶺關歷史上本無其地，全是杜撰，且不說它，姑且說此關是在許昌之北吧；可是第二關就到了洛陽，洛陽在中嶽嵩山西北，同許昌隔了一群大山，如果關雲長當時是開什麼「交流會議」，有這個興致，倒不妨繞個大圈子，瞻仰一下嵩山，然後再到洛陽去，卻要多走幾百里路，他那時是不會有這個雅興的。所以從這裏就可以看出小說家不明地理位置，平白讓關雲長多走一大段冤枉路了。

第三關叫沂水關，更奇怪了。沂水是流經今山東省南部的大河，沂水縣在山東省東南，隋代才有這個名稱，關雲長怎麼忽然又跑到山東去了？

筆者思索了很久，才想到洛陽之東有個汜水縣，春秋時代叫虎牢，戰國時代叫成皋，隋代改為汜水縣。呂布同諸侯大戰於虎牢關，便是這個地方。「汜」音巳（sì），「沂」音夷（yí），讀音相差不遠，原來小說家把汜水關錯弄成沂水關，害得關羽這一行人奔得更遠了。

第四關是滎陽。滎陽在汜水之東，我們把沂水改正做汜水，這方位便對了。

第五關叫滑州。滑州當時確是在黃河南岸（金代明昌五年黃河南徙，以後滑州就不在黃河南岸），不過滑州也是隋唐才出現的名字，它原叫白馬，舊縣在今滑縣之東。這裏，小說家又把後代出現的地名提早讓它在三國時代出現了。

羅貫中不知是怎麼想的，平白叫關雲長走這樣一條迂回曲折而又毫無必要的路。最妙的是明末武將盧象升——他早年與農民起義軍作戰，後來與入侵的清兵作戰陣亡。他寫過一首《過恨這關》詩。詩序云：「關夫子過五關，此其一也。相傳有『勒馬回頭恨這關』之語，遂以為名。余剿寇信陽，聞郢中有警，星夜馳援過此。」詩云：「千古英雄恨這關，強分豫楚幾重山。龍泉羽士嫌岑寂，鳥道征人嘆往還。劍削芙蓉身欲奮，幽棲岩壑意仍閒。遐思壯繆當年事，歷盡江山識歲寒。」恨這關在什麼地方呢？看詩句，是在河南、湖北兩省交界處。但查《地名大辭典》卻沒有。可能只是個土名，很少人知道的吧。然而，若說這關是「過五關」之一，那離開史實更遠了。關羽到河北去見劉備，怎麼反而跑到湖北去呢？可見盧象升又是受民間傳說的影響。

自然，一般人讀小說，是不大計較地理方位的。管它什麼東西南北，我又不是把它認真看待，你糾正它，未免太過認真了。是的，對小說不必過分認真；不過，說是微不足道的小事，倒也未必。寫小說的人，總不能把北京移到廣東，把哈爾濱搬往廣西吧！

這裏也不是故意給小說家找岔子，只是想藉此提出，古代小說家不愛計較地理位置，往往東拉西扯，這不是個好的傳統，今天有人要寫歷史小說，還是不要拿來作為藉口才好。

關羽的四個戊午及其謚號

把小說裏的故事當成歷史真實，在一般人往往難免。不幸有些寫詩的人也犯這個毛病。《隨園詩話》就曾指出，有個叫崔念陵的進士，寫詩責備關羽，說他不該在華容道放走曹操，留下大患。這便是混淆了歷史和小說界限的例子。

華容道義釋曹操一回書，全是小說家的虛構。開頭，《三國志平話》只是說，關羽把守華容道，攔住曹操，「曹相用美言告雲長：看操對亭侯有恩。關公曰：軍師嚴令。曹公撞陣，卻說話間面生塵霧，使曹公得脫。關公趕數里復回。」寫曹操得救，似有神意，不關關羽故意賣放。到了羅貫中手裏，為了突出關羽的義氣，便說成有意釋放了。這叫做層層虛構，越說離事實越遠。雖則小說家有小說家的理由，無須多怪。

但還有一種不是小說虛構，而是另外一些人的揑造。從前有一本講星相學的書，居然推算出關羽的生辰是四個戊午，即戊午年戊午月戊午日戊午時；又推算出張飛的生辰是四個癸亥。於是民間相傳，農曆五月十三日是關羽生辰，每年此日，關帝廟前演戲酬神，香火熏天，熱鬧非凡。這卻是與《演義》無關的。

四個戊午之為無稽，早已有人指出。閻若璩《潛丘札記》說，關羽死於建安二十四年，大抵得年六十上下，假如生於戊午，便僅得四十二歲。顯然不合。戊午是漢靈帝光和元年，這一年五月無戊午日。又是不合。古人出生只記年月日，不記時辰，說關羽生在戊午時，當時卻無此記時習慣，後人從何得知？還有人指出，劉、關、張起兵在獻帝初平元年，假如關羽生在戊午，只有十三歲，張飛癸亥生，則只有八歲；到初平三年，關、張已是別部司馬。一個是十五歲少年，一個是十歲孩子，便官居司馬，恐無是理。這些反駁都是很有力量的。

史實、小說虛構和神怪的揑造，本是三件不同的事，但三者往往給人混淆到一起來，而且不是只有三國人物才如此。我們看到一些研究小說人物及其作者的文章，彷彿也嗅到這種氣息。

再談關羽的謚號：

乾隆皇（弘曆）下令編纂《四庫全書》，曾多次下諭，囑令館臣按照「聖旨」辦事。有一道諭旨這樣寫着：

關帝在當時力扶炎漢，志節凜然。乃史書所謚並非嘉名。陳壽於蜀漢有嫌，所撰《三國志》多存私見，遂不為之論定，豈得謂公？從前世祖章皇帝【二】曾降諭旨，封為忠義神武大帝，以褒揚盛烈；朕復於乾隆三十二年降旨加靈佑二字，用示尊崇……今當抄錄《四庫全書》，不可相沿陋習，所有《志》內關帝之謚，應改為忠義……其官板及內府陳設書籍，並著改刊。

這是怎麼回事？

原來《三國志》裏記載關羽的謚號是壯繆。問題就出在「繆」字上面。乾隆帝以為，「繆」有錯謬、詐謬的意思，謚法也有「武功不成曰繆」的說法，所以說它「並非嘉名」。於是他不僅追加美謚，連史書原來的謚號也必須一律追改。當然也就顯示了皇帝的權威。

不過早就有人指出，「繆」同「穆」古代通用。秦穆、魯穆在《孟子》都寫作「繆」，漢朝穆生，史書寫作「繆」，《左傳》上的「穆」亦多作「繆」，按照《周書謚法》：「布德執義曰穆。」一穆有美、純的意思，它是一個美名。所以乾隆帝這一改未免是多餘的了。

雖說如此，皇帝的諭旨畢竟是權威的。筆者小時候讀殿本《三國志》，就知道關羽謚號是忠義侯；而且忠義仁勇關聖帝君的廟宇，可說「遍地皆是」，連一個普通鄉村，有時是一條小街道，也建立了關帝廟，真可謂「血食天下」了。

古代對死去的大臣賜謚，自然是統治術之一種。帝王要求臣子們對他竭誠效勞效忠，對

【一】 即順治帝。

於認為合格的臣子，便賜以謚號，自然也是以美謚居多。不過改謚的也還有。像秦檜死時，居然謚為「忠獻」，忠是對皇帝忠心耿耿，獻是賢人的意思。這是很美的名號，那便反映了宋高宗對他的看法；可是過了五十年，到寧宗時代，忽又翻轉過來，改謚「謬醜」了。這同樣是反映了皇帝的旨意，雖然秦檜的骨頭早已化盡，因為畢竟對生人還起作用，改謚也就成為必要的了。

乾隆皇帝修改關羽的謚號，何嘗不是出自維護本身王朝利益的私心！他對死了千餘年的關羽，就那麼愛護備至？這才難以使人相信哩！

孔另境《中國小說史料》引佚名筆記說：「本朝羈縻蒙古，實是利用《三國志》（指《三國演義》）一書。當世祖之未入關也，先征服蒙古諸部，因與蒙古諸汗約為兄弟，引《三國志》桃園結義事為例。滿洲自認為劉備，而以蒙古為關羽。其後人帝中夏，恐蒙古之攜貳焉，於是累封忠義神武靈佑仁勇威顯護國保民精誠綏靖翊讚宣德關聖大帝，以示尊崇蒙古之意。」這也是其中一個原因，同筆者上面的分析是一致的。

無處不在的關帝

中國之大，無奇不有。單說那神靈吧，名字之多，便可稱世界第一。姜太公封神，那種種名堂，就叫人記不勝記，可是臨到末了，他卻忘了自己，於是後人就讓「泰山石敢當」來給他定位，就是姜太公的神位。可知我國的多神教，正如韓信將兵，是多多益善的。

但是，在這許多神靈中，到底哪幾位是「血食天下」，無處不有的呢？有人做過簡略估計，一是關帝，二是觀音。這話恐怕離事實不會太遠。筆者的家鄉，雖是僻處海濱，並無什麼出色之處，卻也有一間關帝廟，一處觀音廟。有些較大的城市，關帝廟、觀音廟都不止一處，而是好幾十個大大小小的廟宇，並行不悖。

單拿北京舊城來說，明末有人做過統計，著名的關帝廟有五十一處；到了清代，關帝更受推崇，廟宇數目便增加到一百以上。還不包括城外郊區地方。

有些地方的關帝廟，還附祀岳飛，其中最有意思的，要算北京城內宣武街西的「雙關帝廟」了。為什麼會有兩個關帝呢？原來此廟供奉的是關羽和岳飛。但民間傳說，岳飛本來是關羽轉世而生的，所以能「精忠報國」，正因如此，關岳合祀的廟就叫做「雙關帝廟」了。

北京舊城緊靠正陽門西側城牆，有一間規模較小的關帝廟，神像是明代宮廷中奉祀的，因此很有價值，相傳廟裏的神籤也最靈驗，前去求籤的人早晚不絕，香火極盛。據說廟裏有三把大關刀，是城中三元刀舖在嘉慶十五年打造的，第一口刀重八十斤，第二口刀重一百二十斤，第三口刀重達四百斤。每年五月初九，刀舖還要專門派員舉行磨刀之禮，禮儀十分隆重云。

關羽之如此得到尊崇，是和封建統治者提倡臣子要「忠」，和老百姓為了生存發展，需要朋友之間的「義氣」，都有關係。從統治者來說，表現在對關羽封號的不斷加溫，由侯而王而帝。到清代乾隆年間，他的封號是「忠義神武靈佑關聖大帝」，既「神」又「聖」又「帝」，都是第一號的尊榮，他不「血食天下」，那才怪呢。

更為奇怪的是，滿洲人入關以後，對關羽的尊崇，竟是超過歷代。《道咸以來朝野雜記》說：「滿洲人家所供神祇，相傳所供之神為關帝、馬神、觀音大士三神。」這大抵是受了《三國演義》的影響。據說，滿洲人入關以前，有些將領把《三國演義》作為兵書來學習，並且運用頗為成功。那麼，他們崇奉關羽，也就是順理成章的了。

少有的毒辣文字——陳琳罵曹操

「陳琳之檄，可愈頭風。」這是一個很有名的典故。

檄是一種古代文書，其作用有三：一是上級告示下級；二是官府曉諭百姓；三是我方聲討敵方罪狀。這些文書都可稱之為檄。

歷史上最為人所熟知的檄文，恐怕要首推唐代駱賓王的《為徐敬業討武曌檄》了，它是痛罵女皇帝武則天的，後來收在《古文觀止》中，較易為人所見。其次是陳琳罵曹操的檄文，因為《三國演義》把它全文照錄，所以也為較多的人所知。

這篇文章原載在《三國志．袁紹傳》和《後漢書．袁紹傳》中，蕭統的《昭明文選》也收入了。《昭明文選》後來還加了注解，有興趣的讀者不妨取來參看。

寫罵人的文章也要有本領，要搔得着癢處，要連被罵者也覺得你罵得夠藝術，這就不是一件容易的事情。歷史上，陳琳罵曹的檄文和駱賓王討武的檄文都受到被罵者的讚賞，確實不簡單。

陳琳的筆鋒是犀利的，揭露曹操的罪狀也相當狠辣，所以在當時就成為一篇傳誦人口的名文。

文章最使曹操感到尷尬和惱火的，是下面兩點：

第一是罵曹操的祖父和父親，指出他祖父曹騰是個太監，同十常侍張讓之流同是禍國殃民的角色。又說曹操父親曹嵩原是姓夏侯的，由曹騰收為養子，是個不知來歷的傢伙。還罵曹嵩用了行賄的手段，才取得太尉的官職。罵人而罵及三代，原是夠惡毒的。我們知道，袁紹號稱「四世三公」，門生故吏滿天下，他便仗着這個招牌，向別人誇耀，也拿來招攬人才，爭奪地盤。所以陳琳就先來個家世的對比，把曹操的出身說得一錢不值，以此壓低曹操的氣勢。這是使曹操最為惱火的第一點。

其次是說曹操親率兵士，到處挖掘人家的祖墳，掠奪其中的金珠寶貝。連漢文帝兒子梁孝王葬了近三百年，也被「破棺裸屍，掠取金寶」。又說曹操特置「發丘中郎將」和「摸金校尉」，專責掘墓工作，以致「所過毀突，無骸不露」。這一罵又是夠毒辣的。（《三國演義》評者毛宗崗也認為，「此等名色，乃時人呼之耳，非操所立也。今竟云操之特置，亦是深文。」很有見識。）我們都知道，漢朝是自稱「以孝治天下」的，祖宗墳墓，神聖不可侵犯。挖掘祖墳的人，該是何等罪大惡極！陳琳這樣揭發曹操，也可說是不留餘地了。

其實發掘墳墓也不止曹操，當時袁紹的軍士也一樣到處掘墓，掠取財寶。【二】但有時又是為了戰鬥需要。例如魏國的郝昭，堅守陳倉城，諸葛孔明多方設法進攻，他也多方設法防禦，使孔明無計可施。《三國演義》第九十七回曾記此事，材料是從《魏略》取來的。《三國志．明帝紀》引《魏略》載郝昭病危時，對兒子說：「我做將軍，發掘過許多墳墓，是為了取其中的木頭，做攻擊和防禦之用。因此知道厚葬是無益於死者的。我下葬時，只需用時服為殮，隨便找個地方埋下便是。」這倒是非常老實的話。

至於陳琳說曹操殺害九江太守邊讓和議郎趙彥，以及嚴刑拷打太尉楊彪，「專制朝政，爵賞由心，刑戮在口」等等，還是比較次要的。當時的軍閥，誰個不殺人呢？

《演義》說，這篇檄文傳到許昌，「時曹操方患頭風臥病在床。左右將此檄傳進。操見之毛骨悚然出了一身冷汗，不覺頭風頓癒，從床上一躍而起」。文章居然有如此療效，卻是怪事。不過《演義》也並非憑空捏造。《三國志．陳琳傳》引曹丕的《典略》說：「琳作諸書及檄，草成呈太祖（曹操），太祖先苦頭風，是日疾發，臥讀琳所作，翕然而起曰：此癒我病。」本來沒實指哪篇文章，《演義》把它移用到罵曹操的這篇檄文上，真是太巧妙了。

一篇檄文自然罵不倒敵人，袁紹終於失敗了，陳琳也只好投歸曹操。照說，曹操是不會放過他的，但居然顯得十分寬宏大量，只是說：「你寫檄文罵我不要緊，又何至於罵及我祖父和父親呢？」當陳琳謝罪以後，居然還任用他做掌管文書的官。

【一】 見《三國志．崔琰傳》。

你說曹操氣量大麼？不見得。因為曹操的氣量有時也小得可以。說曹操在戎馬干戈之際，故意表示一下寬宏大量，藉此收買文士之心，似乎更合理些。因為在袁紹手下還有不少像陳琳這樣的人物；曹操擊敗袁紹，取得冀州，冀州的人都要看曹操的一舉一動。如今曹操連陳琳也能寬恕，其他的人當然就可以安心了。曹操這一着，是效法劉邦的「咬牙封雍齒，計安將士之心」，狡猾得很。

荊州何以成為曹劉爭奪的焦點

《三國演義》第二十八回寫曹孟德煮酒論英雄的時候，劉備提到鎮守荊州的劉表，說：「有一人名稱八俊，威震九州——劉景升可為英雄？」曹操卻說：「劉表虛名無實，非英雄也。」在《三國演義》裏，劉表確實不見得出色，甚至給人以一種昏庸老朽的形象。這是因為在群雄角逐之際，他總是袖手旁觀，並無赫赫戰功，《三國演義》的作者就把他忽略了。【一】

其實此人是頗有來頭，未可低估的；史家談三國人物，也不能不談到他。

劉表這人，成名較早。他是漢景帝兒子魯恭王的後裔，在後漢末年太學生們反對宦官專權的鬥爭中他積極參加，同李膺、張儉、范滂等人，列名黨籍，被稱為「八及」或稱「八顧」之一，在社會上已很有點名氣了。後來黨人鬥爭失敗，宦官挾持皇帝的威力，大舉反擊，黨人或死或逃，零落星散，劉表也流亡江湖之間。到黃巾起義時，解除黨禁，他才投到大將軍

【一】《三國演義》說劉表是八俊之一，其實記錯了。劉表曾被列在「八及」中，又被列入「八顧」中，見《後漢書》本傳及《黨錮傳》。

定三分隆中決策

何進手下，當一名屬官，但還是鬱鬱不得志的。

到了董卓入京，中原展開一場混戰的時候，他的機會便來了。原來孫堅因破黃巾有「功」，升為長沙太守，此人野心極大，趁着軍閥混戰，進軍荊州，殺了刺史王睿，然後再引兵北上。荊州經這一亂，地方土豪惡霸就造反起來。當時董卓還挾持着皇帝劉協，他也知道劉表的名聲，便派劉表繼任荊州刺史。

那時道路不通，他手下又無兵馬，僅帶着幾個隨從，輾轉來到宜城（今襄樊市【一】南），找到當地名流蒯良、蒯越等人商議。由蒯良、蒯越獻計，以金錢作為誘餌，把五十五個擁兵作亂的土豪惡霸都引到宜城，然後伏兵齊出，全部殺個乾淨。這一來，蛇無頭而不行，那些二三流的傢伙，紛紛歸順。劉表就這樣白手興家，先後奪取州內郡縣，北起襄陽，南到江陵，連成一片，形勢十分有利。後來孫堅回兵圍攻襄陽，又給黃祖射死，去了一個大患；張濟死後，劉表又收容了張繡（張濟姪兒），讓他守住襄陽；然後揮兵南征，平了長沙、零陵、桂陽三郡。於是領土北自漢水，南接五嶺，地方數千里，帶甲十餘萬，儼然是個大國了。

當時的形勢是：曹操、公孫瓚、袁紹、袁術、呂布這夥軍閥，正在反覆搏鬥於黃河兩

【一】 襄樊市即今襄陽市。編者注。

岸；孫策初起於江東，自顧不暇；劉備屢戰屢敗，到處走投無路，劉表便成為舉足輕重的人物。他如助袁攻曹，曹操便變成腹背受敵；他如謀求發展，孫策或劉璋都不是他的對手。可是劉表到底野心不大，又害怕戰爭破壞，於是實行「閉關息民」政策。史書說：「初，荊州人情好擾，加以四方震駭，寇賊相煽，處處麋沸。表招誘有方，威懷兼治，其奸猾宿賊，更為效用，萬里肅清，大小咸悅而服之。關西、兗豫學士，歸者蓋有千數。表安慰賑贍，皆得資全。遂起立學校，博求儒術，愛民養士，從容自保。」【一】由初平元年（公元一九〇年）到建安十三年（公元二〇八年）他病死止，荊州保持了十八年的安定，這對於當地的老百姓，不能不是有一定功勞的。他對知識分子也帶來了一些好處，只要看許多有才有智的人士，如諸葛亮、徐庶、龐統、司馬德操、王粲、桓階等人，都集中在荊州，便可知當時荊州是個「避亂的桃源」了。【二】

然而荊州號稱「四戰之地」，在強敵四迫之時，劉表卻去講求儒術，撰定五經章句，這種太平麻痹思想終會招來不幸。正如宋太祖說的：「臥榻之側，豈容他人鼾睡？」所以曹操於擊破袁紹，平定遼東以後，立即覷定荊州，揮軍南下，殺向襄陽了。劉表即使不死，肯定也不是曹操的敵手。他收容了劉備，卻令到他「髀肉復生」（多年都不騎馬打仗了），其他將士的情況也可想而知。古語說「宴安鴆毒」，這也是個例子。

但畢竟地方平靜了近二十年，在這一段時間中，荊州養育了不少人才。這些人才，一小部分跟隨了劉備，其中最出色的便是「臥龍」「鳳雛」，武將還有黃忠、魏延；大部分在曹操奪取荊州後歸了曹操。他們在魏、蜀兩國都產生了或大或小的影響。這恐怕是劉表始料所不及的。

【一】見《後漢書・劉表傳》。

【二】晉人郭頒《代語》說：「表死後八十餘年，晉太康中，冢見發，表及妻身形如生，芬香聞數里也。」雖是荒誕之說，也可見荊州人對劉表是保持好感的。

孔明是為了阿斗而出山——「隆中對」鬧劇

古代民間藝人，往往有他自己的一套社會思想和歷史觀點。有時，新鮮得令人可驚；有時，又幼稚得使人發笑。

元代雜劇寫諸葛孔明在南陽草廬中對劉備說的那番話，就是一個絕妙的例子。

誰都知道諸葛孔明在劉備三顧草廬時，分析了一番天下大勢，這就是著名的「隆中對」。《三國志》早已詳細記載，《三國演義》也是照抄不誤的。孔明的分析認為曹操「已擁百萬之眾，挾天子而令諸侯，此誠不可與爭鋒；孫權據有江東，已歷三世，國險而民附，賢能為之用，此可以為援（意指聯合）而不可圖也」。主張劉備先奪取荊州，再佔領巴蜀，形成鼎足分立之勢，然後等「天下有變」，再揮軍北上，消滅曹操，「則霸業可成，漢室可興矣。」

這是何等高瞻遠矚，成竹在胸！

然而到了元代的民間藝人手裏，這篇著名的《隆中對》，卻別開生面，變成一個占卜先生的數學玩意了。

有一本元代無名氏的雜劇《博望燒屯》，開頭是這樣寫的：

劉、關、張三人第三次到臥龍崗拜訪諸葛，總算是見着了；可是任憑劉備怎麼求告，諸葛都不肯出山。他道：「我其實當不的寒，濟不的飢，便請下這個臥龍崗做甚的？」氣得張飛破口大罵：「你若不隨哥哥去，將火來，我燒了你這臥龍崗。」可是諸葛還是推辭：「貧道斷然去不的。」這真叫做「山重水複疑無路」，劉、關、張三人簡直毫無辦法。

正在陷入僵局之際，不料門外忽然闖進來一個趙雲，自稱「奉命鎮守新野，誰想甘夫人生一子，主公不知，某親自去臥龍崗報喜去」。當趙雲報告了這個喜訊，劉備還來不及反應，諸葛孔明便立即改變主意，答應出山了。劉備十分驚奇：「師父為何便下山去？」孔明答道：「不然，我觀玄德公喜氣而生，旺氣而長，我所以下山去也。」原來孔明願意出山，乃是劉阿斗帶來的好運氣！

下面便是出人意外的「隆中對」：

「曹操七十二郡，按着天時之地；孫權現居江東八十一郡，按着九數，乃地利之方。」七加二，八加一，都是九數，原來在《周易》裏這是陽爻，他們都是應運而生的。這位戲劇家居然還懂點卦理，真不簡單。

那麼，劉備又怎麼樣？孔明說：「吾觀玄德公可住西蜀也。」為何要住西蜀？孔明說：「西川五十四州。五見四，也是個九數，是人和之地。便好道天時不如地利，地利不如人和。」

於是，劉備大喜道：「吾師真乃是通神，喜殺孤窮霸業人。錦繡江山十萬里，今日個茅廬一論定三分。」

這位戲劇家居然把一場嚴肅的政治對話，變成了一場兒戲。讀了以後，真使人有哭笑不得之感。

《隆中對》有藍本

由於《三國演義》的普及作用，諸葛亮在劉備三顧草廬時，對劉備分析天下大勢，說了一番很有預見的話，史家稱為《隆中對》，是許多人都讀過的。

可是讀過《隆中對》的人卻未必知道，早在諸葛亮說這番話之前——差不多兩百年，就有人說過類似的話。此人也是分析當時的天下大勢，那見解和諸葛亮如出一轍。也可以說，諸葛亮的《隆中對》有個藍本。

是歷史上有趣的巧合，是英雄所見略同，還是諸葛先生早已讀過那位先輩的文章，拿來照搬一番？讀者不妨自己下個判斷。

先說前一段故事：

那是王莽篡漢以後，政治措施乖謬，引起天下大亂，群雄並起。其中有個叫公孫述的人，在蜀郡臨邛做太守，乘亂佔據西蜀地區，自稱蜀王，有東向爭天下的大志。

那時王莽已死，更始自稱為帝，劉秀正在中原擴大勢力範圍。公孫述手下有個功曹叫李熊，向公孫述獻計道：

今山東饑饉，人庶相食，兵所屠滅，城邑丘墟。蜀地沃野千里，土壤膏腴，果實所生，無穀而飽。女工之業，覆衣天下。名材竹竿，器械之饒，不可勝用。又有魚鹽銅銀之利，浮水轉漕之便。北據漢中，杜褒、斜之險；東守巴郡，拒扡關之口；地方數千里，戰士不下百萬。見利則出兵而略地，無利則堅守而力農。東下漢水以窺秦地，南順江流以震荊、揚。所謂用天因地，成功之資。今君王之聲聞於天下，而名號未定，志士狐疑。宜即大位，使遠人有所依歸。

公孫述已經據有西川，所以李熊只就西川形勢說了上述這番話。《隆中對》的藍本即是王莽篡漢時的公孫述的功曹李熊獻計，我們不妨再讀諸葛亮的《隆中對》：

荊州北據漢、沔，利盡南海，東連吳會，西通巴蜀，此用武之國，而其主不能守，此殆天所以資將軍，將軍豈有意乎？益州險塞，沃野千里，天府之土，高祖因之以成帝業。劉璋暗弱，張魯在北，民殷國富而不知存恤，智能之士思得明君。將軍既帝室之胄，信義着於四海，總攬英雄，思賢如渴。若跨有荊、益，保其岩阻，西和諸戎，南撫夷越，外結好孫權，內修政理，天下有變，則命一上將將荊州之軍以向宛、洛，將軍身率益州之眾出於秦川，百姓孰敢不簞食壺漿以迎將軍者乎？誠如是，則霸業可成，漢室可興矣。

兩段話對照着看是很有趣的。

都是說益州是富庶之地，沃野千里，天府之國，可以成為最好的根據地。又都說有了這根據地便造成有利形勢，進可以攻，退可以守。又都說用兵之勢是北出三秦，東向荊揚，「用天因地，成功之資」，「霸業可成，漢室可興」。其中所差異的，不過劉備要佔有荊州，再據巴蜀，而公孫述卻先鞏固益州，再圖荊、揚而已。

李熊獻計是在公元二十四年，孔明《隆中對》是在公元二〇七年。你說孔明有沒有從文字記載中看過李熊這段話？

英雄所見略同自然也是有的，但以孔明的自比管仲、樂毅來看，他不會沒有留意李熊這一番話。

諸葛孔明偽詩

故事有真有假，內容真假混雜的《三國演義》，因為流傳廣遠，婦孺皆知，造成了許多以假作真的誤解，從前已有不少學者指出，近年也有專書議論。筆者在此也想補談一筆，是《三國演義》三顧草廬一回書中諸葛亮和其他人物口吟的詩句。

《三國演義》寫劉玄德第三次光顧草廬，孔明高臥室中，尚未起牀，過了多時，孔明醒來，口吟詩曰：

大夢誰先覺？平生我自知。
草堂春睡足，窗外日遲遲。

小時候讀此詩，以為必是諸葛孔明之作，熟記心中，不料年紀大了，多翻幾本書，才知道這又是小說家的偽造。

向來傳世的諸葛亮詩只有一首，最早見於唐歐陽詢等輯錄的《藝文類聚》第十九卷，題作《梁甫吟》。宋人編的《樂府詩集》也收入。因為陳壽《諸葛亮傳》說「亮躬耕隴畝，好為梁父吟」。有這記載，所以《藝文類聚》收錄此詩，多數人也認為是孔明的惟一詩作。不過也有人懷疑，指出詩中讚揚晏子「二桃殺三士」，與孔明思想抱負全不對頭。雖然自明代以來，編輯《諸葛亮集》的人都收了此詩，而近人逯欽立輯校的《先秦漢魏南北朝詩》獨收入無名氏中，可見他不相信《梁甫吟》是孔明所作。筆者也認為偽作成分很大。

但即使承認《梁甫吟》是孔明的作品，也是他僅有的一首而已。《三國演義》卻忽然冒出「大夢誰先覺」來，有沒有根據？沒有。顯然這是羅貫中的杜撰。

羅貫中不止偽造這一首，劉玄德二次造訪臥龍崗，途中遇見黃承彥，黃吟詩一首云：

一夜北風寒，萬里彤雲厚。
長空雪亂飄，改盡江山舊。
仰面觀太虛，疑是玉龍鬥。
紛紛鱗甲飛，頃刻遍宇宙。
騎驢過小橋，獨嘆梅花瘦。

在所有古籍中，從來沒有說黃承彥寫過什麼詩，這是一層。再則，詩中的「玉龍鬥」「鱗甲飛」云云，正是從北宋人張元的詠雪詩「戰罷玉龍三百萬，敗鱗殘甲滿天飛」而來，可知羅貫中是盜用了宋人的詩意，卻又把它放在三國人物頭上去了。

不止此也。書中潁川石廣元、汝南孟公威、諸葛均以及農夫口中唱出的歌，也無一不是小說家所自撰。

真真假假的《三國演義》藏下許多陷坑，不單故事如此，詩歌同樣如此。至於羅貫中不收錄《梁甫吟》，硬要杜撰這首「大夢」詩，也許是出於藝術描寫的需要吧。

果真「如魚得水」嗎——劉備與孔明的關係

不論《三國志》還是《三國演義》，都記載過劉備這句話：「孤之有孔明，猶魚之有水也。」兩人的關係當然是十分親密的；而且劉備自得孔明以後，確是北拒曹操，西收巴蜀，東連孫吳，取得很大的勝利，從此基本上結束了南北流亡或依人籬下的生活。

但「如魚得水」，並不就等於言聽計從。孔明雖然是劉備的軍師，劉備有許多事情是聽他的，可是劉備卻不像後來劉禪那樣，放手任孔明行事。劉備有他自己的一套想法和做法，常常不肯聽孔明的勸告，自己一意孤行。

這有事實根據嗎？有的。舉兩個明顯的例子吧。

赤壁之戰以後，孫、劉兩家分了荊州，劉備認為地盤狹小，無法發展。建安十五年，劉備親自到京口（今鎮江市）見孫權，要求孫權讓出荊州部分地方，由他都督荊州。這正是單身入虎穴。孔明勸諫劉備，認為此行頗有危險，不如莫去。但劉備不聽。果然周瑜和呂范都勸孫權留住劉備，不讓他走。幸而孫權沒有答應，才使劉備得以脫身。《江表傳》記載此事說，有一回，劉備問龐統：我到東吳時，聽說周瑜曾勸孫權把我留住不放，有此事嗎？龐統

答：實有其事。劉備這才嘆息說：當時孔明也勸阻我。如今看來，實在是太冒險了。【一】

這是在大問題上劉備沒有聽從孔明的例子之一。

呂蒙計襲荊州，關羽兵敗被殺。劉備登位之後，立即便要東征孫權，為關羽報仇。當時「群臣多諫，一不從」。【二】趙雲和秦宓也諫，亦不從。【三】史書沒有說諸葛孔明也諫，但也沒有說他曾經贊成。當時諸葛孔明是持什麼態度呢？《三國志．法正傳》有這樣一段：「章武二年，大軍敗績，（劉備）還住白帝。亮嘆曰：『法孝直（法正）若在，則能制主上，令不東行；就復東行，必不傾危矣。』」這是痛惜法正早死，沒有人能說服劉備，那便可知當時孔明是不同意劉備征吳的，否則就不會說出這句話了。

舉傾國之兵，東征孫吳，那是何等大事！然而就在這最重要的問題上，劉備卻一意孤行，誰的話都聽不進去了。更令人奇怪的，劉備征吳，卻不帶孔明這個「天下軍師」，其中內幕不是頗可尋味嗎？「水哉水哉！何取於水也！」這句老話可以換一個意思移用過來了。「如魚得水」云云，是要打折扣的。

其實，類似的見解，在明末思想家王夫之寫的《讀通鑒論》裏，早就說到了。王夫之指出：劉備是「終欲自王（稱王），雄心不戢，與關羽相得耳。故其信公（諸葛）也，不如信羽」。他以為，假如劉備像相信關羽那樣相信孔明，聽從趙雲的勸諫，不去征吳，再趁曹丕初篡，人心未固之時，聯結東吳，進軍中原，那時，蜀國力量尚全，銳氣正盛，即使未能滅魏，又何至於使蜀軍精鋭全喪在猇亭，而不讓英雄們的鮮血灑在許昌、洛陽之間呢？這真是千秋的遺憾啊！

王夫之的見解，應該是正確的。

【一】見《三國志·龐統傳》。

【二】見《三國志·法正傳》。

【三】見《三國志·趙雲傳注》，又《秦宓傳》。

不值得同情的徐庶

徐庶出場時，自稱姓單，名福。《三國演義》是這樣介紹的。

其實徐庶只是改名，並未改姓。《魏略》說他「本單家子」，是出身單寒（寒微），並非高門大族之意。解為「姓單人家之子」，《三國演義》作者未免望文生義了。

此人少年任俠，曾替人報仇，失手被擒，同夥大鬧法場，把他解救出來。從此改變宗旨，折節讀書，在荊州結識了諸葛亮。劉備屯駐新野時，他去見劉備，又向劉備介紹諸葛亮，於是就有「三顧草廬」這一幕。

但他離開劉備，投向曹操，卻並不如《三國演義》說的那麼光彩，也並無「走馬薦諸葛」之事。他早就向劉備推薦孔明，不是等到臨走之時。

《三國演義》說是曹操迎來徐母，請徐母寫信召喚徐庶。徐母痛罵，硯擊曹操。於是程昱獻計，偽造徐母一信，招引徐庶。徐庶為了「忠孝不能兩全」，只得辭別劉備，投曹去了。在這裏，《三國演義》塑造了一個徐母，正氣凜然，頗為成功。

然而事實卻是，建安十三年曹操南征劉表時，劉琮軍前投降，劉備措手不及，由樊城南

元直走馬薦諸葛

走，曹兵窮追不捨。半路上，徐母為曹兵捉獲，於是徐庶就向劉備告辭。他是在劉備最最狼狽的時候，為了「盡孝」，而辭劉歸曹的。「走馬薦諸葛」是小說家為了安排故事情節而加插的，其實那時諸葛亮已由劉備敦請出山了。

《三國演義》讓徐庶在龐統獻連環計時再露一面，是順筆添上去的，正史沒有記載。此後便不再提及。而正史卻說：徐庶在魏文帝（曹丕）時，官至右中郎將，御史中丞，諸葛亮聞知此事，頗為慨嘆地說：「徐元直只當上這個官嗎？」言下之意，是委屈了他的。不過其他事跡亦無可考。【二】

《三國演義》對徐庶固然有維護之處，但卻安排了徐母痛責兒子和自縊身亡的情節，這又頗有「春秋筆法」，不單為了徐母的形象了。

徐庶不去投曹，徐母未必便死。因為在曹操來說，那時還要與劉備、孫權爭奪天下，為了收羅人才，他是不肯胡亂殺一個在對手幕下工作的人的母親，以免引惹許多人的反對的。他毋寧還會有意優待徐庶的母親，以便獲取愛賢的名聲。陳宮的事也可以為證：《三國志．呂布傳》有一段記載：「太祖之擒宮也，問宮欲活老母及女不？宮對曰：『宮聞孝治天下者不絕人之親，仁施四海者不乏人之祀。老母在公，不在宮也。』太祖召養其母終其身，嫁其女。」

徐母之死，是《三國演義》作者創造性的安排，含意可謂深刻。

所以《三國演義》雖然強調徐庶盡孝，那形象還是很不光彩的。

直到民國初年，有個叫周大荒的，寫了一本翻案的《反三國志》，才替徐庶吐一口氣。此書一開頭就寫徐母被曹操軟禁，徐庶忙不迭地投曹，路過水鏡先生，水鏡先生識破曹操偽造徐母書信的狡計，勸徐庶不可上當，徐庶才留下來。再由諸葛亮派趙雲假扮商人，混入許昌，救出徐母，母子得以團圓。此後，徐庶就在劉備左右當上軍師。這個翻案，可說是挽回徐庶的面子了。

再說羅貫中這樣來塑造徐母，也有歷史根據，其原型就是楚漢戰爭時代王陵的母親。王陵是劉邦的同鄉，身為沛縣土豪，秦末大亂，他率領數千人佔據南陽。劉項爭天下時，他投到劉邦旗下，頗立了些戰功。項羽為了把王陵招降過來，就派人到沛縣逮捕王陵母親，再派人向王陵示意。王陵又急又怕，派使者進見項羽，希望互相諒解。不料王母卻私下對使者說：「願為老妾語陵，善事漢王。漢王長者，毋以老妾故，持二心。妾以死送使者。」遂伏劍而死。此事《史記》《漢書》都有記載。

王母既死，王陵從此就堅決追隨劉邦，劉邦統一天下後，他被封為安國侯。以後，王母伏劍的故事便成為小說家歌頌的題材。如今人們在敦煌文獻中還發現一種《漢王陵變文》，

【一】 見《三國志．諸葛亮傳》引《魏略》。

說的正是這個故事。

變文是唐代出現的用說唱形式來講歷史故事和佛家故事的通俗文學。《漢王陵變文》敷衍的便是王陵及其母的事。內容大意說，王陵和灌嬰帶領漢兵深夜潛入項羽軍中斫營，殺死楚軍數萬。項羽大怒，把王陵母親拘來，逼她召喚兒子棄漢歸楚。王陵派使者去見，王母就在項羽面前，用劍自刎而死。這個故事，在民間長久流傳，成為說書人的熱門題材。

羅貫中正是受到王母伏劍故事的啟發，在撰寫《三國演義》時，把它化用到徐庶投曹故事中去，那手法實在巧妙得很。

第一流武將——趙雲

論三國時代的武將，趙雲說得上是第一流人物。

他是常山真定縣（今石家莊市之北）人。後漢群雄並起時，他由郡人推舉，帶一小隊地方武裝，投入公孫瓚麾下。就在公孫瓚處遇見劉備，兩人一見如故，從此結下深交。他看見公孫瓚是個不能共圖大事的人，就藉口兄長去世，還鄉去了。後來袁紹消滅公孫瓚，劉備又投入袁紹幕下，趙雲於是追隨劉備，成為劉備的主騎。【一】在所謂「賢臣擇主而事」這點上，他是頗有眼力的。

由於他是負責警衛工作的，在劉備大敗於當陽長阪時，他就有保衛甘夫人和劉阿斗的責任。【二】他出生入死，終於保全了甘夫人和後主，立下汗馬功勞。後來，孫權把妹子孫夫人嫁給劉備。孫夫人帶來的一批東吳吏卒，驕橫不法，連劉備也無可奈何，於是特派趙雲主持

【一】事見《三國志．趙雲傳》注引《趙雲別傳》。主騎，應是馬軍衛隊長之類，不屬於朝廷的正式官員。

【二】《三國演義》說糜夫人在當陽之戰中死去，但史無記載。她死於何時，無可考查。糜夫人是糜竺的妹子。

趙雲截江奪阿斗

「內事」（管理內部事務），使東吳吏卒不敢再肆無忌憚。

孫夫人還吳，把阿斗也挾帶走了。趙雲同張飛攔截長江，奪回阿斗，又立下一次大功。他生平處事謹慎，考慮周到。平定桂陽（今湖南郴縣）時，桂陽太守趙範被迫投降，卻擺了個美人計，要把寡嫂樊氏嫁給趙雲。當時有人好心勸他接受。趙雲卻說：「趙範被迫投降，其心難測。天下美婦人不少，何必找這麻煩。」後來趙範果然逃走，趙雲卻絲毫不受牽累。

還有一件事：他在博望坡同夏侯惇作戰時，生擒了夏侯蘭（《三國演義》說夏侯蘭被張飛一槍刺死，那是小說家的虛構【一】）。原來夏侯蘭同趙雲是「總角之交」，從小相識。趙雲便稟告劉備，免了夏侯蘭一死；又知他對法律很有研究，更舉薦他做軍正（軍法官），卻為避免嫌疑，又不把他放在自己的手下。

這兩件事都可見出趙雲的細心。

趙雲在大原則上更是把握得很緊。劉備平定益州時，許多人都建議把成都的住宅和城外園地桑田分賜有功將士。獨有趙雲反對。他說：「從前霍去病說過：匈奴未滅，何以家為？國賊曹操尚在，我們理應淬礪奮發，力求進取，絕不是享樂的時候；而且益州人民飽受戰爭

【一】見《三國演義》第三十九回。

痛苦，也應把田宅歸還給他們，使他們安居樂業才是。」這種見識，比之「老子出生入死，為的是什麼來着」的人，相距何止千萬里！

再有一件事，更可以看出他能從大處着眼。那是在關羽兵敗身死以後，劉備痛恨孫權，傾全國之力，要討伐東吳。趙雲當時苦諫說：「國賊是曹操，不是孫權。如果先滅了魏，孫權自然歸服，不用再煩刀兵。現在曹操雖死，曹丕卻篡漢自立，這正是我們激勵人心，伸張正義的時候。應該早日進攻關中，佔據河、渭上流險要之地，關東（指函谷關以東地區）義士，一定起來響應。若與東吳開戰，兵勢一交，不能馬上解決，得利的只是曹丕罷了。」這一番分析，真是明白犀利。可惜劉備不聽，卒至兵敗身死。

街亭之戰，是魏、蜀以後局勢順逆的一大關鍵。諸葛孔明親率大軍進攻祁山，令馬謖為先鋒，而令趙雲、鄧芝率領少數兵力，虛張聲勢，由斜谷進兵。原來由斜谷進入關中路近，而由祁山一路，卻遠了好幾百里。孔明是想來一個大迂迴，出其不意，直搗長安之背。魏方主將曹真以為蜀兵主力都在斜谷，於是親統大軍迎截。趙雲兵少，當然無法前進；不料馬謖在街亭慘敗，蜀軍主力被迫後退，損失重大。獨有趙雲、鄧芝全師而還，兵將毫無損失。這種勇敢鎮定，也是人所難及的。如果孔明有知人之明，把馬謖和趙雲對調一下，也許以後的局面就大不相同了。然而非常可惜，大抵連諸葛孔明也認為趙雲不過是個衛隊長出身，不能獨當大任，所以寧可用了馬謖。後漢時代，門閥制度依然根深蒂固，連賢如諸葛也是難以避免的。

關於趙雲的勇猛，《三國演義》有許多誇張。在文藝作品中，這是容許的。上面所說，卻都是根據史書的記載。史書自然難免有溢美之詞，但也不可能太離譜。趙雲的事跡，還是大體可信的。

他真不愧為武將中第一流人物。

一群大顯身手的青年

辛棄疾有一首《南鄉子》詞，其中說：「年少萬兜鍪，坐斷東南戰未休。」指的是東吳的孫權。孫權在建安十三年（公元二〇八年）赤壁之戰的時候，只有二十七歲，真可以當得起「年少萬兜鍪」的讚語而無愧。

赤壁之戰是三國分立的開始，在我國歷史上是一條時代的分界綫。那麼，在這一年，其他幾個著名人物又是多大歲數呢？

這可以從《三國志》的記載裏推算出來。

原來赤壁鏖兵，是一群青壯年英雄人物意氣風發、大顯身手的年代。

鼎鼎大名的諸葛亮，那年只有二十八歲，比孫權僅僅大一歲，稱得上是「季子正年少」了。

「鳳雛」龐統於建安十九年圍攻雒城時戰死，死時三十六歲，那麼他「獻連環計」的時候，只有三十歲。

周瑜年紀略大些，也不過是三十四歲的人罷了。

魯肅比周瑜長了幾歲，那一年他的尊庚是三十七歲。

呂蒙卻又年輕些，不過三十出頭。

而劉備蹉跎半生，不知不覺已是「人到中年」了，他是四十八歲。

趙雲年紀雖不可考，此時也已年近四十。這從他此前十七年就投奔公孫瓚一事，略可推知。

三個最高統帥之中，只有曹操年紀最大，他生於漢桓帝永壽元年（公元一五五年），至建安十三年（公元二〇八年），已經五十四歲了。

再說，那時還遠在西涼的馬超，年紀也不大，是三十四歲的壯年。

還有個呂布，他在舞台上年少英俊，白面無鬚，手中方天戟，縱橫馳騁，英勇無敵。舞台上雖然不曾出現真馬，也能想像那匹日行千里的赤兔，是如何神駿。

舞台上的三國戲，許多人物的扮相已是定型了的：孫權長了一大把鬍子，似乎同曹操年紀不相上下；諸葛亮更不像個不到三十歲的青年小伙子；反而周瑜顯得最年輕，是一群人中的小弟弟。其實，那是幾百年前舞台藝人們根據他們的藝術要求來塑造的，同歷史上的真實人物出入很大。自然，我們今天也不必苛求。

但假如人們要編新三國戲，這些不太合理的扮相和臉譜是不是可以打破？卻不妨加以研究。

赤壁之戰縱橫談

赤壁之戰，在歷史上本來就是一場驚天動地的大戰。直至今日，兵家也還舉為以弱勝強的戰例。寫三國故事的小說家自然不放過這個描寫誇張的好機會。《三國演義》寫到此處，真是花團錦簇，好看極了。

但我們須首先看看當年的歷史。

（一）劉備窮途末路

在後漢末年的群雄角逐中，劉備是條件最差的一個。論家世，遠不如袁紹、袁術；論武術，遠不如呂布、孫策；論智謀，也遠不如曹操；他又不像孫權有個比較穩定的根據地。他以一個縣令起家，是最低微的出身，但即使縣令也不安於位。他東奔西走，先後依靠過公孫瓚、田楷、陶謙、曹操、袁紹、劉表，二十多年間，還沒有獲得尺地寸土。建安十二年，曹操大軍南征，劉表病死，劉琮投降，他帶着十多萬人（軍民老少都在其內）向南退走，又在

關雲長義釋曹操

當陽長坂被曹軍追上，連妻子都顧不上，一直逃到夏口，才同關羽的水軍會合。狼狽到這個地步，別人都認定他從此一蹶不振，沒有希望了。

東吳人寫的《江表傳》就有這樣的說法：劉表死後，魯肅奉孫權之命去見劉備，兩人在當陽相遇。魯肅問劉備今後的行止，劉備說：「我從前同蒼梧太守吳巨是老朋友，如今想去投奔他。」魯肅指出吳巨是個庸人，而且蒼梧僻在南方（蒼梧郡治即今廣西梧州市），豈是托足之地？不如同孫權聯合，還大有可為。劉備非常高興，就派諸葛亮到東吳談判。

劉備真要向蒼梧去嗎？那肯定是一條絕路，諸葛亮等人也一定不會同意。所以《江表傳》的記載未必可信。不過由此可知劉備當時處境的險惡已到了何等地步。

(二) 曹操卻「消化不良」

但此時卻應着一句老話：「物極必反。」曹操吃得太飽了，患上了「消化不良」之症；而劉備和孫權，卻非死裏求生不可。形勢的潛移默化是非常微妙的。

為什麼說曹操患了「消化不良症」？

荊州是個大州，不要說長江以南那部分，就說在江北的地區吧：北面南陽、新野、襄陽，都屬南陽郡，轄地有現在河南南部、湖北北部和陝西南部地方；東面的江夏郡，轄地有現在湖北東部地方；西面的南郡，轄地有現在湖北中部和西部地方，合起來相當於兩個省。加上劉表統治荊州十八年，沒有參加其他軍閥的戰爭，因此人口繁盛，人才集中，地方富庶，物資積蓄。在曹操看來，它簡直是一大塊肥肉。

使曹操料想不到的是劉表一死，劉琮就投降了，真是不費一兵一卒。再有奇怪的是，那位劉皇叔竟然「攜民渡江」，連軍帶民，包攬了十餘萬口，拖男帶女，每天走路不到二十華里。本來可以打一兩仗的，為此也就束手無策，一直逃到夏口去了。

這樣一來，曹操就不能不吃到「消化不良」了。他要分兵佔領大片土地，要收羅寄住荊州的各種人物，要搶奪大批物資，要建立曹家的新秩序，如此等等。他不暇再去追擊劉備，也就不暇計較孫、劉的聯合；而且，又給這種容易的勝利衝昏了頭腦，認為從此大勢已定了。再加上手下將校士卒，乘戰勝之威，搶掠金銀財寶，甚至收藏婦女，一個個變成小財主。他們的士氣已經全部化成「歸心似箭」，要回鄉享樂去了。總之，在物質上，在精神上，曹操及其手下都已處在「脹滿」了的狀態。

（三）「禍兮福之所倚，福兮禍之所伏」

在劉備方面，已是走到懸崖絕壁，他是抱着「戰亦死，不戰亦死」，不如一戰而死的決心。孫權方面，眼見曹操聲勢洶洶，下一步必然輪到自己，若不與劉備聯合，江東自然難保。投降他不甘心，只能全力一戰。這時孫、劉兩家，彷彿是「背水為陣」，已無退路了。所以在赤壁之戰前夕，表面上，曹操乘戰勝之威，以數十萬大軍，壓到長江，勝利大有把握。但他不知道形勢已在暗中發生變化：自己方面的優勢，因荊州的意外得手而大大削減；反之，敵人方面的劣勢，卻由於緊密團結和拚死抵抗的決心而轉為優勢了。

古語云：「其進銳者其退速。」這種矛盾對立的轉化，自然不是當時因勝而驕的曹操所能料及的。

赤壁之戰，終於奠定了「三分之局」。劉備得到一塊較好的地盤，結束了飄蕩隨人的生活；孫權也取得一塊新地區，大大鞏固了江東。這就是《老子》說的：「禍兮福之所倚，福兮禍之所伏。」

（四）天時、地利、人和不在曹操這邊

由上文可知，人和不在曹操這一邊。而同時，天時、地利也不在曹操這一邊。

當年曹操南征劉表，劉表新死，劉琮在襄陽投降，於是曹操用輕騎急追劉備，劉備向南撤退，在當陽長坂一帶遇上曹軍，被殺得七零八落，便同孔明一千人向東退卻，退到樊口（今湖北黃岡縣【一】長江對岸），商議同東吳聯合拒敵。而關羽則另率一軍駐在夏口（今武漢市）。

但是曹操不是向東追擊而是向南直進，他以為先佔領江陵是最重要的，因為江陵積有大量糧食軍械。這樣一來，曹操大軍就集中在江陵一帶，反而讓劉備有喘息之機了。

由江陵東面直到夏口西面，沿着長江北岸有幾百里寬橫的一個沼澤地帶，這個地帶人煙極為稀少，道路不通，大船進不去，軍馬不能駐紮，兵家叫做死地。曹操無法從陸路進擊孫劉聯軍（除非他返回襄陽，另從桐柏山之南向隨縣一綫南下），於是就走水路。

這一帶的長江是非常曲折的，而且北岸是剛才說的沼澤地，南面又有東吳軍隊把守，於是曹軍只好沿着長江，進到赤壁。

【一】黃岡縣即今黃岡市。編者注。

赤壁有幾處，近代史學家多數認為赤壁之戰的赤壁是在今武昌之東的金口附近。曹軍當時也佔領了長江南岸一些地方，不料才一交戰，就吃了敗仗，只好退到江北。於是兩軍就在赤壁附近相持。

曹軍不能在南岸展開，就注定了要失敗，因為二三十萬大軍，一部分在船上，一部分在江北，而江北卻是大片沼澤地，只能侷促江邊一綫，真可說進退兩難。

地形對曹軍不利，對孫劉聯軍卻有利，不料還加上天時也不肯幫助曹操，剛好湊合一陣東南大風，於是黃蓋一把火燒起來，曹操水軍首先崩潰，陸軍也受牽連。因為地形限制，隊伍展不開，而且岸上營寨也已着火，敵軍一壓，無從抵抗，便勢成潰退了。

但是沿江而退是不行的，只能向後。向後卻是大沼澤地，結果就像《資治通鑒》描寫的：「操引軍從華容道步走（由江邊通到華容的路，向江陵最近），遇泥濘，道不通，天又大風，悉使羸兵（弱卒）負草填之，騎乃得過。羸兵為人馬所蹈藉，陷泥中，死者甚眾。」「操軍兼以饑疫，死者太半。」這場仗於是以曹操慘敗告終。

曹操犯了一連串錯誤：取江陵不取夏口，一也；不慣水戰偏要從水上進軍，二也；背靠沼澤，地形不利，三也；孤軍深入，外無策應，四也；初戰不利，便退據江北，五也；至於中了黃蓋之計，還是最後的事。沒有以上錯誤，僅僅一把火是燒不走曹操的。

（五）從《入蜀記》想當年華容道的面貌

《華容道》早就是著名的折子戲了。當年京劇名角林樹森、金少山合演此劇，傾動一時。那關羽上場，好不威風，一句「你是驚弓鳥有雙翅難以飛逃」，嚇得曹操和手下殘兵敗將魂不附體。可是，經不起曹阿瞞一番又哭又求，終於還是「鐵打的心腸軟如綿」，只好承認：「當初待某家有恩典，今日裏報恩在眼前。」把曹操放過去了。

華容道到底是一條什麼路？

三國時代的華容，本是漢代的舊縣，位置在今湖北省長江北岸的監利縣北面約六十里，同現屬湖南省洞庭湖以北的華容縣不同。假如從烏林（在今洪湖縣【一】北）畫一條直綫到江陵縣（又叫南郡），那麼華容恰好就在這直綫的中心。所以曹操在赤壁戰敗以後，逃回江陵，以為通過華容是最直捷的路，誰知這竟是一條「爛胡同」，於是大部分敗兵都死在這裏。這真是「循名」而不「責實」的可悲結果。

這條路的確不好走，《三國演義》描寫的「地窄路險，坎坑難行」，「坑塹內積水不流，泥陷馬蹄，不能前進」，只能「搬草運蘆，填塞道路」，真是當年的事實。假如華容道上有

【一】洪湖縣即今洪湖市。編者注。

一支軍馬攔截，曹操一干人的命運是不堪設想的。幸而關羽沒有趕到華容，「義釋曹操」只是小說家的一段虛構。

當年華容道這一帶到底怎麼個難走法？光看《三國志》是不甚親切的。我們且看九百六十年後，南宋詩人陸游自己的親身經歷，就會比較清楚了。

陸游是在乾道五年（公元一一六九年）坐船從長江到西川擔任夔州通判的。他過了鄂州（今武漢市）不久，就不走長江，改從沌口（在漢陽南不遠）進了一條小河汊，陸游寫道：「自是遂無復居人，兩岸皆葭葦彌望，謂之百里荒。」「平時行舟，多於此遇盜。」走了兩天，「始有二十餘家，皆業漁釣。」再走兩天，「舟人云：自此陂澤深阻，虎狼出沒。未明而行，則挽卒（縴夫）多為所害」。又走了兩天，「過東場，井水皆茂林修竹，堤淨如掃，雞犬閒暇，鳧鴨浮沒。人往來林樾間，亦有臨渡喚船者，使人恍然如造異境」。一直走了七天，陸游的船才走出這個沼澤地帶，再入長江。【一】

陸游親歷其境，描寫是親切的。雖然也只是乘舟路過，所見不廣，所知不多，但是這條十分接近華容道的路綫，地形何等複雜，地方何等荒涼，道路何等難走，也已不難想見。南宋時代還是如此，那麼在三國時代，那種原始氣息之沉重就更不用說了。

由此一事又可知道，劉備方面，若有一支兵馬，先埋伏在華容道上，曹操的敗兵是一個也走不脫的。可惜孔明事先也沒想到，等知道曹兵由華容道退卻時，才派兵去追，已經來不及了。這是正史上這樣寫的。

小說家也是「事後諸葛亮」，虛構了關羽在華容道義釋曹操一場文字；還說孔明不止派一支人馬，而是派了張飛、趙雲，先衝殺兩陣，迫得曹操走到華容小路上去，從而突出關雲長的義氣來。這是小說家之言，讀者不要受騙上當了。

【一】 見陸游《入蜀記》。

《三國演義》中的演義——平話「赤壁之戰」

《三國演義》之所以獲得廣大讀者的喜愛，並不在於它可以當做通俗歷史來讀，而是由於它故事豐富有趣，人物形象多姿多彩，還有不少戰爭大場面的出色生動的描寫。這些都是其他歷史小說所不能及的。

這當然不是羅貫中本人的獨力創造。因為在他之前，宋元兩代的民間藝人——包括說書人、編劇家已經把許多故事創作出來了。我們現在雖然不知道在羅貫中之前的藝人們創作了多少三國故事，但是，現在留存下來的一本《三國志平話》，是元代至治年間（公元一三二一年——一三二三年）的刊本，翻開這本書看，著名的三國故事大體上已經初具規模，從「桃園結義」到「諸葛歸天」都全有了。

《三國志平話》是比較原始的東西。且不說文字粗糙，情節欠理，就以故事來說，也是僅具雛形，缺少細緻的描寫。就像一座大廈，只有鋼筋水泥的骨架，看是雄偉，卻欠缺修飾。只有到了羅貫中手裏，才立足於這個結構，加以細緻打磨，裝點修飾，除殘去穢，完成一座輝煌壯麗的大厦。

在羅貫中之前，辛苦地為三國故事營建的民間藝人當然不少，可惜他們連名字都沒有留下來。我們僅僅從《東京夢華錄》知道有個霍四究，是「說三分」（三分就是三國）的（當然還有「講史」的藝人，但不是專講三國故事，所以不算在內）。由於他們地位低微，能留下一個名字，已算幸運了。這是使人不勝嘆息的。

但《三國志平話》的幸而保存，卻使我們多少知道當年藝人所付出的心血和取得的成果。他們是羅貫中的先行者，曾經為《三國演義》盡了披荊斬棘之勞。

在這裏，我們且把「赤壁之戰」作為例子，來說明三國故事的創作過程。

《三國志平話》是這樣描寫這段歷史的：

卻說曹操為報夏侯惇失敗之仇，起一百萬大軍，千員名將，立誓要踏平新野，跳碎樊城。玄德聽了大驚，向軍師問計，孔明叫修書去荊州劉表，借取三十萬兵馬應敵。不料即報劉表已死，劉琮繼立，玄德十分哀痛。此時又報曹軍逼近，只得向南撤退。來到荊州，劉琮聽蒯越、蔡瑁讒言，關閉城門，不許入內。玄德無奈，率眾向南再退，到了當陽，曹軍趕上，大殺一陣，死人無數。玄德「憑伏鞍馬」，於亂軍中逃命，家小全部散失，又報反了趙雲，真是狼狽萬分。正走之間，到一河邊，山阪特陡，名曰長阪。孔明囑咐張飛守住長阪橋，阻擋追兵。

原來趙雲單馬殺入軍中，追尋玄德的家小。路上遇見甘夫人，手抱阿斗，身中一箭。趙雲抱了阿斗，甘夫人走入牆內身死。趙雲掩了屍體，抱太子南走。曹操望見，即命猛將關靖追趕。關靖和趙雲殺了一陣，趙雲衝陣而過，至橋上，陷了馬蹄，十分危急。背後關靖趕來，卻被趙雲用硬弓一箭射死。趙雲又抱阿斗南奔，來到長阪橋頭，適逢張飛迎住，趙雲得以脫身，找到劉備。

又說張飛令軍卒將五十面旗幟，在高阜處一字排開，叫二十騎馬軍擋在南河。曹操親領三十萬軍開到，問他：「你為何不躲避？」張飛連聲大叫：「吾乃燕人張翼德也，誰敢共吾決死？」叫聲如雷，橋樑皆斷。曹軍倒退三十里。

玄德得張飛擋住追兵，繼續南行，路上與東吳使者魯肅相遇。魯肅見玄德狼狽，接到夏口，勸玄德與托虜將軍孫權合力抗曹。玄德同意，即命孔明帶了書信，同魯肅渡江，去見孫權。不料孫權謀臣張昭、吳危懼怕曹兵勢大，一力主張投降，孫權猶疑不決。孔明為此舌戰張昭，指稱劉琮投降，已被曹軍殺死。張昭要學蒯越、蔡瑁之計，難免再蹈劉琮覆轍。眾官議論三日，未定決策。忽報曹軍已將一百三十萬軍兵圍了夏口，又派使者送來文書，勸孫權即日投降。張昭、吳危都說，曹軍難敵，如今只能派兵守住江東，與劉備斷絕關係。孔明聽了大驚，即時提劍上階，一劍斬了曹使。東吳眾官大鬧，捉住孔明要殺，幸被魯肅勸住。

當夜，孫權與太夫人商議，太夫人道：「你父臨終曾言：倘有急事，可以周瑜為元帥，黃蓋作先鋒。」孫權便使人至豫章，請周瑜計議。誰知周瑜每日與小喬作樂，不肯動身。孫權只得派魯肅、孔明前去勸說。孔明便計激周瑜道：「今曹操動軍，遠收江吳，非為皇叔之過也。爾須知曹操在長安建銅雀台，拘刷天下美色婦人。今曹相取江吳，擄喬公二女，豈不辱元帥清名？」周瑜果然大怒，推衣而起，即日去見孫權，掛印為帥，起三十萬軍，百員名將，屯於長江南岸。

曹操聽說周瑜掛帥，便親自乘船出戰。周瑜也坐船迎敵。兩家打話畢，蒯越、蔡瑁率領水軍攻打周瑜，周瑜先用箭射住，蒯、蔡也叫放箭。周瑜用計，將帳幕蒙在船上，只受曹軍的箭，移時，便得數百萬支箭，明日，曹操再來索戰，被周瑜用炮石攻船，曹軍大敗。曹操心中憂悶，自言：「孫權有周瑜，劉備有諸葛軍師，惟獨我無謀士。」有人舉薦「江夏八俊」蔣幹。曹操乘車前去，見了蔣幹，拜為軍師。蔣幹自言：「某與周瑜同鄉。願去勸說周瑜，使他不動刀兵，然後先斬夏口劉備，再驅兵南渡，克日可取東吳。」曹操大喜。次日，蔣幹過江，見了周瑜，被周瑜幾句話說得無從對答。

次日，黃蓋向周瑜獻出「斷道絕糧計」，觸怒周瑜，要將他處斬。由於蔣幹力勸，才免死打了六十大棒。是夜，黃蓋至帳，拜謝蔣幹。蔣幹勸黃蓋投曹。黃蓋說出蒯越、蔡瑁已有降書交與周瑜，並將降書給蔣幹看了。蔣幹大驚。黃蓋又寫書一封，囑蔣幹交與曹操，表示願意投降。蔣幹回到了曹營，說黃蓋願降，又說蒯、蔡二人暗中通敵。曹操聽了大怒，立即將蒯越、蔡瑁二人斬首。

再說周瑜對眾官道：「大破曹兵，在此一戰，吾有一計，不知眾位是否同心？」於是各人都在掌上各寫一字，開看之後，大家都寫個「火」字，周瑜甚喜。獨有孔明掌中，卻寫一「風」字。周瑜問是何故？孔明道：「眾人用火，我助其風。」周瑜不信。有諸葛瑾來說：「我家臥龍，有不測之機。」周瑜道：「既是如此，待我退了曹操，然後囚禁諸葛。」

數日後，諸葛孔明令人築一高台，披衣跣足，親自祭風。當夜東南風大發。周瑜、黃蓋乘風用火進攻。曹軍大敗，眾官將蔣幹亂刀砍為萬段。

再說曹操大敗，望西北而走，走無五里，有常山趙子龍攔住，大殺一陣，曹操撞陣過去。又有張飛攔擋，曹軍死戰，奪路脫身。來到華容道，卻見關羽領五百校刀手，擋了去路。曹操上前求情，關羽道：「軍師嚴令。」說話之間，「面生塵霧，使曹操得脫。」

以上是《三國志平話》寫赤壁之戰的大概。儘管我節錄的是個概略，讀者也不妨拿它和《三國演義》對照一下，便知從劉玄德「攜民渡江」開始，中間是趙子龍單騎救主，張翼德大鬧長坂橋，諸葛亮舌戰群儒，智激周瑜，以及隨後的草船借箭，蔣幹中計，黃蓋詐降，孔明借風，乃至華容道義釋曹操等等，都已經具備雛形了。只不過，《三國志平話》寫得比較粗糙，而且頗有不合理之處，這是民間藝人難以避免的缺點。雖則如此，故事還是曲折熱鬧，引人入勝的。

羅貫中就是憑藉這些民間創造，去其粗而存其精，又加以提高，輔以粉飾，於是，比史書《三國志》描寫熱鬧不止十倍的赤壁之戰的故事，就這樣流傳開來，歷久不衰了。

我們不該忘記那些無名的開創者。

從孫權受箭到孔明借箭

數百年來，諸葛孔明「草船借箭」的故事已是家喻戶曉。這要得力於《三國演義》。此書第四十六回把周瑜要殺孔明，命他監造十萬支箭，以及孔明立下軍令狀，再哄魯肅上船，利用大霧的機會，逼近曹營，用船受箭的事，寫得十分生動，真是一篇出色的文字。

但你可知三國時代，歷史上只有孫權「受箭」，卻沒有孔明借箭這回事麼？那是建安十八年，曹操起兵進攻東吳的濡須，正在兩軍隔江相持之際，孫權坐着一條大船來觀察曹軍的動靜。據《三國志．吳主傳》引《魏略》說：「權乘大船來觀軍，（曹）公使弓弩亂發，箭着其船，船偏重將覆，權因回船，復以一面受箭，箭均船平，乃還。」《魏略》是魏國的郎中魚豢寫的，他寫的是本朝的事，而他也不需有意去頌揚孫權，可見此事還是可信的。孫權起初料不到會中了這許多箭，弄得船要傾側，他只是急中生智，設法使船得到平衡，也算他頭腦機靈。

孫權雖然不是有意去借箭，但事實卻引起小說家的注意，認為這是個好題材。

於是宋元的說書人就把這件事用在周瑜身上。那故事說，赤壁之戰中，周瑜和曹操在水上對陣，「周瑜用帳幕（遮住）船隻，曹操一發箭，周瑜船射了左面，令扮棹人回船，卻射右邊。移時箭滿於船。周瑜回，約得數百萬隻箭。周瑜喜道：『謝丞相箭。』曹公聽得大怒。」【一】

由此，草船借箭故事的雛形出現了。

不過這故事細想也有毛病：在大白天兩軍對戰中，曹兵豈有只射箭不進攻之理？即使只射箭，又哪會一射就是數百萬支？

到了羅貫中撰《三國演義》時卻不同了。他寫孔明是在三日前預知江上有大霧，又寫出發時間是在四更，又寫日高霧散時，孔明急令收船，船輕水急，已放回二十餘里，曹兵追之不及。那便入情入理，簡直可以收入「用兵奇計」之中了。

《三國演義》是許多頭腦的智慧產品，由此一事也能證明。

【一】見《三國志平話》。

孫權有強大海軍

讀過《三國演義》的人，熟知孔明的神機妙算，關、張等五虎將的英勇，活動大抵都在陸上，至於江河，則除了赤壁之戰甚為烜赫之外，只聞說「臨江水戰有周郎」，對東吳的水戰虛點一筆而已。

其實孫權擁有一支強大的海軍力量，曾縱橫於東海、黃海、渤海之間，也曾遠涉重洋，卻少有人留意。

從陳壽《三國志》鈎稽，我們可以看到如下的零星記錄：公元二三〇年，孫權「遣將軍衛溫、諸葛直，將甲士萬人浮海求夷洲及亶洲」。因為此二地相傳是徐福到過的地方，且該地曾有人渡海來到會稽，故特派海軍萬人前去尋訪，但只到了夷洲，「得夷洲數千人還」。

近人考證，所謂夷洲就是中國台灣。由此看來，孫權是首先與中國台灣交通的中國君主。

孫權又曾派一支海軍直達遼東，向公孫淵進行友好訪問：「淵遣使南通孫權，往來賂遺。權遣使張彌、許夏等，金玉珍寶，立淵為燕王。」據《魏略》載，孫權「此年以來，復遠遣船，越渡大海，多持貨物，誑誘邊民，邊民無知，與之交關。長吏以下莫肯禁止，致使周賀浮舟百艘，沉滯津岸，貿遷有無。」從這兩段記載，可知孫權的海軍由江浙遠達遼東半島，大做生意，而曹魏對之無可如何。

到了公元二三八年，司馬懿以公孫淵自立並侵擾魏地為理由，起兵攻戰公孫淵，公孫淵不能抵敵，兵敗被殺，東吳和遼東一段交往才終於完結。可是孫權沒有甘心，曾「遣使者羊道、鄭胄、將軍孫怡，之遼東擊魏守將張持、高慮等，虜得男女。」孫權似乎是要替公孫淵報一死之仇，派了一支海軍攻擊佔領遼東的魏軍，而且還是打勝了仗的。

可惜這些事實，並沒有引起《三國演義》作者的興趣，因而東吳擁有一支強大海軍力量的事就未涉一筆。即使是描寫赤壁大戰，讀者也只見「鎖戰船北軍用武」，連「借箭」的諸葛孔明也只好坐在草船上了——順便補充一句，歷史上的「借箭」是孫權的事，《三國演義》硬把它移到孔明身上，無非要突出「天下軍師」的過人智慧罷了。

孫權派海軍到亶洲和夷洲不是為了海上仙山，要找些不死之藥回來。憑這一點，他比秦皇、漢武高明得多。

鼻塗白粉的方巾丑——蔣幹

小說家常有「移花接木」的本領。三國故事中的蔣幹其人，就是一例。

蔣幹此人，出於《三國志·周瑜傳》注中所引的《江表傳》。此書說，蔣幹是九江人，「有儀容，以才辯見稱」。曹操在赤壁之戰前，曾遣蔣幹到東吳勸周瑜歸順。周瑜一見便知蔣幹來意，於是請他觀看營中的倉庫器仗，室中的服飾珍玩，然後對他說：「我所遇的是知己之主，情同骨肉，言聽計從，禍福共之。便是蘇秦、張儀再生，也說不動我，何況你這個小書生呢！」蔣幹沒趣，只得走了。在赤壁之戰中，他沒有再出現過。【一】

《三國志平話》的作者卻把蔣幹放到赤壁之戰的關鍵時刻出現，讓他一再中了周瑜之計，成為反面角色；再加上舞台上的渲染，於是這個鼻子上搽着白粉的方巾丑，便活靈活現地變成烘托周瑜的可笑人物。

四十年前，黃裳寫過一篇《論蔣幹》的「舊戲新談」，文字甚妙，且抄一節：

蔣幹是《群英會》中的要角。其性多疑。如果沒有了他，這一齣戲勢必不能成功。在京戲中，此角屬於所謂方巾丑，曩曾見袁寒雲演之，妙不可言。為什麼，因為這必須帶點「書卷氣」才行。否則便流於俗趣了……

蔣幹最可以代表中國過去的讀書人，有小聰明，好逞才華，好玩花樣，然而時時落於拙劣，「疑」字是他的這種行動的骨幹，如果換一個新名詞，即是「神經衰弱」。然而平時又並不表現得如此糊塗，所以像曹孟德那樣的聰明人也還要收其於幕府。壞也就壞在這兒，這終於使曹操吃了大虧，真糟糕！

《三國演義》中的蔣幹是經過小說家精心加工的，比起《三國志平話》來，情節合理得多，人物形象也生動得多了。《三國志平話》說蔣幹是「仙長」，曹操一見便「拜蔣幹為師」，這都不合情理。《三國演義》刪了這些，回頭引用了《江表傳》的材料，又把《三國志平話》裏蔣幹如何中了周瑜之計那部分去粗存精，仔細修飾一番，於是周瑜之智，蔣幹之愚，恍如雙峰對峙，二水分流，好看得很。

【一】 司馬光的《資治通鑑》把蔣幹遊說周瑜這件事放在建安十四年冬，即赤壁之戰後的一年，這是不合理的。因為這時周瑜已立下大功，成為東吳的第一號人物，絕不是曹操一個說客能夠打動的。曹操也不至於在赤壁大敗之後向周瑜勸說歸降。果真如此，曹操便真是個大傻瓜了。

歷史上的蔣幹雖然也是丟了醜，畢竟只是無功而返，沒有吃什麼虧。《三國志平話》和《三國演義》則有意把他移到赤壁之戰中，使雙方矛盾衝突越加尖銳而激烈，並因此引出蔡瑁、張允被殺，龐統獻連環計成功；這一來，不僅赤壁之戰更加花團錦簇，曹操的失敗也顯得更淒慘了。

一個尋常的說客故事，變得很不尋常，這是得力於「移花接木」的成功。這是小說家高明的一筆。

孔明借風與禳星

（一）風是可以「借」的

孔明借東風的故事，流傳久遠，婦孺皆知了。有人覺得真是神奇，也有人直斥之為荒唐無稽。

問題得分開來說。

假如，像《三國演義》寫的那樣，只建一個七星壇，插上二十八宿旗，佈成六十四卦陣，穿上道袍，焚香默祝，就可以借來三天三夜的東南風，當然是荒謬的。

可話又說回來，氣象變化，不是絲毫不能預測的。如果撇開掩人耳目的形式，單說孔明有氣象預測的本領，從各種跡象中知道天氣轉變，兩天之後會颳一場東南風，那又值得什麼大驚小怪呢？

古代行軍打仗原來就有占候這一門。根據天文和氣象變化來預測吉凶，它固然屬於封建迷信的玩意，但是，不能排除有些占候家確實懂得一些氣象預測之術。因為民間一向就有看天經驗，而且常是很靈驗的。像廣東民諺說的：「烏雲竄河溪，人人守着堤。」「紅雲上頂，找地灣艇。」「烏豬仔，游天河，大風翻起窩。」都是相當準確的颱風預測。假如孔明平時就注意氣象預測這一門，學過這些本領，能在事前知道颳東南風，有什麼奇怪！《三國演義》作者也夠細心。他把孔明提出「借風」的日期定在十一月十八日，次日建壇祭風，二十日三更風就來了。預測不過在兩天之前。廣東漁民只憑海上出現橫浪（又叫草席浪）就知三天之後有颱風來到，誰說這是荒唐？

在封建迷信彌漫上下的舊社會，有些事情往往不得不藉助於迷信外衣。正如陳勝、吳廣起義時要弄個「篝火狐鳴」，元末紅巾軍起義要預埋一個石人，宣傳「石人一隻眼，挑動黃河天下反」那樣，有它的歷史根源。

自然，史書上沒有說孔明借風，這裏不過是就小說談小說。【一】

（二）星是不能禳的

《三國演義》寫諸葛孔明，越到後來，便越有許多神怪。祭東風還可以說是故意裝神扮鬼，瞞人耳目；南征時，用木刻彩畫五色巨獸，嚇退孟獲的虎豹豺狼，亦可說是應變之術；到《出隴上諸葛妝神》這一回，居然說孔明善會奇門遁甲，能驅六丁六甲之神，通曉縮地之術，他乘坐一輛小車，緩緩而行，魏兵驟馬追趕，卻總是追趕不上；後回又說孔明仗劍步罡，祭來一天陰雲，黑氣漫空，故意引誘魏兵前來劫寨，那就簡直是個十足的妖道了。

孟子曾說：「天時不如地利，地利不如人和。」他說的天時，不過是指陰晴寒暑這些情況對行軍打仗的影響。《孫子兵法．計篇》也說：「天者，陰陽、寒暑、時制也。」（時制是四季時令的更替）並不含有迷信色彩。不過古人對天卻總有些畏懼之感，因為不明白那些雷電風雨冰雹到底是怎麼回事，對於自然災害也得不到正確解釋，於是迷信便自然產生了。杜佑《通典》引《太公兵法》就說：「凡興軍動眾陳兵，天必見其雲氣，示之以安危，故勝敗可逆知也。」這已把兵家勝負放到「天意」上面了。隨着五行家、占星家學說的流行，對天的迷信更是滲進帶兵人的頭腦中，以致後來有些官方撰作的兵書，如北宋的《武經總要》之類，都收入大量的占星占雲的內容，實在是毫無意義的糟粕。

到了說書人或小說家手中，又進一步變本加厲起來。《水滸傳》有個入雲龍公孫勝，就是專門會使妖法的，他能夠呼風喚雨，撒豆成兵。連高俅的兄弟高廉居然也會使用妖術。此

【一】《三國志．周瑜傳》說：「時風盛猛，悉延燒岸上營落。」又《江表傳》說：「時東南風急，（黃蓋）因以十艦最着前，中江舉帆……去北軍二里餘，同時發火，火烈風猛，往船如箭，飛埃絕爛，燒盡北船，延及岸邊營砦。」看來是一種偶然湊合。

外，《說唐》《平妖傳》之類也莫不如此。羅貫中固然算是相當高明的小說家，卻也未能免俗，把諸葛孔明塗抹成為一個「牛鼻子道人」了。

尤其可笑的是寫諸葛孔明臨死前親自禳星，在帳中點起七盞大燈，四十九盞小燈，內安本命燈一盞，說什麼「在帳中祈禳北斗，若七日內主燈不滅，吾壽可增一紀（十二年）；如燈滅，吾必死矣」。簡直是舞神跳鬼的江湖術士的行徑。後來又故意安排魏延踏滅了本命燈，給魏延增添一重罪案。小說家這種手法真是未免過分拙劣了。

然而，封建迷信長期統治着古人的頭腦。近日讀到唐人易靜寫的《兵要望江南》，內容全是占雨、占風、占斗、占星一類的東西。其中一首云：「軍營內，斗大墜星來，或是作聲長數丈，其間大戰將身摧，急去免危災。」可見所謂「將星墮營」之說，由來已久，又何怪乎小說家。

華容道的反推法

《三國演義》裏華容道義釋曹操的故事，許多讀者讀了，只覺得有趣，或者讚揚孔明的智慧和關雲長的義氣，但你可想到，這個故事包含的意義，遠不止有趣，而是軍事科學中直到現在還被人研究着的「反推法」。反推級數越高，獲勝可能越大。

在《三國演義》中，孔明最後派關雲長把守華容道並要他立下軍令狀，不放曹操逃走。華容道號稱難走，關雲長問：「若曹操不從這條路來，如何？」孔明道：「我亦與你軍令狀。」還對他說：「雲長可於華容小路高山之處，堆積柴草，放起一把火煙，引曹操來。」雲長問：「曹操望見煙，知有埋伏，如何肯來？」孔明道：「豈不聞兵法虛虛實實之論，操雖能用兵，只此可以瞞過他也。他見煙起，將謂虛張聲勢，必然投這條路來。」

後來的故事大家都知道，曹操果然走華容小路，而且望煙火起處走去，於是恰好碰上了關雲長。

孔明在這場調兵遣將中，用的便是「反推法」。

蘇聯國防部軍事出版社曾出版一本《思考・計算・決策》，把「反推」作為軍官智力功能表現的重要一着。此書舉例寫道：

甲和乙是敵人，甲要追乙。乙所躲的洞有兩個出口，一個容易一個難。按反推等級劃分局中人的考慮方案有如下三種：

一、雙方的反推級為零。誰也不模擬（即考慮對方）誰的判斷。這時乙走容易的路。甲也從這條路去追。結果怎樣，決定於速率。

二、甲的反推為零級，乙的反推為一級。乙作如下考慮：「甲當然要走容易的路追我，所以我走難走的路為上策。」乙就逃掉了。

三、甲的反推級為二，而乙的反推級僅為一。則乙的考慮如前，選擇難走的路。但甲卻加上多一級考慮：「乙想我會走容易的路，所以他會走難走的路，我當然要走難走的路，乙是決想不到這點的。」結果，乙被追上了。

還可以再做等級更高的反推。

這本軍事讀本舉上述為例，卻不曾以具體故事說明，而《三國演義》寫了具體故事，卻沒有稱之為「反推」。但我們分明看出，甲等於孔明一邊，乙等於曹操一邊。曹操用了反推的一級，孔明卻用了二級，還加上放煙火，則成為三級，於是曹操便不能不自投羅網了。

《三國演義》的用兵奇謀，至今還可以啟發軍事家的智慧，由此可見。所以日本工商界也努力研究它，作為商戰的錦囊。

魯肅與周瑜的真面目

魯肅並不像《三國演義》描寫的那樣溫文爾雅，自然不是個文士，更不像在京劇《群英會》裏那樣的老實而又糊塗。要知道魯肅是什麼人，就得看看下面這幾件事實。

他家住東城（今安徽滁縣西北），是地方的富豪，性情慷慨，樂於施捨。周瑜有一次經過他家，向他借糧。他家中有兩囷米，每囷三千斛。魯肅舉手一指，就送了周瑜一囷，使周瑜大為驚奇。

他見天下將亂，帶着鄉中男女三百餘人，打算南渡長江。州郡派兵來追。魯肅單騎押後，對他們說：「你們不要相逼。」便拿一面盾牌放在地上，連射幾箭，盾都洞穿。追者見了，嚇得只好退走。

他來到曲阿（今江蘇省丹陽縣【一】）不久，有個朋友勸他到巢湖投靠一個叫鄭寶的土豪，周瑜認為此人無德無才，勸他去見孫權，還特意寫信推薦。於是魯肅就到了孫權麾下。初見

【一】 丹陽縣即今丹陽市。編者注。

孫權，他就指出：「曹操是項羽一流人物，不可能真正興復漢室，但又無法打倒他。為今之計，只有以江東為根據地，鞏固後方。然後先剿滅黃祖，再攻佔劉表的荊州，據有長江之險，便是帝王的基業了。」這種高瞻遠矚的眼光，是當時張昭之流萬不能及的。

到了曹操南征荊州，魯肅便知非聯合劉備不可。他趁劉表新死的機會，立即說服孫權，借弔喪為名，前往荊州會見劉備，就在當陽這地方迎上了劉備，向他陳述孫、劉聯合的好處，取得劉備的贊成，然後又同諸葛孔明結為朋友，一起到東吳共商抵敵曹操之計。《魏書》和《九州春秋》還記載了魯肅的一個激將法。他回到東吳，對孫權說：「曹操的兵馬十分精銳，乘着戰勝之威，進攻荊州，不可抵敵。將軍不如先把家屬送上北方做人質，再派兵協助曹操，否則就危險了。」氣得孫權大為憤怒，要斬魯肅。魯肅這才談出他的計劃，勸孫權同劉備聯合，才可以抵抗曹操。這事真假難說，但是魯肅確實以為只有聯同劉備，才能與曹操對抗，他是個堅決的聯合陣綫擁護者。

赤壁之戰後，劉備到京口見孫權，當時周瑜和呂範都勸孫權把劉備軟禁起來，不讓回去。只有魯肅認為不妥。他主張把荊州借予劉備，使曹操多樹一個勁敵。這事情傳到曹操耳裏，嚇得他把寫字的筆都掉在地上了，可見此舉是曹操最傷腦筋的。後來的事實也證明，若不是曹、孫、劉三方鼎立，單靠孫權孤立江東，是抵抗不住北方的大軍的。這是魯肅智計過人之處，比周瑜的眼光要遠大得多了。

以後周瑜逝世，臨死前舉薦魯肅，認為只有他「智略足以任事」。魯肅果然不負所托，東吳的局面，由此穩定下來，孫、劉的聯合在他逝世前，未曾破裂。他是真能顧全大局的人。

魯肅在小說裏和舞台上的形象，是受到歪曲的。喜歡三國故事的讀者，應該心中有數才是。

小說家對周瑜的性格，改變得尤其「離譜」。

本來，周瑜在處理政治問題時是眼光鋒銳的。他不但力主抗曹，又曾主張軟禁劉備，拆散關羽、張飛；赤壁得勝以後，還企圖搶先佔領劉璋的西蜀，形成南北分立局勢，可說「劍及履及」。【一】可惜死得早，計劃終成泡影。

他待人接物卻是溫文爾雅的。《江表傳》說，他和程普不睦，程自恃年長，常欺侮他，周瑜卻總不計較。後來程終於對人說：「與周公瑾交，若飲醇醪，不覺自醉。」表示衷心佩服。蔣幹也稱周瑜「雅量高致」，甘拜下風。周瑜又精通音樂，即便喝醉了酒，還聽出樂曲的錯誤，所以有「曲有誤，周郎顧」的讚語。【二】

【一】 見《三國志・周瑜傳》。

【二】 見《三國志・周瑜傳》。

這種性格的人，同小說戲曲裏的周瑜形象真是相差太遠了。

其實，在《三國演義》通行之前，學者和文人對周瑜是評價很高的，請看：唐人胡曾《赤壁》詩云：「烈火西焚魏帝旗，周郎開國虎爭時。交兵不假揮長劍，已挫英雄百萬師。」蘇軾《念奴嬌》詞云：「遙想公瑾當年，小喬初嫁了，雄姿英發。羽扇綸巾，談笑間，檣櫓灰飛煙滅。」

戴復古《赤壁》詩云：「千載周公瑾，如其在目前，英風揮羽扇，烈火破樓船。」又《滿江紅》詞云：「赤壁磯頭，一番過、一番懷古。想當時，周郎年少，氣吞區宇。萬騎臨江貔虎噪，千艘列炬魚龍怒。卷長波、一鼓困曹瞞，今如許？」

他們都把赤壁破曹主要功勞歸在周瑜頭上。

那麼，小說家為什麼硬要把周瑜寫成心胸狹窄、嫉賢妒能、不顧大局、卒於氣死的人物呢？

這是宋元藝人們的有意安排，其目的在於突出孔明的智慧形象。

它寫周瑜嫉才忌能，幾回要殺孔明，便更顯出孔明智珠在握，應變有方；它寫周瑜急躁激動，大發肝火，便又顯出孔明安詳閒雅，指揮若定；它寫周瑜氣量狹小，更突出孔明雍容大度，顧全大局……所有這些，都不是隨意安排的。

可以說，小說裏的周瑜，雖然形象也生動，但在一定程度上又是為襯出孔明這個智慧化身而加工塑造的。

單說赤壁交兵一場，小說強調曹操驕傲而狡猾，周瑜小氣而忌才，魯肅忠厚而謹慎，以及黃蓋的忠心，關羽的義氣，固然是在一步步地塑造着這些人物，但在同時，又起了樹立諸葛孔明這個智慧之峰的高大形象的作用。筆墨有幾層用意。

歷史人物並不如此。固然不能拿來苛責小說的作者。不過，也須知道歷史上的周郎並非這樣不中用的。

《單刀會》這個戲

《單刀會》這個戲，把魯肅描寫得膽小而庸懦，卻未能襯出關羽的勇猛，反而顯得關羽無理而恃橫，有損這位西蜀虎將的形象。

這個戲來歷已久。元代大戲劇家關漢卿便寫過《單刀會》，第四折一開頭關羽上場，在船上看一派滔滔江水，那唱詞寫得實在美：

大江東去浪千疊，引着這數十人，駕着這小舟一葉，又不比九重龍鳳闕，可正是千丈虎狼穴。大丈夫心別。我覷這單刀會似賽村社。

水湧山疊，年少周郎何處也！不覺的灰飛煙滅。可憐黃蓋轉傷嗟，破曹的檣櫓一時絕，鏖兵的江水猶然熱。好教我情慘切。（這也不是江水）二十年流不盡的英雄血。

一唱一嘆，確實是頗為有情。

可惜，在近年的京劇裏，這大段唱詞，卻刪削成這樣的四句：

關雲長單刀赴會

大江東去浪千疊，
趁西風小舟一葉。
才離了九重寶帳，
探千丈龍潭虎穴。

真是相差太遠了。

歷史上的「單刀會」是這樣的：關羽和魯肅各在自己的邊界上，大家都想爭地盤，魯肅便同關羽約期相會，談判誰應得到荊州。魯肅來到關羽的駐地，諸將都「單刀相會」，魯肅對關羽說：「我國當時把荊州借給你們，是因為你們遠道而來，沒有地方駐紮人馬。如今你們已得了益州，卻不歸還荊州，請你們只歸還三郡（長沙、零陵、桂陽，都在今湖南省境），你們又不答應……」此時有人大聲說：「土地只要有德的人去統治，有什麼永遠不變的道理？」於是關羽拔刀而起，叫那人走開。但結果還是雙方以湘水為界，妥協了事。【二】

荊州之爭，原說不上誰有理誰無理的問題。荊州原是劉表的地盤。劉表死後，照當時習慣，自應由劉琦繼承，但在赤壁之戰前後，卻把局面攪亂了，曹操奪了襄陽，劉琮投降，孫權又把沿江佔據了，劉琦局促江夏，地盤狹小。於是赤壁戰後，就有「借荊州」的說法。其實軍閥混戰時代，你讓個地盤給人家，自然人家就佔定了，哪有歸還之理。所以魯肅索荊州，也明知其不可為而為之，結果還是妥協了事。後來東吳奪回荊州，還是靠陰謀，用武力的。

然而《單刀會》從此就成為一齣流傳不衰的保留劇目，還讓「老實人」魯子敬作了墊襯，又一次抬高了關羽的身價。

【一】見《三國志·魯肅傳》。

生子當如孫仲謀

大抵天下多事之秋，容易出現青年英雄；而在承平日久之際，那些由青年變成老朽的，便不那麼容易讓青年人出頭了。「老成持重」常常指摘人家「少不更事」，憑老經驗辦事也往往不肯相信年輕人，「新進後生」是個貶義詞，「嘴上無毛」也成為辦不成大事的根據……

但三國時代的東吳，卻用雄辯的事實證明青年人起的重大作用。這大抵正因為當時是鼎足三分、征戰不息的特殊時期吧。

孫權手下有四員大將，對於建立和鞏固東吳政權起着極為重要的作用，這四員大將就是周瑜、魯肅、呂蒙和陸遜。

這四員大將在建功立業的時候，年紀都不大。周瑜做建威中郎將，不過二十四歲；魯肅參加孫權的幕僚工作，也只有三十歲上下；呂蒙在赤壁之戰時，是三十一歲；陸遜初在孫權幕下任職，年紀更小，不過二十一歲。

孫權手下不是沒有老將，像程普、黃蓋、朱治、韓當，都是孫堅提拔起來的老部下，能征善戰；但是孫權除了繼續發揮這些老將的才能之外，還親自提拔一批年輕有為的人物，讓他們獨當一面，抗拒強敵，卒能成功，這卻是孫權知人善任的本領了。

知人固難，知人而能用則更難。當曹操的八十萬大軍，挾着優勢，乘着銳氣，直壓長江的時候，東吳內部議論紛紛，膽小怕事的，圖保家室的，另謀投靠的，都主張投降。假如孫權不是抱着「破釜沉舟」「背城一戰」的決心，就難免左右動搖，也不能聽主戰派周瑜、魯肅的勸告；即使聽他們的勸告，沒有知人善用的膽識，也不會毅然提拔周瑜為都督，從而取得戰功的。

任用陸遜也是一個例子。當劉備親率大軍，誓報荊州之仇的時候，東吳的局勢也是嚴重的。當時孫權手下不是沒有人物，像朱然、潘璋、韓當、徐盛、孫桓等，他們或是孫策時代的老將，或是孫氏本家的貴親，或是孫權早年的舊交，都有一定的戰功；可是孫權卻提拔陸遜為大都督，讓陸遜率領他們作戰。彝陵一役，摧毀了劉備的「傾國之兵」，創造了戰史上以寡勝眾的赫赫戰例。這也可見孫權在用人方面的見識高明。

在上者能知人用人，固然重要，但在下者能團結一致，也同樣十分重要。東吳的幾位將領，雖然還是血氣方剛的青壯年，卻能不忌才，不互相排斥，不打擊別人抬高自己，這也是東吳能夠制勝強敵的重要因素。

魯肅是周瑜舉薦給孫權的。當時魯肅的朋友劉子揚，曾寫信給魯肅，勸他投奔在巢湖擁兵萬餘的地方豪強鄭寶。魯肅正打算前往，周瑜知道了，就把魯肅留住，介紹給孫權。孫權同他談了一席話，十分投機。不料張昭卻詆毀魯肅，說他「謙下不足，年少粗疏」，不可使用。孫權沒有聽張昭的話。後來周瑜患病，臨死之時寫信給孫權，說「魯肅忠烈，臨事不苟，可以代瑜」。孫權毫不猶疑，即拜魯肅為奮武將軍，代瑜領兵。【一】

呂蒙是武人出身，不曉作書寫字，雖有戰功，魯肅還是沒有重視他。後來有一次同呂蒙談話，呂蒙替他訂出五條應付關羽的計劃，使魯肅大為驚異，稱讚他「非復吳下阿蒙」，當即結為朋友。魯肅死後，呂蒙便又代魯肅統領軍馬【二】，這可能也是魯肅的主意。

呂蒙襲取荊州，不久便患了重病，回到建業。孫權問他：「誰人可以接你的職務？」呂蒙當即推舉陸遜，說他：「意思深長，才堪負重，觀其規慮，可以大任。」【三】陸遜後來能夠擊敗劉備大軍，功業顯赫，同呂蒙的舉薦自然是有關係的。

這幾位統領，真可謂「知人善任」了。但如果不是平時做到虛心待人，講求團結，以大局為重，也是不可能發現真正人才的。自然，孫權對臣下的建議能夠虛心接納，對接任者放手任用，更是一個重要的因素。

那麼，赤壁之戰時，孫權是多大年紀呢？也許你不相信，他只有二十七歲。

【一】見《三國志．魯肅傳》。

【二】見《三國志．呂蒙傳》。

【三】見《三國志．陸遜傳》。

銅雀台和大喬小喬

從兩晉一直到唐代，詩人們對曹操的銅雀台都很感興趣，若行經台下，便少不免留下詩篇，以抒感慨。那不僅因為它建築壯麗，而且還有曹操的「風流韻事」之故。

銅雀台在河北臨漳縣三台村，現在尚有遺址可尋。此台建於建安十五年（公元二一〇年），高十丈，殿宇百餘間。台成後，曹操作為遊賞勝地，常在此大會群臣，娛樂昇平。建安十七年，還叫曹丕、曹植等人作《銅雀台賦》。曹操臨死時，又吩咐將他的妾侍和藝妓都安置在台上，放上曹操生前睡牀，每天由她們「上酒脯粻糒之屬」；每月初一、十五，「輒向帳中作伎樂」。因為銅雀台有這些故事，詩人便馳騁文思，大發議論，什麼「妝容徒自麗，舞態悅誰目。惆悵繐幃空，歌聲苦於哭」之類，大抵不是同情那些妓女，就是感嘆人生無常，還有人藉此諷刺到曹丕身上，說他連父親遺下的女人也不放過，是夠刻毒的了。（見崔國輔《魏宮詞》）

最著名的還數杜牧的《赤壁》詩：「折戟沉沙鐵未銷，自將磨洗認前朝。東風不與周郎便，銅雀春深鎖二喬。」把東吳的兩個美人，即孫策和周瑜的妻子，和銅雀台扯到一起，造成了強烈的藝術效果。然而也有人說：「赤壁之戰，二喬年皆三十以外，操豈有鎖二喬之心？杜牧之詩，是為失言。」又引清代學者阮元的詩句：「千古大江流，想見周郎火。草草下江陵，匆匆讓江左。縱使不東風，二喬亦豈鎖。」也是說銅雀台建成時，二喬都已「年長色衰」，沒有被曹操看中的可能。文人議論，千奇百怪，可以不必在此糾纏了。

不料小說家卻恰恰看中了「銅雀春深鎖二喬」這句話，憑空生發出在赤壁之戰中諸葛孔明激怒周瑜的一場戲來。其實赤壁之戰在建安十三年，那時銅雀台還沒有，何來的《銅雀台賦》呢？不過小說家卻可以不管，總求場面熱鬧，情節生動，這有他們的自由，別人指摘不得。

最激怒周瑜的，是「立雙台於左右兮，有玉龍與金鳳。攬二喬於東南兮，樂朝夕之與共」等句，這本是曹植《登台賦》沒有的，小說作者又不知從哪裏湊上這幾句，這叫做牽蘿補屋，以甲作乙，真是文思之妙無兩。

《三國演義》批者毛宗崗在「二喬」句下有批語說：「舊賦云：『連二橋於東西兮，若長空之蝃蝀。』此橋也，非喬也。今孔明易此二語，便輕輕劃在二喬身上去。」「二橋」居然成了「二喬」，小說作者飛絲接綫的手段，實在巧不可言。

原來二喬本來姓橋，是橋公的二女。《三國志．周瑜傳》正寫作「大橋」「小橋」，後來才給人改寫成「大喬」「小喬」的。所以把「攬二橋於東南兮」，硬說是攬大小二喬，亦無不可。只是這話並不出自曹植的《登台賦》罷了。

不過，《三國演義》這段文章也有所本，那起源在《三國志平話》。《三國志平話》說：「爾須知曹操長安建銅雀台，拘刷天下美色婦人。今曹相取江吳，擄喬公二女，豈不辱元帥清名？」這是說書人的巧於借用，可惜寥寥數語，實在過分粗率，當然及不上後來《三國演義》寫得精彩了。

假如龐統不死　三國局面可能大變

《三國演義》說龐統生得「濃眉掀鼻，黑面短髯，形容古怪」。初見孫權，孫權就決定不用他。後來去見劉備，劉備也覺得他生得醜陋，心中不悅，只派他做個耒陽縣令。他是吃了外表難看的虧的。難怪孔子早就有句話：「以貌取人，失之子羽。」連孫權、劉備都犯上這個毛病。

其實龐統只是「少時樸鈍，未有識者」〔一〕，不見得便是長得難看。他在襄陽時，司馬徽便稱他「當為南州之冠冕」，龐德公甚至稱龐統為「鳳雛」。龐統也頗為自負，有一回，同顧劭談論，他對顧劭說：「論帝王之秘策，攬倚伏之要最，吾似有一日之長。」（意說他輔助帝王，治理天下，頗有本領〔二〕）這恐怕不完全是大話。

但在劉表坐鎮荊州時，既不曾任用他，到了赤壁之戰後，周瑜領南郡太守，也只任他為功曹（後漢功曹職務近於總務長，兼管人事）〔三〕，並未重用。

龐統在周瑜死後才投到劉備方面。他在任耒陽縣令期間，因政績不佳，被免了官職。大抵用牛刀割雞，反而不討好了。

魯肅畢竟是個深明大體的人，總是以孫劉聯盟、共拒曹操為根本，所以他聽說龐統被免了職，特意寫了一封信給劉備，說龐統不是管一個小縣的人，要讓他在一個大州（相當於後來一個省）當省長的副手，才能夠顯出本領。魯肅這種無私的舉薦，實在值得佩服。【四】

劉備聽了魯肅和孔明的話，提拔龐統為軍師中郎將。手下就有兩個軍師，左右扶持，真似虎生雙翼。跟着，劉備應劉璋之邀，由荊州出發，留諸葛亮與關羽鎮守荊州，自己帶着龐統入川。這時候，對劉備的形勢是非常有利了。

劉備是在建安十六年（公元二一一年）冬天進入西川的。整整一年，他住在葭萌（今劍閣縣東北），表面上是抵禦張魯，實際上按兵不動。直到第二年年底，劉備才同劉璋正式決裂，斬了楊懷、高沛，帶兵南下涪城。跟着進攻綿竹，包圍雒城，這時已是建安十八年夏天。雒城死守了整整一年，在這期間，劉備身邊的軍師，主要是龐統，還有一個智囊法正。而諸葛亮是劉備在圍城時，才帶張飛、趙雲從荊州西上，分兵攻佔巴東、巴郡、犍為等地的。《三國演義》說孔明聽到龐統戰死，才離開荊州，那是情節上的遷就，事實並不是這樣。

【一】見《三國志・龐統傳》。

【二】同上引張勃《吳錄》。

【三】同上引《江表傳》。

【四】見《三國志・龐統傳》。

龐統在圍攻雒城的時候，中箭身死。落鳳坡就在雒城北面，即今羅江縣西南。他追隨劉備不過三年，死時才三十六歲，所以沒有很大的建樹。「鳳雛」的才幹，只能說是中道夭折。

龐統一力主張收取西川，這同諸葛孔明是一樣的。他在攻蜀的戰鬥中，自然也有不少功勞，可惜具體的攻戰方案，史書中沒有記載下來，他的名聲，就遠不及孔明的煊赫了。

清代有個叫李仙根的人，卻看出龐統之死，是蜀國敗亡的一大關鍵。他在《三國史論》中說：

予獨怪修史者，不著龐統之死。蓋漢季之不振，全繫乎此。士元用兵嚴厲果決，實過於孔明。倘士元不死，孔明同侯（指關羽）鎮荊襄，士元領大隊辦秦隴，而先主居蜀漢，與法、蔣輩經畫國事，雖有智者，不能為魏策矣。士元死而孔明西去，侯性慨慷不欺，志不能隱忍，用微權以集大計，而罵婚、撤備，使疑叛叢生，今則歸咎於先主、孔明，侯之靈其樂受之乎？故君子讀史，於士元之死，深嘆天不佑漢，初即不得志於襄樊，繼則永安再辱，陰平失禦，皆原於此矣！〔一〕

他的看法當然是言之成理的。

然而關於他，卻有一段頗為離奇的民間傳說，是《三國演義》所沒有提到的。且留在下面介紹吧。

【一】 見《關帝志》卷三。

妙趣而熱鬧的《龐掠四郡》——張飛被困烏龍陣　黃忠定計擒金全

明弘治刊本《三國志通俗演義》有一回叫《諸葛亮傍掠四郡》，寫的是玄德和孔明調兵遣將，收取武陵、長沙、桂陽、零陵四郡的事。在《三國演義》裏，這是幾番大戰，趙子龍、關雲長、黃忠、魏延等人都大顯身手。讀者熟知，可以不必多談。

奇怪的是，元人雜劇《走鳳雛龐掠四郡》卻把收四郡功勞記在龐統一個人身上，而且寫得神奇怪誕，讀來令人失笑。查「龐」與「傍」同音，到底是先有「傍掠四郡」，後來才出現「龐掠四郡」呢？還是正好相反？筆者不敏，未敢妄斷。

讓龐統一個人認真威風一下子，自然有其原因。

宋元的民間藝人，既造出了「伏龍、鳳雛，兩人得一，可安天下」的話，他們在說三國、演三國的時候，自然不會忽略了龐統。

但正如上文所說，由於龐統早死，他的本領得不到充分發揮，他的功業，也只有那麼一點。藝人們覺得不滿意，便拿出自己的「拿手好戲」，親自編造一番了。

這是出現一個龐統掠取荊州四郡的離奇故事的原因。

這故事開頭說，周瑜正在巴郡養病，有個道家裝束的人，在門外大笑三聲，又大哭三聲。周瑜聽了，喚道人入來，問是何故。此人自稱龐統，道號鳳雛先生。他對周瑜道：「貧道笑是笑你江東無人與諸葛亮交戰，哭是哭你元帥到此必休矣。」周瑜卻不生氣，問他天下大事。龐統答道：「曹操亂中原七十二處，孫權佔江東八十一郡，劉備治西川五十四郡，天意早定了。」

正談之間，人報張飛把周瑜沿路收取的州縣，盡皆奪去了。周瑜氣得咬牙切齒，不覺病勢加重。便又問龐統：「我若不諱呵，怎生保存我這屍首也？」龐統道：「你一頭身故，孔明能觀天象，便早知道也。我把你的將星祭住，令它暗而復明。」便作起法來，祭了將星。

當日周瑜病死。死前修了一封書，把龐統薦與魯肅。龐統吩咐甘寧、凌統，帶領三軍，護着棺材，返回江東。

早有孔明已知周瑜病死，卻見將星不退，知是有人壓住將星，便坐了小船，在江上攔住東吳船隻，問船上有鳳雛沒有。龐統只好出見。孔明道：「我知周瑜已死，特來弔祭。」祭奠已畢，孔明對龐統道：「你此去江東，用你便罷，不用，再回荊州來，俺們齊心共扶玄德。」兩人分手。

龐統到了東吳，謁見魯肅，遞上周瑜的薦書。不想書上寫的是「鳳雛」，龐統卻說自己姓龐名統，字士元，名字對不上號。魯肅瞧不起他，只命他做個丹陽縣令。龐統大怒，離開江東，便向荊州而來。

原來孔明恰巧不在荊州，接見龐統的是簡雍。簡雍也和魯肅一樣，不知便是鳳雛先生，又命他署理耒陽縣尹。龐統無奈，只好領命前往。

誰知龐統來到耒陽，每日飲酒，百事不理。縣裏有個主簿龐直，他便將縣尹之職交讓與他。

簡雍聽說龐統到任後這般荒唐，即命張飛去取龐統首級。張飛來到耒陽，那龐直自稱是縣尹，張飛二話不說，一劍將他殺了，便回荊州交令。

話分兩頭。江夏有四個太守，是長沙韓玄，桂陽趙範，零陵劉鏵，武陵金全。四人聽說龐統足智多謀，便叫部將黃忠，拿厚禮到耒陽聘請龐統做軍師。龐統欣然而去。四個太守有了軍師，立時起兵造反，領兵殺向荊州。

此時孔明已回荊州，知道簡雍氣走龐統，投向江夏去了。又聽到四太守領軍犯境，孔明吩咐關雲長、張翼德、趙子龍、劉封四將分頭應敵。

且說劉封領一支人馬去戰武陵太守金全，正逢着老將黃忠，戰不數合，被黃忠抽出鐵鞭，打中左臂，大敗而走。孔明接得報告，便叫張飛、趙雲前去救援劉封。張、趙二將趕到前綫，正遇龐統擺開陣勢，黃忠出馬迎戰張飛，不分勝負。龐統把黃忠召回，授與一計。黃忠再出陣前，與張飛戰不數合，詐敗而走。張飛策馬窮追，不覺闖入陣中，只見昏慘慘不辨東西，風滾滾無路可出。嚇得趙雲、劉封下馬向龐統求告，請求免張飛一死。龐統笑道：「我且饒過這環眼漢一遭。」把黃旗往後一指，狂風立時停住，張飛這才逃出陣來。

卻說孔明領着關雲長隨後趕到，陣前見了龐統，敘了舊情，邀請他共佐劉備。龐統卻道：「你贏得黃忠再說。」孔明便命關雲長出馬，同黃忠鬥刀。兩員大將拚死交戰，黃忠敵不過關公的刀，敗回陣來。龐統對他說道：「孔明有鬼神不測之機，學問不在貧道之下。」黃忠也說：「劉玄德納諫如流，敬賢禮士。我也有心要投降他。」當下由龐統授計，把金全請來觀戰，就在陣前，黃忠擒了金全獻功。龐統這才說出自己的計策：「想這江夏四郡，軍兵未定，以此貧道將這四路軍馬，都教歸順玄德公。這乃是龐掠四郡。先取荊州為本，後取西川為利。」龐統從此掛軍師印，輔佐劉備。

這段故事，《三國志平話》寫得簡略，雜劇《走鳳雛龐掠四郡》比較詳細，內容也有些不同。它無疑是宋元以來民間藝人的創造，故事雖然離奇，卻又充滿情趣。是為了塑造龐統這個著名的軍師形象，特意安排的。

神奇老將——黃忠

在魏、蜀、吳三國的許多猛將中，黃蓋被稱為老將，而黃忠也被稱為老將。

比起關、張、趙、馬等人，黃忠是不是老些？這在《三國志》裏並沒有明白的交代。只有一句話可以推測，那就是當劉備進位漢中王，封關羽為前將軍、黃忠為後將軍時，劉備命費詩送官誥印綬到荊州與關雲長。關雲長聽說黃忠封後將軍，怒曰：「大丈夫終不與老兵同列。」〔一〕不肯受拜。經費詩曉以大義，才肯接受。關羽既稱黃忠為「老兵」，他的年紀自然在「五虎將」中最大了。這便是《三國演義》第五十三回說黃忠「雖今年近六旬，卻有萬夫不當之勇，不可輕敵」的來歷。

黃忠是南陽人。南陽舊屬荊州，所以他早年就投到荊州牧劉表手下，官拜中郎將。劉表既死，劉琮投降曹操，黃忠被調到長沙太守韓玄轄下任裨將。劉備於赤壁之戰後南征武陵、長沙、桂陽、零陵四郡，韓玄開城投降（不是《三國演義》所說的被魏延所殺），黃忠從此歸入劉備麾下，在平定西川時先登陷陣，勇冠三軍，又在定軍山斬了夏侯淵，建立大功，便與關、張、馬超同列一級爵位。可惜第二年他就病死了。也許是年事已高的緣故。

史書上的記載便是如此簡單。

小說家於是出來做文章了。

黃忠既然是「五虎將」，自然有虎將的威風，所以他一出場就與眾不同。《三國志平話》的描寫與《三國演義》大有不同，帶着十分濃厚的民間氣息。《三國志平話》是這樣描寫黃忠的：

話說諸葛孔明親率大軍，進攻金陵郡（這是小說家的虛構，後漢時沒有金陵郡）。金陵太守叫金族（這是金旋之誤，金旋是武陵太守。武陵郡在今湖南常德市），命一大將出馬抵敵，此人便是黃忠。孔明叫魏延出戰，相殺兩日，不分勝負。又叫張飛出馬，張飛與黃忠交戰，又不分勝敗。前後十日，不能取得金陵。孔明於是派人到荊州，令關雲長帶五千軍馬前來助戰。關雲長帶兵來到，與黃忠大戰，依然不見輸贏。當有龐統告知孔明，黃忠曾經自稱：吾乃江南一賊，金族待我有恩，我當殺身以報；若金族死了，然後擇主而事云云。孔明便想得一計，來日對陣，詐敗一場，引金族追趕，趕至數里，孔明從坐車之中射出弩箭，將金族射死。再使龐統向黃忠勸降。黃忠大怒，決為金族報仇。張飛出馬再與黃忠大戰，戰至

【一】 見《三國志·費詩傳》。

一百回合，依舊不能取勝。孔明又使魏延助戰，只見黃忠威力轉加。此時關雲長怒發，縱馬出陣，三將共鬥黃忠。正鬥之間，黃忠忽然馬失前蹄（此是《三國演義》所本），翻在地上，卻又就地跳起，舉刀步戰三將。關羽不禁讚嘆道：「此乃大丈夫也，世上皆無。」孔明觀戰已久，至此命令三將回陣，親向黃忠勸降。黃忠感激，願意歸順，並請求葬了金族屍首。

這一段敘述，自然全是宋元說書人的虛構。情節倒是講得生動，卻不免太神奇了。到了羅貫中手裏，他就參照《三國志》的記載，改正了「金陵郡」「金族」這些錯誤；卻又吸取其中合理部分，另造情節，重新寫了一回《黃忠魏延獻長沙》（毛宗崗又改為《關雲長義釋黃漢升》），就成為《三國演義》現在的樣子。故事仍然花團錦簇，卻是合情合理，使人信服了。

黃忠本是一員降將，能寫他雖是投降而又不失其威風，這是不容易的。

《三國演義》對魏延的污蔑

（一）魏延是降將嗎

《三國演義》第五十三回，寫關羽帶兵攻打長沙，與黃忠大戰，長沙太守韓玄懷疑黃忠裏通外應，要斬黃忠，幸而魏延挺身解救，殺死韓玄，獻了長沙。不料諸葛孔明看出魏延「腦後有反骨」，認定他「久後必反」，下令將他斬首。虧得劉備阻止，才免魏延一死。

從這一回書開始，魏延便在讀者心中成為反面人物，而佩服孔明有先知之明瞭。

魏延是不是真的造反，按下慢表，先說魏延的出身。

《三國志．魏延傳》說，魏延是義陽人（今河南信陽市西北），「以部曲隨先主入蜀，數有戰功」。他出身是卑微的。原來後漢時，帶兵的人可以自己招收流散失業的壯丁，歸入自己部下，編為隊伍，這些人稱為「部曲」。他們對主人是一種依附的關係，帶有半奴隸性質，當然其中有才能的，同樣可以提升。魏延既是劉備的「部曲」，就並非一員降將了。

魏延追隨劉備日久，劉備對他的本領是深有認識的。下面這件事便是一個明證：

建安二十四年，劉備進位漢中王，正是擊破曹軍，斬了夏侯淵，取得漢中不久之際。漢中這個地區，當時何等重要，應派誰去鎮守？關羽在荊州，不能離開，大家都以為應派張飛去，因為張飛正擊破張郃，立下大功。不料劉備卻提拔了魏延，命他督漢中軍事，領漢中太守。這使軍中大為驚訝。

魏延有沒有辜負這個委托呢？他以後一直鎮守漢中，並無軍事失誤。諸葛亮北伐時，派魏延督前部軍馬，又領丞相司馬、涼州刺史。建興八年，他又深入羌中，大破魏國雍州刺史郭淮，升征西大將軍，進封南鄭侯。這就可見其人確有軍事才能。《三國志．楊儀傳》說：「亮深惜（楊）儀之才幹，憑魏延之驍勇，常恨二人之不平，不忍有所偏廢也。」也可見諸葛亮並沒有歧視他，更不會認定他久後必反的。

但魏延恃勇矜功，性情傲慢，卻是事實。他同丞相長史楊儀尤其不協，勢成水火。據《三國志．費禕傳》說：「軍師知魏延與長史楊儀相憎惡，每至並坐爭論，延或舉刃擬儀（拿刀出來對着楊儀威嚇），儀泣涕橫集（真是個膽小鬼）。禕常入其坐間，諫諭分別（為他們開解）。終亮之世，各盡延、儀之用者，禕匡救之力也。」可惜的是，諸葛亮一死，便立即爆發一場生死搏鬥，結果魏延失敗，「反叛」的罪名便落在他的頭上了。

這是蜀國內部的一場悲劇。

魏延只是反對楊儀，並未反對諸葛亮，更不反蜀。這一點，下面來談。

（二）魏延死得冤枉

孔明在軍中病逝，魏延和楊儀本來平日不和，此時更因爆發新的矛盾而火迸起來，結果魏延被殺。

史書上記載這件事是頗有矛盾的。

一種說法是，諸葛亮病危時，秘密同楊儀、費禕、姜維商定退軍計劃。孔明死後，楊等秘不發喪，先派人探聽魏延意見。魏延說：「丞相雖亡，還有我在，決不退軍。如果叫我帶兵斷後，我也不幹。」楊儀於是不理魏延，自己引軍先退。魏延知道了，卻又搶在楊儀前頭，先行退兵，而且燒斷棧道。楊儀等人從另一路追趕魏延，到了南谷口，兩軍相遇，魏延的士卒紛紛散去，於是魏延與數人南奔漢中，被馬岱所殺。

魏國人寫的《魏略》則說，諸葛亮臨終時本來叫魏延代理軍事，魏延遵囑退兵，到褒口才發喪。楊儀因平日與魏延不和，怕被殺害，於是揚言魏延要率眾反叛，起兵突攻魏延，魏延出其不意，逃走被殺。

兩種說法不管如何矛盾，有一件事卻是一致的，那就是魏延當時是一直向南走。《三國志》說魏延退到南谷口才遇上楊儀的軍隊；《魏略》說魏延退軍到褒口（即南谷口）才為諸葛發喪。一按地圖，我們就知道，南谷口離漢中郡（南鄭）不過幾十里，卻離諸葛亮死的五丈原有幾百里。魏延假如有心造反，怎會不北走投魏，反而南行幾百里到漢中附近才忽然造反？魏延又不是小孩子，他豈不知道這是絕不可能成功的嗎？

由於魏延與楊儀不和，孔明一死，內部便發生爭執，爭論不決，於是魏延和楊儀各自領兵南行，又各自向成都報告，都說對方不聽調度，有意造反。及至到南谷口，兩軍相遇，展開戰鬥，魏延所領的只是先鋒部隊，人數較少，很快給楊儀統率的主力打敗了。魏延一死，反叛的帽子就加在他的頭上。本來元帥新死，軍中內訌，不管誰有道理，失敗者也總得吃虧，何況死無對證，於是罪名也就坐定了。這一推測，史學家呂思勉曾經提出來過，看來還是合理的。

魏延可說死得冤枉，但楊儀也並未因此大用，諸葛亮的位置由蔣琬繼承。楊儀於是十分不滿，對費禕說：「丞相死的時候，如果我帶一支軍隊投降魏國，不是比現在好得多嗎！真是後悔莫及了。」【一】

這叫做不打自招。楊儀是個什麼人，也可以想見了。

【一】見《三國志·楊儀傳》。

「五虎將」是小說家決定的

大家都知道，劉備手下有「五虎將」名號。五虎將便是關羽、張飛、趙雲、馬超、黃忠。《三國演義》在《玄德進位漢中王》一回中，說劉備稱王後拜關、張等五人為「五虎大將」。羅貫中這樣寫，其實是照顧原來的民間傳說，同歷史上的事實並不一樣。《三國志》卷三十六將關、張、馬、黃、趙合為一傳，自有它的道理；但卻無「五虎大將」的名目。五虎將是宋元間的說書人添進去的。《三國志平話》說，劉備封關羽為壽亭侯（其實是曹操早時表封關羽為漢壽亭侯，漢壽是地名，亭侯是侯爵中較低的一級。「壽亭」本不是侯名），張飛為西長侯，馬超為定遠侯，黃忠為定亂侯，趙雲為立國侯，都是捏造，毫無根據。但已標出「五虎將」的名目，這便是《三國演義》所本。

劉備進位漢中王時，確曾晉升了一批功臣。拜關羽為前將軍，黃忠為後將軍，張飛為右將軍，馬超為左將軍。這些將軍相當於後來的三品官，下於大將軍二等。大抵因為劉備還只稱王，所以不便置大將軍吧。後來進一步稱帝，其時關羽、黃忠已卒，於是進張飛為車騎將軍，封西鄉侯；馬超為驃騎將軍，封斄鄉侯。斄（tái），地名，漢置縣，在今陝西省武功縣西南。

趙雲最初是劉備的「主騎」——可能是馬軍衛隊長，所以他的責任是保護甘夫人和阿斗。因為出身如此，便不可與關、張、馬、黃同列。劉備定成都時，趙雲只是翊軍將軍；劉備稱王稱帝，他並未晉升。直到後主建興元年，才升為征南將軍，封永昌亭侯，又遷鎮東將軍。我們既知關羽在曹營時就被封為漢壽亭侯，以趙雲的功業，永昌亭侯位置也不算高了（列侯功大者食縣，小者食鄉亭）。

這也是資格限人吧，「論資排輩」確實抑屈了不少人才。於是藝人們憤然把趙雲升在「五虎將」之列。

一場政治婚姻的悲喜劇

《三國演義》第五十四回寫周瑜用計，以「孫劉結親」為名，把劉備賺到東吳，瞞過吳國太，立即囚禁劉備，要挾交回荊州。不料吳國太看中了這年已半百的新郎，結果反而使東吳白白賠了一個夫人。故事曲折動人，是繼「赤壁之戰」後的一大段好文字。

在《三國志》裏，孫夫人只是夾在其他人的傳記裏零零星星地交代幾句，沒有特別描寫；但《三國演義》卻不同。孫夫人的章節雖然不多，卻頗見性格，居然是個有血有肉的奇女子。影響到近世戲曲，《美人計》《回荊州》《截江奪斗》《祭江》等仍然是受歡迎的劇目。《三國志》為劉備的甘夫人、吳皇后立傳，不為麋夫人立傳，也不為孫夫人立傳。因為麋夫人早死無子（劉禪乃甘夫人所生），而孫夫人則終於「大歸」之故。然而也有些遺跡可尋。《資治通鑒》卷二七六引「劉郎洑」注云：「江陵府石首縣沙步有劉郎浦，蜀先主納吳女處也。」這是有史可據的。

孫夫人同劉備「恩情中道絕」不足為奇，因為本是一場政治婚姻。孫權初意，把妹子嫁給劉玄德，只想藉此加以軟禁；軟禁不成，反而為劉備識破，這段婚姻就已埋下苦果；加上孫夫人又「才捷剛猛有諸兄之風，侍婢百餘人，皆親執刀侍立，先主每入，衷心常凜凜」，顯然不是賢妻良母這種型格。劉備對她的感情如何，也就可想而知。

孫劉結親在建安十四年冬，劉備由荊州入蜀則是十六年冬，他倆夫妻情分僅僅維持了兩年。這位年已半百的新郎離開荊州不久，孫夫人就還吳了。從此，她的蹤跡再不見於正史。所謂孫夫人聞猇亭之敗，祭江而死，是後人的杜撰。

孫夫人歸寧，卻帶着年方四歲的阿斗，說她沒有企圖是說不過去的。趙雲平時知道她的作風，這一回更感事情不妙，於是演出「截江奪斗」一幕，最終決裂至此便不可避免。不過，後代的文人，似乎以為孫夫人大歸之後，從此蹤跡不明，未免可惜，因此就製造出一些故事來。例如，在湖北公安縣西有個孱陵故城，又名孫夫人城。《元和郡縣志》云：「孫夫人城，在孱陵城東五里，漢昭烈夫人，權妹也，與昭烈相疑，別築此城居之。」另外，安徽蕪湖縣西七里長江中有個蟂磯高十多丈，周圍十餘畝，上面建有一座靈澤夫人廟，也是紀念孫夫人的。相傳孫夫人為了思念劉先主，於孫權黃武三年在此投江而死。後人就在此立廟。清人王曇還寫了《蟂磯孫夫人廟碑》。這不過是把民間傳說加以渲染，讓人們心安理得罷了。

文藝家卻有文藝家的安排。他們都一致維護孫夫人的光明形象，雖則雜劇和《三國演義》在對孫夫人性格的處理上不盡相同。

例如元人雜劇《隔江鬥智》寫孫夫人（孫安小姐）一開頭就知道孫權的陰謀，還同意了這種做法，不料同劉備一見面，「女生外向」，認為他是英雄，反而保護劉備闖出虎口，回荊州去了（參閱後文）。《三國演義》卻又把開頭那段刪掉，讓孫夫人成為一個堅決歸向夫婿的賢德女性。這樣處理，似乎比《隔江鬥智》聰明些，但也因此減弱了戲劇性。

畢竟，孫劉的婚姻是一幕鈎心鬥角的政治把戲，孫夫人平白做了犧牲品。

元代雜劇《隔江鬥智》與京劇《龍鳳呈祥》

宋元的民間藝人，是怎樣處理「孫劉結親」這段故事的？想來許多讀者都知道。

原來藝人是以諸葛孔明和周瑜二人互鬥機謀作為故事主幹的。所以元人雜劇的名目就叫《兩軍師隔江鬥智》。「隔江」者，隔着一條長江也。雜劇鋪演這段故事，也是波瀾起伏，情節曲折，很是好看的。

起因是周瑜要用計奪取劉備的荊州。他趁着甘、糜二夫人逝去，劉備正在鰥居的機會，向孫權建議把妹子孫安小姐嫁予劉備為妻，然後從中用計。

周瑜的計策是，先由魯肅過江說親，得劉備應允之後，再送孫安小姐到荊州去。由甘寧、凌統兩位大將帶兵擁送，等東吳人馬到了荊州城下，一聲暗號，兵馬殺入城中，奪了荊州。這是第一計。

假如此計不成，就叫孫安小姐在洞房之中，刺殺劉備，再回東吳。這是第二計。

孫權於是請出孫安小姐，向她說明計策，請她照計行事。孫安小姐起初不答應，禁不得孫權發惡，母親又從旁規勸，只好勉強依允。

玄德智取孫夫人

這場政治婚姻就是這樣開始了。

甘寧、凌統兩員大將，護送孫安小姐的鸞駕，直向荊州進發。到了荊州城門，正要入城，不料橫裏跳出了猛將張飛，一聲叱喝，只除了孫安小姐和梅香二人進城，其餘人等一律回去，不然的話，一槍一個，決不留情。甘寧、凌統嚇得失了主意。孫安小姐吩咐：「你們還是回去吧！」甘、凌二人巴不得這一聲，立即撤退了。原來孔明早已識破周瑜奪城之計，預叫張飛埋伏在此，嚇退吳兵。於是周瑜第一計完全破產。

孫安小姐進了荊州，劉備大排筵席，軍師、關、張都來參加。孫安小姐看見孔明大有仙家氣象，關羽、張飛虎將神威，更加上劉備真有帝王儀表，便把那洞房之中刺殺劉備的計策，丟到九霄雲外，一心同劉備過美滿的夫妻生活了。

周瑜的第二計又告吹了。

但周瑜還不死心，他又再生一計。待劉備和孫夫人結親滿月，回門拜見老夫人之時，便使眾將把住江口，不放劉備回去，若不交還荊州，便把劉備殺了。

此計卻又在孔明的意料之中，他故意讓劉備過江。劉備同孫夫人去了幾天，孔明便吩咐劉封，藉口送暖衣禦寒，將錦囊一個，到東吳交予劉備，又暗示劉備裝作醉酒，掉下錦囊，讓孫權拾着。

劉封依計而行，到了東吳，就在孫權和老夫人款待劉備的筵席上，把暖衣、錦囊交予劉備，暗下囑咐一番。劉備會意，便裝作大醉，把錦囊掉在地上，入內去了。

孫權拾起錦囊，打開一看，原來其中寫着：今有曹操，為報赤壁之仇，親率百萬大軍，要攻取荊州。為此主公且慢回來，待貧道分撥眾將，把守關隘，再向吳王借些人馬，抗拒曹兵。此事機密，萬勿泄漏。

「哦！原來如此。我留他在這裏做什麼？不如放他回去，只不借兵與他，讓曹操殺他不好！妹子，就今日收拾行裝，與玄德公回荊州去吧！」

就這樣，劉備和孫夫人拜辭上路，直向荊州進發。

周瑜聽得走了劉備，急忙叫甘寧、凌統帶兵攔阻，卻因孫夫人平日威武，將二人喝退。周瑜大怒，親自引兵追趕，將到漢陽江口。

原來孔明早已料到此着，命令張飛前來迎接。張飛傳來軍師的話，請主公和夫人改乘馬匹，先回荊州，張飛在後護送。於是劉備和夫人上馬去了。

卻說周瑜帶兵飛速趕來，看看趕上，只見一乘鸞車，停在路側。周瑜只道是孫夫人在車上，便下馬上前，跪下禀告道：「小姐，某周瑜定了三計，推孫劉結親，暗取荊州。今日甫能請得劉備過江來，拿住他不放回還，這是某賺將之計。怎麼小姐倒斥退眾將，放走劉備，你便護着夫家，也不該這等哩！」

想不到簾子一掀，跳出來的竟是莽漢張飛，他狠狠嘲笑了周瑜一番。周瑜登時氣得倒在地上，掙扎不起。

正是「周瑜空用千般計，賠了夫人又折兵」。

以上元代雜劇《隔江鬥智》，情節還是入情入理，而且曲折有味；塑造的孫安小姐，也頗有性格；而周瑜的用計，孔明的料敵，針鋒相對，也使觀眾感興趣，所以是雜劇中較為成功的作品。後來《三國演義》便在此劇中取材，再根據歷史事實（如結親時是在東吳，不在荊州），稍作改動，添上些新的花樣（如趙雲隨行之類），流行至今，又成為京劇舞台上的大戲《龍鳳呈祥》了。

勇將馬超的虛虛實實——他原是悲劇人物，卻給「演義」寫活了

馬超是《三國演義》所着力描寫的勇將之一。

他的出場是在第十回。寫馬騰、韓遂率領西涼兵征討李傕、郭汜等四寇，「只見一位少年將軍，面如冠玉，眼如流星，虎體猿臂，彪腹狼腰，手執長槍，坐騎駿馬，從陣中飛出。」馬超一出場，就刺死王方，生擒李蒙，英風四射。那時才是十七歲。小說雖然只有寥寥一段，馬超的英雄形象便已深入讀者的心中了。

再到第五十八回，寫曹操殺害馬騰，馬超起兵雪恨，二十萬大軍第一陣殺得鍾繇大敗（鍾繇是個文官，又是著名的書法家，小說說他能出馬與馬岱交鋒，也是隨手牽合），第二陣就攻入了長安，急得曹操放棄南征之議，親自到潼關抵敵。這一回潼關大戰，殺得曹阿瞞割鬚棄袍，險些喪命。接着在渭水交鋒，曹操又被西涼兵逼入船中，一陣亂箭，幸賴許褚死戰得脫。這兩仗，寫馬超更似生龍活虎，勇不可當。

第五十九回更寫出一場熱鬧的戲來。許褚號稱虎癡，是曹操手下一員大將，「目射神光，威風抖擻」，小說有意安排了馬超與他的一場惡戰。先是鬥了一百餘合，勝負不分，雙

方換了馬匹，再出陣前，又鬥一百餘合，還是不分勝負。許褚性起，索性赤體提刀，與馬超決戰。又鬥到三十多個回合，「褚奮威便砍馬超，超閃過，一槍望褚心窩刺來。褚棄刀將槍挾住，兩個在馬上奪槍。許褚力大，一聲響，拗斷槍桿，各拿半截在馬上亂打。」小說寫到這裏，真是筆酣墨飽，使人看了也眉飛色舞。當時歷史上雖然未必有此事，小說卻必須有此描寫，方能充分顯出五虎將的神威。至此，馬超的動人形象，已在讀者心中牢牢地樹立了。

但是小說作者認為這還不夠滿足，還要再掀起一個高潮。這就是在第六十五回的《馬超大戰葭萌關》。

本來，馬超在潼關失敗，逃回西涼，殺涼州刺史韋康，又被楊阜等人設計殺敗，進退狼狽，只好投奔張魯。在張魯幕下，又被楊白等人猜忌陷害，就秘密寫信給劉備，請求投降，其中並無與張飛廝殺的事。小說作者為了再替馬超重重勾勒一筆，於是又撰出了同張飛大戰這一幕。張飛的性格，自然和許褚有相似之處，也是越殺越性起的。兩人開頭也是「約戰百餘合，不分勝負」。張飛「不用頭盔，只裹包巾上馬」，又鬥百餘合，「兩個精神倍加」，同許褚之鬥略有類似。但是小說作者下去就變了寫法，張飛要點起火把，安排夜戰；馬超也大叫：「張飛！你敢夜戰麼？」陣上二馬相交，「點起千百火把，照耀如同白日」，再戰到二十餘合，馬超是暗掣銅錘在手，回身便打。張飛閃過，卻拈弓搭箭，回射馬超，馬超也閃過。於是二將各自回陣。

這一戰是既顯了馬超，又顯了張飛，同是不分勝負，卻又和戰許褚的寫法不同。這是小說家的「移步換形」，手法頗為高妙。

小說家之所以必須寫馬超兩場大戰，是因為馬超入蜀以後，便很少可以着手之處了。我們不妨從史實方面去看以後的馬超。

馬超在漢中窮途末路，進退兩難，只好歸降劉備。劉備撥出部分兵力，讓馬超率領開到成都城下，嚇得劉璋失魂落魄，只好開門投降。馬超因功封為平西將軍。這些都是史實，《三國演義》照抄不誤。可是馬超以後卻是非常寂寞的，終於鬱鬱而死。《三國演義》這就不提了。

以馬超之勇，名氣之大，歸劉以後，本應獨當一面，在軍事上有所作為，而其實不然。劉備得了西川，守荊州的仍是關羽，守漢中的是魏延，守巴西的是張飛，而馬超雖為平西將軍，督臨沮（臨沮在今襄樊市南），其實長期住在成都。劉備稱帝以後，他升遷為驃騎將軍，領涼州牧，但這只是空銜，兵權還是沒有的。

封建時代，等級、內外的區別非常嚴格，馬超不屬於劉備的嫡系，所以他在西蜀，一言一動都小心謹慎。不料有一回有人居然勸他造反，這就更把他嚇壞了。

原來有個治中從事彭羕，原是劉璋時一個書佐，後來因受劉備信用，成為機要秘書，於是馬上得意起來，把別人都不放在眼內。諸葛亮因勸劉備外調彭羕為江陽太守，彭羕心懷不滿，臨行時往見馬超。馬超順口說：「以你的才幹，大家都說應同孔明、孝直（法正字）諸人並駕齊驅，為什麼調到外郡呢？」彭羕憤然道：「老傢伙越來越荒謬了，有什麼可說。」跟着又神秘地對馬超說：「你能到外面起事，我在內裏策應，天下是不難定的。」馬超聽了，大驚失色，默然不答，後來還把彭的話向上報告，於是彭羕因罪誅死。

馬超「憂讒畏譏」，更怕彭羕是有意試探，自然要向上報告，這不能說馬超幹得不對。然而也可知他處境的艱難。他給曹操殺了滿門二百餘口，大仇未報；寄人籬下，無從施展，心情的淒苦可知。劉備稱帝第二年，他就病死了，不過四十七歲。他的一生是可悲的。

《三國演義》對於彭羕這段史實，有意作了曲寫。第七十九回說，彭羕和孟達是好友，探知劉備暗中要處置孟達，便派心腹人持書暗報孟達知道。不料此人半路被馬超巡軍捉獲，馬超知道此事，就故意用計，讓彭羕說出反叛的話，然後去報告劉備。這樣，就把馬超「憂讒畏譏」的真相掩飾過去了。這也是小說家為了維護劉備的苦心。

應該大書一筆的張飛巴西之戰

《猛張飛智取瓦口隘》這回書，寫張飛與魏國猛將張郃大戰，張飛智勇雙全，連續殺敗張郃，最後，逼得張郃棄馬上山，尋徑而逃，方得走脫。隨行只有十餘人，步行入南鄭。真是大敗虧輸，出盡了醜。

在歷史上，這確是一場關係重大的戰役，假如是張郃得勝，佔了巴西，成都便岌岌可危，不但不能進取漢中，劉備想在西蜀立足，也要困難十倍。所以張飛這場勝利，對蜀國建立實在是起了關鍵作用。

事情發生在建安二十年冬。那時張魯已向曹操投降，漢中落在魏人手中。曹操便命令張郃率領大軍，由漢中進取三巴（即巴西、巴東、巴郡，相當於今四川省東部）。當時張飛鎮守巴西。張郃進軍很快，同蜀軍接觸時，已進到宕渠、蒙頭、蕩石一綫（在今四川渠縣東北），真是來勢洶洶，銳氣正盛。

巴西所轄地區正處於四川盆地的東北，向西數百里便是成都，向南不遠便是巴郡（今重慶市）。巴西失守，不止成都受到極大威脅，連益州與荊州的交通也有被切斷的可能。所以這一仗至關重要。史書說：「曹公破張魯，留夏侯淵、張郃守漢川，郃別督諸軍下巴西，欲徙其民於漢中。」這是失敗以後魏方粉飾的話，其目的豈是在於遷移人民。

這場戰鬥，《三國演義》寫得花團錦簇，實在精彩。它寫張飛一再用計，張郃又一再中計，於是魏軍全軍覆沒。但《三國志．張飛傳》記述卻很簡單：「（郃）進軍宕渠、蒙頭、蕩石，與飛相距五十餘日。飛率精卒萬餘人，從他道邀郃軍交戰，山道窄狹，前後不得相救，飛遂破郃。郃棄馬緣山，獨與麾下十餘人從間道退，引軍還南鄭。」細看這段話，張飛是利用有利地形，先切斷魏軍的聯繫，然後殲滅其主力。張郃卻因孤軍深入，地形不熟，首尾不救，加上張飛又是一員猛將，以逸待勞，使張郃卒於大敗。

巴西鞏固，劉備便能乘勢揮軍北上，同曹操爭奪漢中了。張飛立下大功，值得大書一筆。

據說，大約在明代，四川的流江縣發現了一個摩崖石刻，通常稱為《張飛立馬銘》，又叫《八濛摩崖》，那銘文正是記述張飛大破張郃的。銘文只有二十二個字：「漢將軍飛，率精卒萬人，大破賊首張郃於八濛，立馬勒銘。」八濛就在渠縣的東北（流江縣就是渠縣）。這個摩崖，是否真跡，近人頗有不同看法，不過，就從這件摩崖石刻的存在，也足以見得張飛在這一戰役中大勝張郃的重要性了。

羅貫中妙手出新招

《三國演義》對於三國史實，取材廣博，剪裁工巧，許多讀者都能知道；其中有「移花接木」的，也有前人記載不盡翔實，《三國演義》能加以補救的。顯出作者的靈心妙手。

且舉三件事為證：

(一) 曹娥碑和楊修之死

《三國演義》第七十一回寫曹操親率大軍同劉備爭奪漢中。兵出潼關時，望見一座莊園，乃是蔡邕之女蔡文姬在此居住。曹操入莊，文姬迎接上堂，曹操偶見壁間懸一碑文圖軸，原來乃是曹娥碑。問起情由，於是文姬說出父親蔡邕在碑背曾書「黃絹幼婦外孫齏臼」八個大字。隨即便引出一段楊修的故事來。

上述這段事，本是出自南朝宋劉義慶的《世說新語》。書上說，曹操有一次經過曹娥碑下，看見碑背有「黃絹幼婦外孫齏臼」八字，他問跟來的楊修：「知道它說什麼嗎？」楊修不假思索回答：「懂得。」曹操攔住說：「且慢！待我想想。」走了三十里，才說：「我想出

關雲長刮骨療傷

來了。你試先說。」楊修就指出這八個字是「絕妙好辭」的隱文。曹操只好嘆息說：「我的聰明比你差了三十里。」

《世說新語》號稱名著，後人多認為翔實可靠。不料這一回卻犯了常識性錯誤。因為曹操和楊修生平從未到過長江以南，而曹娥碑卻是立在會稽（今浙江紹興市）的。他二人怎能「過曹娥碑下」共同議論？

羅貫中看出這裏有問題（前人也已指出來過），於是輕輕撥了一筆，變成曹娥碑的拓本掛在蔡文姬的廳堂上。《世說新語》的錯誤就因此改正了。這真是頗見功夫的。

楊修的故事，本來同曹操爭奪漢中也聯繫不起。因為楊修固然追隨曹操到過漢中，還猜出「雞肋」的意思是「棄之如可惜，食之無所得。以比漢中，知王欲還也」。【一】但楊修卻不是被殺於此次戰役。這次戰役結束於建安二十四年五月，楊修被殺是在關羽攻樊城以後，也即這年的秋天。【二】他是在長安被曹操所殺的。

《三國演義》作者為了儘量利用那些他認為有價值的材料，往往把其中的人物、時間、地點加以改換、移置。楊修之死提前了幾個月，同樣是出於這種考慮。因為這麼一來，那些

【一】見《三國志・武帝紀》引《九州春秋》。

【二】見《三國志・陳思王傳》引《典略》。

像零璣碎玉似的小材就能嵌聯在一起，整本書就更顯出豐富多彩了。

《三國演義》的這種技巧委實是大可借鑒的。

（二）華佗未見過關雲長

《三國演義》的作者善於牽合。華佗為關羽刮骨療毒，又是一個顯例。

華佗是後漢末年的名醫，《後漢書》和《三國志》都有他的傳記，還記載了他不少醫案，可謂詳細。

他是被曹操殺死的。但不是如《三國演義》說的在建安二十四年曹操病重之時。

華佗之死，最遲是在建安十三年。《三國志．華佗傳》說：「及後（曹操）愛子倉舒（即曹沖）病困，太祖嘆曰：吾悔殺華佗，令此兒強死也。」倉舒死在哪一年呢？是建安十三年，也是劉備從荊州逃到夏口，狼狽萬分的時候，那時華佗早已被殺了。

史載關羽中箭，並不明指在水淹七軍那場戰役，自然也不是給龐德射了一箭。華佗早死，替他刮骨療毒的自是另一個醫生。退一步說，縱使華佗仍然在世，而當魏、蜀雙方交戰，打得難分難解之時，華佗一向在北方行醫，不可能越過防綫，冒險到蜀營去為關羽治病的。

當然，華佗能刮骨，毫不為奇。《後漢書．方術傳》說：「若疾發於內，針藥所不能及者，乃令先以酒服麻沸散，既醉無所覺，因刳破腹背，抽割積聚。若在腸胃，則斷截湔洗，除去疾穢。既而縫合，傅以神膏，四五日創癒，一月之間皆平復。」他顯然是個非常高明的外科醫生，開刀的手術是天下第一流的。

他又是針灸的專家，一般疾病，針灸不過幾個穴位，便立即痊癒。

曹操常患頭風，華佗一加針灸，隨手而癒，自是事實；但華佗並沒有把他的病徹底根除，於是引起多心的曹阿瞞懷疑，以為華佗有意拖他的病，殺機便起於此。

而「報應」卻又落在他的愛子身上。

《三國演義》的作者牽合史實，讓華佗到關羽營中治病，便使故事增添傳奇的色彩，這當然是羅貫中的高明；而小說家在另一處還借華佗之口，給曹操開了一個玩笑：

某有一法：先飲麻肺（按，應作麻沸）湯，然後用利斧砍開腦袋，取出風涎，方可除根。

華佗還不曾發明開顱術，《三國演義》作者的言下之意，以為曹操既是奸臣，在理應處以砍頭的刑罰的。這卻頗有點幽默。

附帶說一句，史學家陳寅恪從佛經中考證，說《三國志》記述華佗的許多醫案，都是從佛經中抄來的，所以華佗不是什麼太高明的醫生，斷腸破腹的事，也不可信云云。這卻過分相信了佛經，又過分不相信中國史籍了。中國古代文明的高明程度，確實不是後人容易理解的。

誰來負責關羽的慘敗

先說一個故事：

北宋年間，汴京常常演出皮影戲。劇目中有不少又是演三國故事。有一富家子弟既是影戲迷，又是三國迷。每當看到關羽敗走麥城，被擒送到吳國斬首，就哭泣起來，哀求弄影戲的人「刀下留人」。有一回，又演至「斬關」一場，富家子照樣提出請求。那弄影戲的人道：「關公不死，戲就演不下去了。不過，關公是古來猛將，既死之後，其鬼甚猛，應該大排筵席，祭祀他的靈魂，讓他得生天國，那就等於不死了。」富家子高興極了，立刻唯唯答應。於是拿出一筆酒錢，招來數十名無賴子，「斬關」之後，大酒大肉，致祭一番，於是大家都說「關爺爺升天去了」。

此事記於《明道雜志》，是張耒親見親聞，自然不會是假的。由此可見三國故事在北宋時，已經演出連場戲，並且是深入人心的了。

關羽北攻襄陽、樊城，消滅于禁七軍，擒殺龐德，威震華夏，然而先勝後敗，被呂蒙襲取荊州，乃至敗走麥城，兵敗身亡。這確是三國局勢變化的一個大關鍵。

為什麼他失敗得如此之慘？難道應了兵法上的「其進銳者其退速」這句話麼？

誰又應負關羽失敗的責任？

明末思想家王夫之寫了一本《讀通鑑論》，對於關羽是頗有不滿的。一則說：吳、蜀的盟好不終，關羽敗死，失了荊州，於是曹操乘機，急於篡漢了。關羽怎能逃脫責任？再則說，魯肅一心要安撫關羽，他不是怕劉備，不過想兩國並力抵抗曹操罷了。可是關羽不理會這點。因為赤壁之戰是諸葛亮定的聯吳之計，關羽看見這年青的書生立了功，就產生妒忌，連主張聯盟的魯肅也加以妒忌，於是魯肅和孔明的原定計劃被打破了。

王夫之還進一步指責劉備。他說，關羽原是可用之才，然而卒至於敗亡，卻是劉備驕縱了他。劉備入蜀時，留關羽鎮守荊州，命諸葛、張飛、趙雲跟隨入蜀，那是認為關羽可以信任，而且有勇。其實處在同東吳若離若合的情勢下，依靠關羽這種自恃武勇的人，豈能使孫劉雙方安然無事？假如劉備留下孔明鎮守荊州，又有張飛、趙雲為輔，便可以北攻襄陽、鄧縣；至於取西蜀的事，劉備自己就足夠了。只因為劉備相信孔明不如相信關羽，就把事情弄壞了。

以上兩段議論，我以為大體上是可以成立的。

然而畢竟關羽的責任要多一些。

史書上雖然沒有記載關羽和孔明不和的事，可是確有不和的跡象。《三國志・諸葛亮傳》

說：劉備和孔明「情好日密，關羽、張飛等不悅。先主解之曰：孤之有孔明，猶魚之有水也。願諸君勿復言。羽、飛乃止」。表面上是「止」了，內心怎樣？

關羽看不起孔明，大家是多少能感覺得到的。一則關羽素來輕視士大夫，孔明這個「能文不能武」的人，自然不在他的眼內。二則關羽比孔明約大十八九歲，關羽封為漢壽亭侯時，孔明不過是高臥草廬的年少書生，在地位上關羽自認也比他高得多。三則在荊州時，孔明還未表現出了不起的功勳。赤壁之戰，關羽自率水軍二萬人，是一方面的大將，而孔明雖有聯結孫權的功績，在關羽看來，仍是微不足道的。至於孔明入蜀以後的表現，關羽因留守荊州，知道的甚少。以關羽的自傲，也不會十分尊重孔明的。

許多人都會奇怪，關羽北攻襄、樊，單方面作戰，卻未聞西蜀方面加以支援。有人會苛刻地問：「這時候，智慧無比的孔明到哪裏去了？」這是難以回答的一問。確實，不但孔明，連劉備也在成都坐着，不動聲息。這其中有什麼秘密？如今無人能夠回答。但是，劉備是否過分信任關羽，認為他的單方面作戰必能一舉成功呢？這也很難說。

至於孔明，他也許提出過意見，但是劉皇叔不肯接受；也許因平時與關羽不甚和諧，此時便沉默不言，都有些可能。總之，劉備的驕縱，關羽的自傲，其中便產生了人事上的微妙關係。這責任卻不應由諸葛公來承擔。

在一個大集體之中，由於出身不同，地位差異，以及在上者的偏愛，在下者的恃寵，甚至性格不同，思想方法各別，都可以產生或大或小、或隱或現的矛盾。這些平日隱伏的矛盾，在一定的條件之下，就會以某種形式爆發出來，對進行中的事情產生非常嚴重的不良後果了。

歷史上這種悲劇難道不是不斷發生的嗎？

曹操的龐大家族

曹操有二十五個兒子（女兒多少，史無記載），分由十三個后、夫人、姬所生（沒生兒女或只生女兒的夫人或姬也不知有多少）。這真是一個大家族。

在這個大家族中，長子叫曹昂，是劉夫人所生。他二十歲左右就被舉為孝廉（在郡國所屬的吏民中推舉，可以到中央做官，是當時進身途徑之一）。我們知道曹操也是孝廉出身，有這樣一個「好兒子」，未來太子的位置肯定落在他的身上。可惜此人在宛城之戰中被張繡所殺了。

曹丕、曹彰、曹植、曹熊，都是出身於倡家的卞皇后所生。其中曹植年少能文，而且援筆立就，很得曹操的寵愛。曹彰卻是赳赳武夫，在北方前綫立過戰功，曹操稱他為「黃鬚兒」。他性格勇悍，又有戰爭經驗，也頗有爭奪太子地位的資格。

曹熊早死，可以不論。

還有環夫人生的曹沖，是個出色聰明的小傢伙。有一回，曹操想稱量一下一頭大象的輕重，苦於沒有這樣大的秤子。曹沖那時只有五六歲，他建議把大象放到船上，察看水痕的高低，再牽象出來，把小物件放在船上，直至同大象在船時的水痕齊平，然後分別稱量那些小物件，累加起來，便是大象的體重了。真是聰明絕頂的好主意。（按，近代學者陳寅恪認為，曹沖稱象故事是偽造的。他以為稱象故事原出於佛典的《雜寶藏經》，雖然此書為北魏時所譯，魏晉人未見此經，但又認為此故事僅憑口述，亦能流傳至中國，遂附會成為曹沖故事。我卻以為這種論調太不相信中國人的智慧，假如印度人能夠懂得稱象之法，中國人何以就不懂？陳氏又說中原沒有大象，但大象從南洋諸國輸入，當時大有可能，這也不能否定曹沖的故事。）他又有愛人之心，對於冤枉受刑的人，誤犯過失的人，或代他伸冤，或替他說情，好幾十人都因此免罪。可惜他十三歲就病死，曹操要立他為太子的想法因此落空。（曹丕登位後對人說：「若使倉舒在，我亦無天下。」倉舒是曹沖的字）

此外還有十九個兒子，都是夫人或姬所生。

其中還值得一提的是秦宜祿前妻杜氏所生的曹袞。他年少好學，十餘歲便能文章，史書說他「凡所著文章二萬餘言，才不及陳思王而好與之侔（同）。」可惜他的著作如今一篇也沒有留存下來。

正因為家族大，矛盾就多。互爭太子的事，人所共知，不用多說。曹丕登位以後，對兄弟的提防戒備更嚴，雖也照例封他們為侯為王，但都分散各地，不許互相來往；還不時改變封地，以免他們樹立地方勢力；王國之內，僅有老弱兵丁百餘人，根本無武裝可言。而且還有所謂監國謁者，奉曹丕之命專門監視諸侯王的一舉一動，其地位等於「太上皇」。如此一來，皇族子孫就等同流放，雖也可以在鄉里作威作福，卻毫無干預朝廷軍政的能力了。這些措施，同曹丕的猜忌心理當然是大有關係的。

而司馬懿父子正是看中了這個機會，「三馬同槽」，輕輕就取代了曹魏天下。

曹操不怕掘墓人——撲朔迷離的「七十二疑冢」

相傳在河南省漳河邊上，有曹操的七十二個疑冢。據說是曹操怕自己死後為人掘墓，因此生前就建立了七十二個墳墓，個個相似，用以迷惑世人，保存自己的屍體。這個傳說，不知起於何時。

南宋孝宗年間，詩人范成大出使金國，道經漳河，便看見七十二冢，並有詩云：

一棺何用冢如林，
誰復如公負此心？
聞說群胡為封土，
世間隨事有知音。

因為當時地方人士還時時為七十二冢添土保護，所以有末二句。可見金代本地人對曹操還是有好感的。但有些南宋人卻不同。如俞應符有詩大罵道：

生前欺天絕漢統，死後欺人設疑冢。
人生用智死即休，何有餘機到丘壟？
人言疑冢我不疑，我有一法君未知：
直須盡發疑冢七十二，必有一冢藏君屍。

這個傳說很多人都相信。直到清代，詩人查慎行還寫了《曹操疑冢》詩說：

分香賣履獨傷神，歌吹聲中穗帳陳。
到底不知埋骨地，卻教台上望何人？

曹操死前，遺命給兒子，把他的姬妾和伎樂人都安置到銅雀台，台上放着他的床帳，每朝用酒食祭祀，每月初一、十五奏樂一次，希望兒子們登台遙望他的西陵墓地。又叫妾侍們無事時織鞋子出賣，打發日子。所以查慎行這詩是充滿嘲弄意味的。

曹操是不是有疑冢，下面再談。事實上並未聽說過有誰去發掘這七十二個疑冢。漳河邊上，也許曾有幾十個土堆，很像墳墓的樣子吧；曹操也確實葬在漳河邊的西門豹祠堂附近，即鄴城之西高原上，稱為高陵。假如誰真要去發掘這幾十個土堆子，一定得費很大的勞動量，所以竟是無人有勇氣去這樣幹了。

在後漢戰爭初期，曹操曾經到處發掘墳墓，搜求金寶。這是見於陳琳罵曹操的檄文中的。漢代的帝王和貴族，盛行厚葬，所謂玉匣珠襦（金縷玉衣），前些年也曾出土過，足見奢侈之一斑。他既掘過人家的墳墓，害怕自己死後，墳墓也被別人發掘，這種心理不能說絕不會有，所以七十二疑冢之說，也由此而產生。

不過曹操卻不是崇尚奢侈的人，反之，他卻提倡節儉，並且以身作則，親自奉行。《三國志》說他性節儉，不好華麗，後宮衣不錦繡，侍御履不二彩，帷帳屏風，壞則補納，茵褥取暖，沒有緣飾。對於厚葬更是反對，以為把大量衣服送進棺墓，毫無好處。他自己只預備了送終的衣服四套。便是果真有人掘他的墳墓，也是毫無所獲的。

由於他推行節儉，魏國的官員也不敢不遵行，甚至還有不少人為了討好這位丞相，故意裝出一副窮相。《三國志．和洽傳》載：「今朝廷之議，吏有着新衣、乘好車者，謂之不清。長吏過營，形容不飾，衣裘敝壞者，謂之廉潔。至今士大夫故污辱其衣，藏其輿服；朝府大吏，或自挈壺餐，以入官寺（衙門）。」可見一時的風氣。有一次，曹操登高遠望，看見曹植的妻子在宮內穿起華麗的衣服，認為她破壞家法，大為震怒，竟下令將她賜死。可見他執行節儉政策的嚴厲。

直到他臨死的時候，還下令說：「天下尚未安定，未得遵古也。葬畢，皆除服；其將兵屯戍者，皆不得離屯部；有司各率乃職（各守崗位）。殮以時服，無藏金玉珍寶。」

沒有可盜的東西，曹操是不怕後人去盜墓的。

至於說他由於自己罪惡深重，便怕後世人掘他的墳墓，那是後人的看法，曹操不會這樣想。因為他自以為是漢室的忠臣，「設使國家無有孤，不知當幾人稱帝，幾人稱王」。他宣稱自己是保護了漢家王朝的，豈有自認罪惡深重呢！

七十二疑冢之說，是把曹操作為反面人物以後的人所杜撰，其實是根本不存在的。至於《反三國志》寫馬超入許昌後便盡掘七十二疑冢，那不過是翻案文章罷了。

前人有時說得幽默：「人言疑冢我不疑，我有一法君莫知。七十二外埋一冢，更於何處覓君屍？」

可見掘盡七十二冢，也未必找得着曹阿瞞屍體的。

真是無獨有偶，原來湖北漢川縣【一】附近也有一個「疑冢」。據說，這個疑冢又叫同冢，在縣西一百四十里。民間相傳，因為曹操在赤壁之戰失敗以後，逃到此地，叫兵士趕造一座墳墓，偽稱曹操已經死了，用來迷惑孫、劉的追兵云云。【二】這是有趣的傳說，自然於史無據。不過，人們認為曹操狡詐多端，所以疑冢就不止一處了。

【一】漢川縣即今漢川市。編者注。

【二】見顧祖禹《讀史方輿紀要》卷七十六。

用古代天文學猜破的啞謎——「獅子宮中，以安神位」

《三國演義》第六十九回，寫了一個善於占卜的管輅，卜卦極有靈驗。這不是小說作者的憑空捏造，《三國志．管輅傳》早已如此記載。此人當時確曾享有盛名。至於所謂靈驗，當然是封建迷信時代的附會，且不去管它。

但《三國演義》作者又確實添上一些枝葉，讓這個占卦先生更顯得神奇。他添加的有兩個卦。一是預卜天下之事，管輅卜的卦說：

三八縱橫，黃豬遇虎。定軍之南，折傷一股。

這個卦是預卜夏侯淵被殺的。《三國演義》第七十一回寫夏侯淵在定軍山下，被老將黃忠衝到跟前，「連頭帶肩，砍為兩段」。事後曹操方悟管輅之言：「三八縱橫，乃建安二十四年也。黃豬遇虎，乃歲在己亥正月也。定軍之南，乃定軍山之南也。折傷一股，乃淵與操有兄弟之親情也。」可以說把四句卜辭都解清楚了。

為什麼「三八縱橫」便是建安二十四年？因為古代卜辭常用乘數的算法，說「二八」就是十六，說「三九」就是二十七，所以「三八」便是二十四了。為什麼「黃豬遇虎」是己亥正月？因為古代用十二生肖紀年，亥年屬豬，所以說「黃豬」；正月又叫寅月（從漢代開始，以建寅之月為正月），寅屬虎，所以說「遇虎」。有點曆法知識的人，是容易理解的。

可是另外一個卜辭卻很考人，它說：

獅子宮中，以安神位。王道鼎新，子孫極貴。

批點《三國演義》的毛宗崗只能說：「為曹丕篡漢伏筆。」解後二句大致不錯；不過什麼是「獅子宮中，以安神位」，就從來沒有人作過解釋。

把這兩句解通了，我們可以得到十分有趣的結論。

原來古代埃及、希臘把天上的黃道（從地上看日月和行星經過的行道）平分為十二宮，每宮佔三十度，各繫以名稱。即寶瓶、摩羯、人馬、天蠍、天秤、雙子（又叫雙女）、獅子、巨蟹、室女（又叫陰陽）、金牛、白羊、雙魚，都是西洋星座名。但中國古代卻不叫十二宮，而叫十二次，名稱也不同（如寶瓶宮中國叫玄枵）。西洋的十二宮何時傳入中國，未可確考，但至遲也在宋代。證據就是宋人陳元靚編的《事林廣記》有一張《十二宮分野所屬圖》，它將西洋十二宮的名字同中國的十二個州分別配搭起來，如寶瓶配在青州，摩羯配在揚州，人馬配在幽州等等。這個圖恰好給我們解釋「獅子宮中，以安神位」兩句話提供最好的證據。原來這個圖的獅子宮，配的地區是「三河」。三河就是漢代的河東、河內、河南三郡（見《史記·貨殖傳》）。河南郡的洛陽是後漢首都，也是曹魏的首都。曹丕在洛陽登位稱帝，曹操又是死在洛陽的。由此我們便知道，獅子宮指的地區是三河，具體指的是洛陽。所以管輅這卜辭就是說：曹操將來要在洛陽安上神位，他的子孫又做了皇帝。這是惟一合理的解釋。

進一步我們又知道，這個卜辭的製作者是參照宋代通行的十二宮的說法來撰寫的，也許他還看過《事林廣記》呢。奇怪的是，羅貫中在《三國演義》裏能解釋「三八縱橫」，卻不能解釋「獅子宮中」，那麼，這個卜辭到底是羅貫中自撰的還是宋代說書人早已創造，仍然是個未能解決的問題。

曹操與「下九流」

左慈戲弄曹操一段書，讀者也許覺得有趣，要問：歷史上是否真有其事？

小說固然難免誇張，但羅貫中並非憑空捏造，他有他的根據。

秦、漢本來是迷信之風甚盛的社會。秦始皇、漢武帝都求長生，找神仙。皇帝如此，下面自然風從草偃。於是有人去學辟穀（不吃飯），像漢初功臣張良；有人想煉出黃金，像淮南王劉安和學者劉向；有人迷信讖緯（類似《劉伯溫燒餅歌》的東西），王莽、劉秀是著名的兩個；有人書符念咒，像讀者熟知的于吉；也有人講陰陽五行。到了後來，什麼占卜星相，拜神召鬼，辟穀導引，「房中術」等等，都大行起來了。左慈不過是其中的一個。

但在曹操手下，還遠不止一個左慈。

曹操是個好奇的人物，他手下收羅了一批江湖術士（有人把他們歸入「下九流」中去），這同他「惟才是舉」的主張頗有一致之處。

他到底羅致了多少江湖術士，已不可考，但卻有幾個著名人物，像讀者熟悉的左慈和管輅。左慈據說是懂得「房中術」的，管輅是善於占卜的。還有甘始、東郭延年也都曉「房中術」。而朱建平卻又是個「看相先生」，周宣專門替人解夢，郗儉據說善於「辟穀」。這一群人物，都集中在魏國，從曹操以下，許多王公大人都相信他們這一套。

《後漢書．甘始傳》曾揭出曹操的好奇心理，說：「甘始、東郭延年、封君達，三人者皆方士也，率能行容成（人名）御婦人術。或飲小便，或自倒懸，愛嗇精氣，不極視大言；甘始、元放（即左慈）、延年皆為操所錄，問其術而行之。」

好個「問其術而行之」，可見這位「一世之雄」也頗信點異端邪說，還要親自試驗一下。他搜羅了幾十個妻妾，生了一大群兒女，想來也曾學了一些「房中術」吧？

七步成詩的曹植似乎不大相信這些，卻又要替父親解嘲，說曹操怕他們煽惑群眾，所以把他們集中起來，不讓他們四出活動。他有一篇文章說：「世有方士，吾王（指曹操）悉所招致。甘陵有甘始，廬江有左慈，陽城有郗儉。甘始能行氣導引（大抵是所謂吐納之術，道士興這一套），左慈曉房中之術，儉善辟穀。悉號三百歲。卒所以集之魏國者，誠恐斯人之徒，接奸詭以欺眾，行妖慝以惑人，故聚而禁之。」（見《弘明集》）

聚是聚了，禁卻不是真禁。當時魏國出現了一些怪事：郗儉所到之處，茯苓價錢登時漲了幾倍；甘始宣傳導引之術，於是到處有人引頭曲項，仿效他的呼吸吐納；左慈來了，又有許多人學「房中術」。最可笑的是，有個太監叫嚴峻，也要左慈教他「房中術」。（見曹丕《典論》）太監怎麼去「御婦人」呢？可見旁門左道也真頗有市場，有些人簡直像中魔了。這多少和曹操的「聚而不禁」有關。

還是曹植說得好：「納虛妄之辭，信眩惑之說，隆禮以招弗臣，傾產以供虛求……經年累稔，終無一驗，或殁於沙丘（指秦始皇），或崩於五柞（指漢武帝），臨時復誅其身，滅其族，紛然足為天下笑矣。」

曹植不相信長生不老，比秦皇、漢武要強多了。

左慈的魔術

據《後漢書》的記載來看，左慈在曹操跟前玩弄的，頗似近世的魔術。他能在大筵會中，拿來一個銅盤，放上水，用竹竿釣出很多鱸魚來。又能變出生薑。不過魚是松江的，生薑是西川的，卻有點神奇。又有一回，曹操出到郊外，從者百餘人。左慈只攜了一升酒，一斤肉，在他的擺弄下，竟然變出百十斤酒，百十斤肉，讓在座的人，莫不醉飽。曹操心中猜疑，叫人到附近看看賣酒賣肉的人家，原來這些人家的酒肉都已不翼而飛。這也頗像近代魔術中的「搬運法」。不過書裏還說曹操要捉拿他，他「卻入壁中，霍然不知所在」，以及變成幾百個同形的人，又走入羊群中，所有的羊都變成老公羊。這些就未免事涉神怪，難以使人相信了。

《三國演義》是有意利用左慈的故事來嘲弄曹操的，自然也添了些自己想出來的新鮮花樣。其中，左慈奉勸曹操棄了官爵，跟他入山修道，把丞相的位置讓給益州劉玄德，更分明是「尊劉抑曹」的說書人順手生發，有意向曹阿瞞開了個玩笑。

《三國演義》寫左慈乘鶴飛去，不知所終。其實左慈是跑到東吳去了。不過《三國演義》

沒有說。

左慈到東吳，有大名鼎鼎的金丹家葛洪寫的《抱朴子》為證。此書說：

昔左元放於天柱山中精思，而神人授之金丹仙經。會漢末亂，不遑合作，而避地來渡江東，志欲投名山以修斯道，余從祖仙公，又從元放授之。

從葛洪的自述，知道左慈到東吳後，把金丹術傳給葛洪的從祖葛玄，葛玄再傳鄭隱，鄭隱又傳與葛洪。可見左慈是葛洪的祖師爺，又是丹鼎派的傳授人，並非僅僅懂得房中術而已。

還有，孫策殺了道士于吉，而孫權卻與乃兄相反，不但收羅了一批道士，還向他們學隱形之術。而所有這些故事，《三國演義》都來不及去提了。

于吉——一個大有來歷的道士

《小霸王怒斬于吉》這一回，讀者只覺得這于吉無非是個興妖作怪的道士，對他沒有什麼好印象。

其實這個人是大有來頭的，他同黃巾軍領袖張角還有些師兄弟淵源呢。

原來在漢順帝時（公元一二六年——一四四年），這個于吉已在民間傳道。他傳的道，同張角一樣也叫太平道。《三國志》說：順帝時，有個道士叫宮崇的，上了一本書給皇帝。名叫《太平清領書》。據說是他師父于吉在曲陽（後漢曲陽在今江蘇省沭陽縣東，西漢曲陽在今淮南市東）泉水上得到的神書，共百餘卷。【一】又《後漢書．襄楷傳》說：這本書是「以陰陽五行為家，而多巫覡雜語」。也就是用陰陽五行學說來占卜禍福，預測時運的迷信玩意。當時朝廷的官員看了這書，認為「妖妄不經」，把它沒收了。不過此書也假借了一些天災、星變的事，來勸告統治者「修德行善」的，所以並沒有治襄楷的罪。《襄楷傳》又說：「後張

【一】見《三國志．孫策傳》注引《志林》。

孫策怒斬于神仙

角頗有其書焉。」可見後來黃巾起義，也同于吉有些關係。張角自稱「太平道」，它的宗旨就出自《太平清領書》，這是可以肯定的。

但是于吉和張角畢竟沒有同走一條路。于吉不搞武裝暴動，只是在江南一帶傳道。史書上說于吉在吳會（今江蘇蘇州市）「設立精舍，燒香讀道書，製作符水以治病，吳會人多事之」。【一】有一次，孫策大會賓客於郡城門樓上，于吉卻穿起華麗衣服，攜一漆畫的木箱子，從樓下走過。諸將賓客中竟有三分之二的人下樓去迎拜他。這就觸怒了孫策，把他關起來。信奉他的人都使婦女入見孫策的母親求情，孫母也替于吉說好話。不料更激怒了孫策，卒於把他殺了。

于吉在順帝時已經傳道，至建安五年（公元二〇〇年）被殺，死時大約已九十多歲。這事在當時是很不得人心的，所以孫策死後，就產生了于吉索命的神話，還說于吉的屍體半夜就不見了云云。【二】

看來于吉是個從事傳教的教長，他的宗教固然曾影響了張角，對後漢末年那次農民大起義也有一定促進作用，但他本人卻沒有參加進去。近人有說于吉是個遊方道士或江湖醫生之流【三】，或說于吉是中途失敗的農民領袖【四】，恐怕未必很恰當的。

他的《太平清領書》又叫《太平經》，原有一百七十卷，現只殘存五十七卷，收在明代的《道藏》裏。前些年中華書局出版了王明編的《太平經合校》，編者認為「全書的大義代表中國道教初期的經典」，「其中有樸素唯物主義觀點和辯證法因素，又有反對剝削階級聚斂財貨等思想」，是中國哲學史有價值的資料。

于吉竟是我國哲學史上有一定地位的人物哩。【五】

【一】見《三國志·孫策傳》，注引《江表傳》。

【二】見干寶《搜神記》卷一。范文瀾《中國通史簡編》第二編第三章說被殺的于吉是冒名頂替的于吉。很有見地，可惜證據不足。

【三】見呂思勉《三國史話》四。

【四】見呂振羽《中國政治思想學說史》。

【五】《後漢書·襄楷傳》于吉作干吉，當是字形相近致誤。

「扮豬吃老虎」的書生——陸遜

讀《三國演義》的人，看到第八十四回《陸遜營燒七百里》，對於這個「書生拜大將」的陸遜，莫不刮目相看。原來這位平時並無赫赫戰功的書生，一旦領兵，居然如此厲害！其實陸遜也不是以前毫無戰績，不過《三國演義》作者騰不出筆墨去寫他，就讓讀者以為他純然是個書生罷了。

陸遜原是江東的大族，祖父做過城門校尉。父親做過九江都尉，孫策病死後，曹操表孫權為討虜將軍，領會稽太守。這是建安五年的事。陸遜便在此時參加孫權的幕府工作，這年才二十一歲。

不久，陸遜出為海昌屯田都尉，會稽（今浙江紹興）有個賊首潘臨，佔據山嶺，作惡多端，陸遜親入險地，討平山賊。又有波陽賊首尤突在地方作亂，陸遜發兵收剿，一舉平定。不久，丹陽賊帥費棧又受曹操收買，企圖作亂，又是陸遜領兵征討，把費棧擊破。

從上面幾件事看來，陸遜雖然是個書生，卻同時又有膽識，行軍打仗，並不外行。不過這些事跡，在三國時代算不上很顯赫罷了。

到了關羽北上進攻襄陽、樊城的時候，陸遜這個書生就看出機會來了。他趁呂蒙稱病回到建業，就去見他說：「關羽是個驕傲自大的人，曾經立過大功。更加不可一世了。如今一心想着北攻曹操，對東吳並不防備，我們能出其不意，襲取荊州，關羽是一戰可擒的。」呂蒙聽了，未肯相信，卻又認為陸遜很有見識。當孫權問他誰能接替他的工作時，呂蒙就說：「陸遜很有深謀遠慮，可以付託；而且他又沒有很大名氣，關羽不會顧忌他。讓他代替我，將來很有好處。」

陸遜果然代替了呂蒙。他第一步就是給關羽寫了一封語氣十分謙卑的信，自稱「書生疏遲，忝所不堪」，大讚關羽擒獲于禁，建立同晉文公、韓信一樣的蓋世功勳；又說曹操狡猾，應該多方防備。意在引誘關羽向前綫增兵。關羽果然中計，陸續抽兵北上。那結果是大家都知道的，不須細說。

陸遜便是這種善於「扮豬吃老虎」的人物。

劉備也是中計的一個。他征伐孫權時，開初銳氣正盛，一再尋求決戰，可是都被陸遜的「免戰牌」擋住了，只好屯兵山間達七八個月之久。假如對手是一位聲威顯著的老將，劉備也許會小心加強防備，不至於如此輕敵，不料劉備又以為陸遜是一介書生，無甚本領，軍心鬆懈，於是又吃了一次更慘的敗仗。

《三國演義》的評點者毛宗崗說：「書生而有大將之才，不得以書生目之。」並且指出春秋時代的郤縠、唐代的張巡，都同是名將，也同是書生。這話說得不錯。因為書生和大將本來不是絕對對立的；甚至可以說，有大將之才的書生，或者有書生氣質的大將，對敵人來說，也許更具危險性。

擊敗劉備後，陸遜自然聲名遠震。以後吳、蜀講和，雙方不再兵戎相見，陸遜的注意力便放在對付魏國方面，曾經大敗曹休於夾石（今安徽桐城縣【一】北）一綫，曹休又氣又惱，疽病發背而死。此後吳、魏雙方的戰爭較少，只有一次，孫權北征，命陸遜進攻襄陽，由於孫權自動退軍，陸遜也徐徐撤退，沒有戰功。但他總算是繼周瑜、魯肅、呂蒙之後的一個東吳大將，對於鞏固孫權的政權，是立下重大的功勳的。

【一】桐城縣即今桐城市。編者注。

關興、張苞是「好心人的產物」

《三國演義》寫到關羽、張飛遇害以後，就用強烈的筆墨、濃厚的興趣來描寫兩員小將，一個是關羽的兒子關興，一個是張飛的兒子張苞，在劉備征吳一役中，兩小將衝鋒陷陣，屢立戰功，而又互相呼應，彼此救援，彷彿又是一對兄弟，寫得頗為出色。讀者真會以為這是實有其人，也確有其事了。

關興、張苞是實有其人，但卻不是實有其事。

關興是關羽的兒子，但他不是一員武將。《三國志》對他的記載很簡略，不過是「少有令問，丞相諸葛亮深器異之。弱冠為侍中、中監軍、數歲卒」這幾句。「令問」是好名聲的意思，可知他早就有點名氣；侍中是皇帝的近臣，主持朝廷禮節，保護皇帝安全，以及答覆皇帝諮詢等；中監軍則是在京城監督軍事的。這兩種職務固然重要，但卻用不着親自帶兵打仗。關興二十上下就擔任這兩種官職，說明他是年少有為的人物，但死得太早，說不上有大的建樹。

張苞的記載更簡單了，僅僅得「長子苞，早夭」五個字（《三國志‧張飛傳》）。張飛

關興救張苞

的繼承人是次子張紹，可知張苞死於他父親遇害之前。他也沒有當過什麼官職；倒是他的兒子張遵官至尚書，後來在綿竹同鄧艾作戰時犧牲，不愧為名將的後代。

古代說書人對於史書上這樣簡單的記載，顯然是不滿意的。於是他們大膽馳騁想象，再塑造兩個小英雄來。正如《說唐》故事，既出現了羅成、秦瓊、尉遲恭，就繼之出現羅通、秦懷玉、尉遲寶林一樣，《楊家將》不是既有楊令公、楊令婆，有一郎至七郎，這還不夠，還有什麼楊八姐、楊九妹，更有穆桂英、楊文廣，乃至十二寡婦等等嗎？《後水滸傳》也出現了一批梁山英雄的後代，在反抗金人中出了大力哩。這是說書人的心願，也是聽眾們的心願。他們總希望英雄人物也有個英雄的兒子，能夠繼承父業，發揚英雄傳統，而不是窩囊廢，更不是變成「衙內」。

而且在劉備征吳這場大戰裏，少了這兩員小將也實在顯得寂寞。當時劉備手下實在沒有什麼名將，史書上只記載了吳班、陳式、馮習、張南、黃權五人；後來黃權投向曹魏，馮習、張南戰死，吳班、陳式一生又未見赫赫戰功。說書人對他們都不感興趣，索性由自己來創造兩個小英雄，於是場面熱鬧，聽眾也滿意了。

寫歷史小說有時也像行軍打仗：虛者實之，實者虛之；虛中有實，實中有虛……騰挪變化，要看你的本領。

羅貫中「刀下鬼」不少——為了挽回劉、關、張的面子

《三國演義》有真有假，人所共知，但假也有幾種不同情況。有為了藝術的需要而假，有為了增加讀者的興趣而假，也有為了達到「尊劉抑曹」目的而假的。為了「尊劉」，作者不惜改造歷史，移置事實，這一類例子很多。其中，劉備征吳一役，最為明顯。

劉備征吳以慘敗而結束，《三國演義》不能完全改造，因為如說劉備大獲全勝，以後的章回就寫不下去了。（這些翻案的事，後來由寫《反三國志》的周大荒擔任起來。）但作者卻要想方設法替劉備挽回一點面子，於是就出現許多怪事。

怪事之一是說甘寧與番王沙摩柯交戰，被一箭射中，走到富池口，死於大樹之下。史書並沒有說甘寧戰死，他是在西陵太守任上病死的。西陵領陽新、下雉二縣（今湖北陽新、通山縣地），陽新縣東的富池口，面臨長江，江邊建有紀念甘寧的廟。南宋時，加封甘寧為昭毅武惠遺愛靈顯王，祠宇由岳飛重加修葺，十分壯觀。據說其神甚有靈驗，因此香火極盛（見陸游《入蜀記》）。明、清兩代續有興建，成為名勝。可是甘寧並沒有到猇亭同蜀兵交戰；而且即使交戰，猇亭在宜昌市南，離富池口幾百里，甘寧也決不會帶箭走幾百里

回到富池口才死的。

怪事之二是說關興追趕潘璋，入一老人家中投宿，恰遇潘璋亦到，關公忽然顯聖，嚇倒潘璋，關興斬了潘的首級。

史實是：當時潘璋確與陸遜同拒劉備於猇亭，但並未戰敗，反而斬了馮習，立下功勞。其後更升為平北將軍，襄陽太守，又晉為右將軍。他一直活到孫權嘉禾三年，即後主建興十二年（諸葛亮即卒於此年），晚年志得意滿，享用甚豐。甚至橫行不法，殺人奪取財物，但孫權因他立過大功，不加過問。此人可說是作惡多端卻又逃脫了刑罰的幸運兒，何嘗是死在關興手下。

怪事之三是糜芳、士仁在吳軍中暗殺了馬忠（擒獲關羽的潘璋部將），然後逃回劉營，結果卻又為劉備所殺。

實則糜芳、士仁自從投降以後，一直在東吳做官【一】；猇亭之戰，他二人從未出場。馬忠更不是被他二人暗殺。

此外，說孫權把謀殺張飛的范強、張達押送交給劉備，自然也絕無其事。

為了挽回劉備一點面子，《三國演義》作者想方設法，製造出許多明明違反史實的情節

【一】 糜芳在黃武二年（公元二二三年），還追隨吳將軍賀齊襲擊叛將晉宗，把晉宗俘虜回來。見《三國志．吳主傳》。

來。潘璋、甘寧之死，馬忠之被殺，糜芳、士仁之喪命，范強、張達的下場，都集中在猇亭之戰中（見第八十三回）。這樣一來，關羽、張飛的仇敵都算得到了報應，讀者似乎也皆大歡喜了。其實都不過是羅貫中的刀下鬼而已。

這到底是聰明還是笨拙？讀者不妨自己來下個判斷。

洛神和曹植的愛情故事

三國時代，有一篇極著名的文章，是曹子建——阿瞞的四公子寫的《感甄賦》，又叫《洛神賦》。

此賦是曹丕稱帝之後，曹植入京朝見哥哥，回路經過洛水時寫的。為什麼叫《感甄賦》呢？因為曹植和他的嫂嫂甄皇后，開頭時有過一段愛情關係，不料好夢難圓，甄氏反而變成曹丕的妻子。如今甄氏又被曹丕所殺。曹植哪能不「感甄」呢！

甄氏名洛，是漢末名士甄逸之女。她以區區婦人之身，卻顛倒了曹家三父子；又以寡婦之身，而能貴為皇后。這在中華幾千年歷史中是絕無僅有的。她真不愧為女中奇傑。

本來，娶個寡婦做妻子，在三國時代乃是十分平常的事，毫無值得大驚小怪之處（請參閱本書《三個皇帝與三個寡婦》）。便算由寡婦晉封皇后，當時也不止甄洛一人。蜀將軍吳懿的妹妹，即劉瑁的寡妻吳夫人，在劉備稱帝後也冊封為皇后，滿朝文武，包括諸葛孔明在內，無人異議，表現了真正的男女平等。若是二十世紀的溫莎公爵能讀三國歷史，他必然振振有辭地反駁那些歧視寡婦的封建頭腦吧。

然而有一點她又高出一籌。吳皇后和徐夫人再嫁時，都沒有發生「三角糾紛」，而她卻發生了「四角事件」。可見魅力更在二人之上。

鄴城失守，曹丕搶先跑進袁府把甄洛搶走，曹操就酸溜溜地對人說：「俺做老子的辛辛苦苦打下鄴城，難道就是為了那小子麼？」原來老瞞早就打她的主意，只不過又礙着父子關係，沒法像對待關雲長那樣，不得不終於嚥下那口酸氣罷了。

曹阿瞞原是色鬼，且不說他；四公子曹子建卻是另一個人物。原來甄洛待字閨中的時候，他已非常傾慕，曾托人向其父求婚，只因時世荒亂，好事難成。不料後來她卻嫁了那一無才學二無勇力的袁熙公子，真使四公子傷心已極。及至鄴城陷落，子建以為時機到了，不想又是慢了一步，甄洛落入他哥哥之手。這一回，她和子建變成叔嫂關係，名分已定，結合的願望永成泡影了。

不幸子建又是個情種。他仍舊朝思暮想，廢寢忘餐，忘不了她。這當然有他的理由，他是最先發現甄洛，並且早就向她求婚的。名分銷蝕不掉他的愛情，又有誰敢指摘他是妄圖非分呢！

甄皇后被曹丕「賜死」以後，子建甚至也不相信她真的死去。因為外間就有傳說，她原是洛水女神的化身，如今回到洛川，仍舊是洛水女神（她名字就叫洛）。子建恐怕是真的相信了。

黃初四年，子建進京朝見皇帝哥哥，這位哥哥不知出於何種心理，卻吩咐太監拿出甄后生前用過的玉鏤金帶枕頭來，向他炫耀。又不知道是他良心發現，有意顯示自己的寬容，還是立心把子建狠狠刺激一下，他竟把枕頭賜給那不幸的失戀者。顯然，子建一見枕頭，便受到極大的刺激，再也抑制不住自己，抱着枕頭當場放聲痛哭。

他進入昏迷狀態了。在昏迷裏走出皇城，來到洛川。據他說，就在這時候他看到了洛神。他在《感甄賦》又叫《洛神賦》裏描寫洛神那「翩若驚鴻，宛若游龍」，「凌波微步，羅襪生塵」的美妙體態，還說同她傾訴了平生心事，說了許多體己的話，臨了，洛神又贈給他一顆大明珠，然後悄然隱去了。

從前有人認為子建確實是會見了洛水女神，那哀艷纏綿的一幕是實有其事；但照筆者看來，不過是曹子建在極度悲痛中產生的幻覺而已。因為甄氏名洛，他就想象她必然是洛水之神的化身，經過洛水時，他頭腦中的幻象出現了，似乎果真是看見了，交談了，人神交感了。一個情場的徹底失敗者，就只剩下這一點點幻覺了。

三個皇帝與三個寡婦

喪妻再娶，喪夫再嫁，這本是人情之常，封建社會卻要維護「夫權」，對女的偏生歧視。幾百年來，寡婦再嫁，總受到社會上有形無形的阻力和壓力。這應該「歸功」於儒家的說教；儒家演變而為道學家，更強調婦女不事二夫，對婦女更加歧視，壓迫也更厲害了。這是歷史的倒退。

三國時代的風氣卻還不致如此。魏、蜀、吳三個開國皇帝娶了三個寡婦，便可以窺其一斑。

讀過《三國演義》的人都知道「曹丕乘亂納甄氏」。這個甄氏原是袁紹的媳婦，袁熙的妻室。曹操攻破鄴城，曹丕隨軍開入，首先跑到袁家，就將甄氏據為己有。據說當時曹操知道此事，還不無嫉妒地說：我打下鄴城就是為了這小子麼！又據說，曹植當初是要娶這個女子的，不料好事難成，使他遺憾已極。後來寫了一首《洛神賦》，便是假托洛神來紀念甄氏的，所以《洛神賦》又叫《感甄賦》云。甄氏後來生了明帝曹睿和東鄉公主，但結局並不美滿，她是受到讒毀，被曹丕賜死的。

一個寡婦，即使「仙女下凡」，也未必就足以使後世的道學家視為珍寶，父子兄弟都想爭奪。只因為那時是毫不計較這個問題的，所以甄氏不但不受別人的歧視，反而成為皇后（死後才追封的）。這是後世所罕見的。

劉備平定益州以後，糜夫人、甘夫人都已逝世，孫夫人又已回娘家。照理，蜀國不是找不到一個合適的少女，可是群臣卻勸劉備聘娶同宗劉瑁的寡婦吳氏，這也是後世罕有的。當時劉備還嫌自己和劉瑁是同宗，不便娶他的遺孀。法正卻說：「若論到親疏關係，主公還及不上當年晉文公和子圉呢。」原來，子圉是晉文公的親姪兒，晉文公卻娶了子圉的妻子懷嬴。春秋時代，這些事都不算犯什麼禮法。劉備聽了，便也打消了顧慮，立吳氏為夫人了。史書上並沒說吳氏是個美人，也不記載她有什麼好品德。到底群臣為什麼都推薦她？無可查考，只能闕疑了。

至於孫權娶的那位徐夫人，則更讓人吃驚。原來這位夫人是孫堅親妹的孫女兒。孫堅的妹子嫁予徐真為妻，徐真生子徐琨，徐琨生徐夫人。可知徐真的嫡妻是孫權的姑母，徐琨便是姑表兄弟，而徐夫人便是孫權的表姪女了。徐夫人本已嫁了同郡的陸尚，陸尚早死，孫權就把她娶過來，這就難怪後人的譏評了。倒不是他娶了個寡婦，因為近親結婚，現代科學也認為是不合適的。

那時，貴族人家女兒也不以再嫁為恥。例如孫權的長女大虎，初嫁周瑜的兒子周循，循死後又嫁給全琮；幼女小虎也是先嫁朱據，朱據死了，再嫁給劉纂（小虎的另一姐夫）。蔡文姬也算「名門望族」，在亂世中，她先嫁給匈奴人，回國後再嫁董祀。當時都認為是理所當然，無人非議的。

最後，讓我們再看看曹操自己對這問題是怎樣說的。

曹操在建安十五年建銅雀台後，志得意滿，為了表示自己沒有代漢的野心，便寫了一篇《讓縣自明本志令》。文中先說自己開頭不過想望封侯，做征西將軍，就已滿足，誰知身不由己，此後征袁術、破袁紹、平荊州，身為宰相，人臣之貴已極，為了不使別人猜疑自己有篡漢之心，平日就反覆對別人和兒子講不要忘記漢朝的恩典，不要背叛漢室。於是他說：「孤非徒對諸君說此也，常以語妻妾，皆令深知此意。孤謂之言：顧我萬年之後，汝曹皆當出嫁。欲令傳道我心，便他人皆知之，孤此言皆肝鬲之要也。」

曹操在這個令中，公開宣稱，他死了之後，妻妾都要出嫁的，她們可以把他的志願向別人宣傳。由此可知，三國時代，認為寡婦改嫁是合理現象，正如男人喪妻可以續弦一樣。誰也不會歧視。連曹操自己也宣稱並無例外。當時的社會風氣如何，不是非常清楚嗎？

至於曹操死時，吩咐妾侍分香賣履，把她們安置在銅雀台上，和《讓縣自明本志令》完全相反，那又是他的奸雄本相，屬於另外一回事了。

黃色竟有這等魔力嗎

讀者可曾注意後漢、三國時代出現的幾個「黃」字嗎？

張角起義，口號中有個「黃」字，叫「蒼天已死，黃天當立」。

曹丕代漢，他的年號叫「黃初」。

孫權的年號，先叫「黃武」，後又改為「黃龍」。

為什麼不謀而合都用了這個「黃」字？

原來在後漢，「黃」字是代表一種氣運。

但是說來話長，姑且簡單點說吧。

我們祖先知道世界萬事萬物是極為複雜的，為了便於說明問題，有人就採用了歸納法，把世界物質簡化為五種東西，就是金、木、水、火、土，又稱為「五行」。又有人研究一下，發現這五種物質居然還有相生相剋的關係。所謂相生，就是金生水，水生木，木生火，火生土，土又生金。所謂相剋，就是金剋木，木剋土，土剋水，水剋火，火又剋金。雖然是淺顯的道理，倒也把五種不同的東西都聯繫起來，對於古人認識世界，也不無好處。

不過這一發現，卻被一些唯心主義、宣揚天命論的人利用上了。

據一些人說，五種東西都各自有一種顏色。金是白色，木是青色，水是黑色，火是紅色，土是黃色。又據一些人說，金是屬於西方的，木是屬於東方的，水是屬於北方的，火是屬於南方的，土是屬於中央的。這已經有點玄虛了。

封建統治者是非常迷信的，尤其相信「天命」。他們自認是「天之子」，是上天旨意叫他統治老百姓的。這個「天命」更應該讓老百姓知道，好使老百姓服服帖帖，接受「天子」的統治。

那麼，為什麼有些王朝滅亡了，又有新王朝興起？「天命」是怎樣轉移的呢？為了解釋這個問題，好讓老百姓「安心」，於是又有人「發明」了「五德終始論」。

「五德終始論」是說，每個王朝都有一個上天注定的「德」，也就是「五行」的本質。「五行」是有相生相剋的關係，所以新王朝代替舊王朝，不是五行相生，便是相剋。上天就是根據這個來決定王朝的新舊交替的。

秦始皇代替了周王朝，統治者就說，因為秦王朝代表水德，水能滅火，就把代表火德的周王朝消滅了。可是秦朝很快又滅亡了，代它的又是什麼呢？漢初的時候，議論紛紛；到了漢武帝登位後，統治者才確定自己是土德，因為土又剋了秦朝的「水」。

西漢末年的野心家王莽是個迷信鬼，他一心想自己當皇帝，於是也來製造天意。他相信國師劉歆的主張，硬把漢朝說成是火德，而自己是代表土德的，火能生土，自己代漢也是「天意注定」——真是隨你怎麼說都可以。

後漢光武帝也是個十分迷信的人。他相信圖讖說「劉秀發兵捕不道，四夷雲集龍鬥野，四七之際火為主」的鬼話，登位以後，就自稱「運應火德」，從此，後代史家就稱漢王朝為「炎劉」。自然，當時上下人等，都知道漢王朝是以「火德」自居的。

到了後漢末年，政治腐敗不堪，農村經濟破產，農民要起義了。他們索性「以子之矛，攻子之盾」，為了發動群眾，張角於是宣稱「蒼天已死，黃天當立」。他不承認漢朝是火德，只說「蒼天已死」，也就是後漢王朝合該滅亡了；起義者一方是「黃天」，注定要繼之而起。所以張角的軍隊一律用黃布包頭，以區別於後漢王朝。封建時代，農民也是相信天命的，這不能怪他們。

再說曹丕為了取代漢朝，他也得找個理由，遮一遮醜。他以為最好的理由莫過於說「天命轉移」。自然，臣下也心領神會。所以在他篡漢之前，就到處傳說，某地有黃龍出現，正應着「土運當興」；天上的黃帝星座大放光明，而赤帝星座隱匿不見；甚至熒惑（火星）也失色不明十多年了。製造這許多鬼話，無非說明「土德」要代替「火德」罷了。果然，曹丕就以「土德」自居，坐上天子的寶座，把他的年號定為「黃初」。黃初就是「土德之初」的意思。

不料自稱「土德」的還有另一個，此人便是孫權。孫權也要做皇帝，就說鄱陽有黃龍出現，應的也是「土德」，於是孫權先把年號定為「黃武」。武有繼承的意思，是「以土繼火」。到正式登皇帝位，又改元「黃龍」。那意思也差不多。

還有那個末代皇帝曹奐，大勢旁落，一切權力都集中在司馬氏手中時，便又出現一件怪事：襄武縣出現一個三丈多高的巨人，滿頭白髮，身穿黃袍，頭裹黃巾，向人說，如今天下太平了。忽然不見。於是同年十二月，司馬炎就代魏為帝。這也是黃色作了先兆。

只有劉備不用「黃」。他是繼承劉家的帝位的，自然不須改變「天命」，他還是火德。他的年號叫「章武」，是取《尚書》「天命有德，五服五章」的意思。劉禪又有年號叫「炎興」，顯然也是以火德自居。

只一個「黃」字，也借用了來作為政治鬥爭的手段。對三國故事有興趣的讀者，倒是不可不知道的。

「代漢者當塗高也」——一句挑起野心的怪語

《三國志》和《三國演義》都曾記錄了後漢末年在社會上流行的一句讖語：「代漢者，當塗高也。」（塗，通途。）

讖是一種迷信的預言。用一些隱晦的游移不定的話來預測未來的事件，就叫讖語；還加上圖像的就叫圖讖。舊時一度流行的《劉伯溫燒餅歌》，就是這種玩意。一個王朝每當衰敗的時候，就會有讖語出現，也一定會有人利用讖語，來達到某些政治目的。

「代漢者，當塗高也。」意思是說漢王朝氣數已盡，注定要有新的代替它；而代它的便是「當塗高」。

「當塗高」三字意思隱晦，又像謎語。誰是「當塗高」呢？於是就有人費盡心思去猜測。首先認為自己是「當塗高」的是那個無才寡德而又自命不凡的袁術。

袁術和袁紹是堂兄弟（一說異母兄弟），他們的高祖袁安，官至司徒；安子袁敞官至司空；孫袁湯官至太尉；曾孫袁逢、袁隗，都位至三公。所以袁術、袁紹自稱「四世三公」，門第之高，無人能比。

自從黃巾起義，繼之董卓弄權，後漢王朝勢成瓦解，於是袁術就以為天命落在自己身上了。什麼天命呢？他認為漢代的火德已衰，代火的應是土德，而自己姓袁，袁上有土，所以他正是土德的代表者。此是其一。他又認為自己名術，術是城邑內的道路，他又別字公路，所以讖語的「當塗高」就是指他袁術。這是其二。

後來聽說孫堅在長安得到傳國玉璽，就更以為漢王朝氣數已盡，無可挽回了。為了得到這個象徵天命的寶貝，他更是不擇手段，把孫堅的妻子拘留起來，逼她交出玉璽（《三國演義》記載略有不同，這是根據《三國志》）。玉璽有了，他的野心就更大。獻帝建安二年，他便在壽春正式做起皇帝來，自稱「仲家」，設置公卿百官，郊祭天地，還要把呂布的女兒接來做太子的「冢婦」。

這簡直是迷信到了入骨的程度。他的徹底失敗，當然是無可避免的。

袁術失敗以後，第二個撿起這句破爛讖語的是曹丕。

建安二十五年，曹丕篡漢的時機已經成熟，於是有個叫許芝的太史丞就引用讖語，說：「當塗高者，魏也；象魏者，兩觀闕是也。當道而高大者魏，魏當代漢。」原來古代的宮殿祠廟前面通常都建有兩個高大的台，台上又有樓觀，在兩台之間留個空闕的地方，這種建築就叫闕或雙闕。許芝說「當塗而高」正是這個東西。它又叫「象魏」。於是就證明以魏代漢，正是「天意」了。

說穿了，「天意」不過是人意。這個人意又不是眾人之意，而是有權力的人的私意。寫在紙上的字是死的，人的嘴巴是活的，讖語不過是些游移不定的東西，隨你怎麼解釋都可以，問題是在於誰有解釋的權力。既然袁術以失敗告終，這個「當塗高」就不是「公路」；曹丕卻建立了魏王朝，所以解為「象魏」便是理所當然的了。什麼圖讖、《劉伯溫燒餅歌》之類，都是一個道理。

天下軍事亦難預料——「隆中對」一半成泡影

諸葛孔明第一次在草廬會見劉備，就對他分析了天下大勢。後人稱這篇談話為《草廬對》，也叫《隆中對》。

這篇談話具有極中肯的預見性。他指出在目前的形勢下，不可能同曹操、孫權爭奪地盤，因為曹操「已擁百萬之眾，挾天子以令諸侯」。而孫權又「據有江東，已歷三世，國險而民附，賢能為之用」。目下只有劉表的荊州和劉璋的益州，可以拿過來作為根據地，形成與孫、曹三分天下的局面。

孔明這一分析，切合時勢，又是完全行得通的。

果然就在赤壁之戰以後，劉備和孫權分了荊州，留關羽鎮守，劉備自己則親率部隊，沿江西進，攻佔了益州，進一步又揮軍北上，在定軍山斬了夏侯淵，擊敗曹操的救兵，把漢中地區收歸己有。於是鼎足之勢形成。這是漢獻帝建安二十四年（公元二一九年）五月的事。

同年七月，劉備就在沔陽（在定軍山之北，今陝西勉縣東）進位漢中王，提拔魏延為漢中太守，自己回到成都坐鎮。

「隆中對」的第一步計劃完成了。那麼，諸葛孔明的第二步打算又是怎樣的？

他說：「若跨有荊、益，保其岩阻，西和諸戎，南撫夷越，外結好孫權，內修政理；天下有變，則命一上將，將荊州之軍以向宛、洛（今河南省北部）；將軍身率益州之眾，出於秦川（今陝西省南部），百姓孰敢不簞食壺漿以迎將軍者乎？誠如是，則霸業可成，漢室可興矣！」

這段話中，有四個字是關鍵中的關鍵，那就是「天下有變」四個大字。

所謂「天下有變」，就是敵人方面發生重大變故。這變故或者是敵國內亂；或者是兩敵交戰，兩敗俱傷；或者是其他什麼使敵人力量大受損失的事件。否則就不叫「天下有變」。

但是隨後的事情發展卻和孔明的預計恰好相反。蜀國方面等不到「天下有變」，自己卻先變起來了。

建安二十四年八月，也就是劉備進位漢中王還不夠一個月，關羽就首先發動了軍事進攻。

有些史家說，關羽此時出兵是有利的。因為前一年南陽地區的侯音曾起來反對曹操，說明曹操在荊州北部並不穩定；二則劉備正奪得漢中，聲勢正盛；三是前不久孫權進攻合肥，關羽可與孫權遙相呼應。

話是有理，可惜都是表面現象。因為侯音反曹勢力不大，很快就被消滅；孫權攻合肥，更不過是一種姿態，他其實念念不忘荊州；劉備得漢中，固然可以增加聲勢，但此時劉備已返成都，曹操便無西顧之憂，仍可以專力對付關羽。這些都說不上「天下有變」。

曹操又是何等樣人？這個合「奸雄」與「英雄」為一身的身經百戰的老傢伙，還沒有死；手下良將大批仍存。便是傾吳、蜀兩國之力，也未必能滅亡得了魏國，何況是一支孤軍？關雲長未免把戰爭看得太簡單了。

看來，劉備和關羽都有點因勝而驕。劉備取得漢中，立即稱王；稱王以後，不駐守漢中而返回成都，單獨讓關羽向襄樊進軍，這就同孔明「隆中對」的荊州、益州同時進兵的計劃不相符合了。關羽消滅于禁七軍以後，為了擴大戰果，陸續把荊州兵力抽空，而益州卻沒有向荊州派遣一兵一卒，這豈不是太麻痹了。須知孫權從來沒有放棄奪取整個荊州的野心，即使關羽不是驕傲自大，拒絕孫權為兒子求婚的要求，孫權也是會乘虛而進的。

以後的事情，大家都知道。關羽被阻於襄樊前綫，進既不能，退又可惜。呂蒙於是乘虛偷襲了荊州。關羽歸路斷絕，兵敗身死。於是孔明的「兩路出兵」計劃成為泡影。

雖有「天下軍師」，無奈「主公」一意孤行，又傾全國之兵，征吳復仇，猇亭一敗，精銳全失，更是完全違背孔明「隆中對」的初衷了！

這叫做「天下未變蜀先變」。孔明的「隆中對」只完成了前面一部分。

劉備也心狠手辣——一句話掉了腦袋的張裕

你在舞台的三國戲裏看慣了劉玄德的扮相了吧。真是龍眉鳳目，一臉福相；尤其是那一把大鬍子，飄灑胸前，風度十足。

他是中山靖王之後，如假包換的龍子龍孫；後來又位登「九五之尊」。正是福人有福相，既不像那莽莽撞撞的張翼德，也不似滿臉塗朱的關雲長，自然更與曹孟德的大白臉形成強烈對照了。至於呂奉先的輕浮，周公瑾的小量，更不似「帝王氣象」，沒有可比的。

假如你這樣來肯定歷史上的劉先主，認定他必然長成一副雍容貴氣，那就不妨套用一句俗語——「大跌其眼鏡」了。

再假如，在舞台上，一個演員光着下巴，宛似太監，卻蟒袍玉帶，朝椅子當中一坐，口中念道：「孤王，劉玄德是也。」我想，你肯定會和滿場觀眾一道，為之嘩然的。

「那個像太監的人便是劉玄德嗎？」

是的，正是這個人，是劉玄德的「標準相」。

其實並不是所有皇帝都有一大把鬍子的。撇開那些少年便駕崩去了的「皇上」不說，便是年紀老邁的帝王，也有光着下巴的。大家都相當熟悉的朱元璋便是其中之一，他到老來，依舊「五嶽朝天」，就是看不見一把鬍子。

不像現在，古人以蓄鬚為美，男子漢大丈夫而光下巴，起碼就欠缺英雄氣象。所以「美髯公」是個讚揚的美號。有人為了保護他的美髯，還製造了鬚囊之類哩。南朝謝靈運是個美髯公，他後來被殺，人們可惜他那把大鬍子，特地割下來裝在一個神像的下巴上；李靖為了給姐姐煎藥，讓火燒了一些鬍鬚，當時傳為美談。至於舞台上的呂布和周瑜都沒有鬍鬚，那不過強調他少年得志，或者便於同台上的美人調情而已。這已是近世的觀念了。

確實，劉備是沒有鬍子的，像個太監。當年袁紹等人入宮殺十常侍時，劉備倘也混身其中，一定會被當做宦官給人殺掉了。

然而也因鬍子的事，引出一個殺機。此事見於正史。《三國志．周群傳附張裕傳》說，劉備在涪州同劉璋會晤時，張裕是州後部司馬，大家坐在一起談話。張裕是個大鬍子，劉備覺得他模樣可笑，就拿他的大鬍子開了一個玩笑，劉備說：「我從前住在涿縣，縣裏姓毛的人很多，東西南北都是毛。所以涿縣縣令對人說：『諸毛繞涿居乎？』」誰知張裕毫不示弱，也回敬了一個笑話。他說：從前上黨潞縣有個縣長，後來調到涿縣做官，到罷官回家時，有個朋友給他寫信，不知該怎麼稱呼，因為稱他潞君又丟了涿縣，稱他涿君又丟了潞縣，於是只好稱他為「潞涿君」了。

「潞涿君」是很刻毒的嘲笑。因為潞同露諧音。涿同啄諧音，又同椓諧音。啄是鳥嘴，露啄說他光着嘴巴沒有鬍子；而椓是太監的意思，露椓就簡直嘲笑他像個太監了。一語雙關，弄得劉備哭笑不得。

劉備當時很生氣，卻又沒奈何他。到了登位以後，終於尋事把張裕殺了。諸葛亮曾問劉備，為什麼要殺張裕？劉備卻答說：「芳蘭生門，不得不鋤。」【一】

張裕自然也有取禍之道。他是個占星家，卻對人說：「歲在庚子，天下當易代，劉氏祚盡矣。主公得益州，九年之後，寅卯之間當失之。」簡直是造謠惑眾，擾亂人心。

在《三國演義》裏這件事沒有記載，因為未必便用得上；而大抵又要「為賢者諱」，以免損害劉備的完美形象。

【一】 芳蘭：蘭草，是菊科植物，同蘭花不同。芳蘭可以到處生長，有時就長在人家門口，於是被人鋤掉。比喻一個有用的人，假如阻斷人家的去路，也要踢開的。

痛定思痛之後——論「白帝城托孤」

征吳大敗之後，劉備不是撤退到成都，而是駐守在白帝城（在今四川奉節縣）。在白帝城住了十個月之久，直至病死。

這很可以看出劉備的性格。

他知道自己一敗塗地，無法再度組織進攻，而吳兵卻乘勝追擊，有侵奪益州的可能。於是橫下一條心，親自扼守白帝城，大有「熊羆當道臥，貉子不敢過」的氣勢。果然，孫權聽說劉備駐在白帝城，心裏害怕，就先遣使求和了。

但劉備卻不是算準了孫權必然來求和，而是下定了即使在沙場戰死，也不再退一步的堅強決心。所以他一直不打算回到成都。真有點「至今思項羽，不肯過江東」的精神，便是失敗了也不損其為英雄。

劉備向諸葛亮托孤，有這幾句話：「君才十倍曹丕，必能安國，終定大事。若嗣子可輔，輔之；如其不才，君可自取。」

對此，後人頗有不同的看法。有人認為這是劉備玩弄權術，目的是讓諸葛亮自己明確表態。有人又說這是要諸葛亮死心塌地為劉家效忠，盡力輔佐幼子。還有人指摘劉備這番話，只能引起極壞的後果；幸而諸葛公忠為國，劉禪沒有猜忌之心，才不致產生悲劇云。

我以為，認為劉備玩弄權術，乃是「以小人之腹，度君子之心」。他的話不是私下對諸葛一人說的，乃是公開的遺命，如果諸葛亮真有野心，廢阿斗而自立，就成為名正言順的事了。這種權術怎能弄得！至於想諸葛盡心輔佐幼主，要說的話很多，又何必這樣故作姿態，反使別人聽了心下不安。

征吳徹底失敗以後，劉備獨居永安宮，對後事安排自然經過深思熟慮，絕非倉促決定。他是一生戎馬的人，深知創業艱難，守成不易；昏君庸主，貽誤蒼生，桓、靈二帝的往事，他又是親身感受的。那麼，與其勉強扶持一個不足為君的人，何不就把權位讓給賢者，倒真是「應天順人」呢！諸葛孔明事後追述劉備的話說，「先帝（指劉備）在時，每與臣論此事，未嘗不嘆息痛恨於桓、靈也。」對桓帝、靈帝兩個昏庸皇帝（桓帝十五歲即位，靈帝十三歲即位）的所作所為，以及引起的後果，劉備是深深體會到的。

「家天下」思想在封建社會已是成為鐵則。不管那些寶貝兒子是白癡，是狂人，照例都傳以大位，君臨天下，那後果照例又是老百姓大遭其殃。

就在這一點上，劉備也不愧為英雄。

孔明接受托孤以後

在魏、蜀、吳三國所有「顧命大臣」中（皇帝臨終托大臣以後事叫顧命），擔子最重，困難最多，而又處境最危險的，無過於諸葛孔明了。

說孔明擔子最重，自然容易理解；說孔明困難最多，當時征吳失敗，劉備病逝，主幼臣疑，內外交困，大家也很清楚；至於說他處境最危險，那有什麼根據呢？

這不是危言聳聽，讓我們設身處地去想一想。

劉備托孤之時，說過「若嗣子可輔，輔之；如其不才，君可自取」的話。這話在劉備說來，雖是出自誠心，但卻很有副作用。首先，劉禪內心就不會沒有疑慮，不知道會不會給這位老臣趕下台去，或者在什麼時候下台？這種想法很難不產生，假如他把這種想法稍一透露，肯定會有潛伏的野心家從中利用，兩面挑撥，擴大事態，那後果便會不堪設想。

便算劉阿斗完全信任孔明，朝廷上還有大大小小的臣僚。他們眼見孔明權高勢重，其中難道就沒有心懷嫉妒或陰謀取而代之的？小則散佈流言，大則「聲罪致討」，都不是絕不可能的事。所謂「周公恐懼流言日」，連嫡親叔叔都免不了謠言的離間，諸葛孔明便能安然無事？何況董承、伏完之於曹操，更是個很新鮮的例子。

孔明手握兵權，連年同魏國交戰，自然是公忠為國，一片赤誠。然而戰勝則聲威愈盛，猜疑的人更多；戰敗則喪師失地，彈劾之聲難免。便是坐鎮邊疆，保持不戰不和局面，也有秦公子扶蘇和大將蒙恬的前車可鑒。處理稍一不當，不是被人「逼上梁山」，就是被人趕下台去，同樣是身敗名裂。

春秋時代，楚大臣申無宇對楚王說：「臣聞五大不在邊，五細不在庭。」上句意思是有五種大人物不應該留守邊疆，避免產生意外。【一】而孔明連年在邊境作戰，正好違反「五大不在邊」的教訓。

你說孔明的處境能不是充滿了危險嗎？

而十多年中，他上輔幼主，下安黎民，外拒強敵，內修庶政，連周公所受的謠言也沒有發生過。說他智計超群，履險如夷，固然不錯；但孔明在處理這些複雜問題時，究竟花了多少心血，別人又何嘗真正知道。司馬懿說他「食少事煩」，又何止日常的軍政事務而已。

那麼，當時有沒有人冷眼旁觀，等待危險出現呢？有的。蜀國有個叫李邈的，便是其中

【一】見《左傳·昭公十一年》。

之一。在孔明病逝後，立即上疏給後主，把孔明痛加詆毀。疏中說：「呂祿、霍禹【一】，未必懷反叛之心；孝宣（漢宣帝）不好為殺臣之君，直以臣懼其逼，主畏其威，故奸萌生。亮身仗強兵，狼顧虎視，『五大不在邊』，臣常危之。今亮隕沒，蓋宗族得全，西戎靜息，大小為慶。」

此人是不懷好意的。他原是劉璋部下，劉備取益州後，他也投降。但又深心不忿。有一次，在元旦宴會上，對劉備說：「您是我主公請來討賊的，卻反而奪了我主公的益州，這種行為是不應該的。」旁人聽了，無不大怒，都要殺他。諸葛孔明勸住。後來此人追隨孔明左右，又因勸諫孔明不要處罰馬謖，孔明不聽，於是懷恨在心。他以為孔明「功高震主」，一定會落得個身敗名裂的下場，不料諸葛處理上下關係居然這樣高明，使別人無機可乘，於是大為失望，忍不住就在後主為孔明發哀之日，上書發洩他的怨毒了。劉後主看到他這番謬論，勃然大怒，下令把他誅死。此人實在是罪有應得的。【二】

然而由此一事，我們也可見孔明當時確實是費盡苦心，才得以保持蜀國內部安定的。杜甫有詩讚道：「伯仲之間見伊呂，指揮若定失蕭曹。」真不是過譽之詞。

【一】呂祿，呂后時為上將軍，為周勃所誅。霍禹，漢宣帝時為大司馬，被誅。

【二】見《三國志·楊戲傳》引《華陽國志》。

諸葛亮為何「罵死王朗」

諸葛孔明第一次北伐，先取了天水、冀城、上邦三城，收降了姜維，然後北出祁山，兵勢甚盛。魏主曹睿於是拜曹真為大都督，郭淮為副都督，王朗為軍師，率兵二十萬人到長安應戰。王朗是個七十六歲的老頭，卻自告奮勇，要用一席話教諸葛亮拱手而降。就在祁山之前，兩陣對圓，由王朗出馬，向諸葛亮發揮了一通「順天者昌，逆天者亡」的理論，勸說諸葛孔明倒戈卸甲投降。不料反被孔明狠狠臭罵了一通，氣得王朗大叫一聲，撞死於馬下。【一】

未讀《三國志》之前，都以為這是實有其事的，覺得孔明罵得真是痛快淋漓，使人擊節讚賞。但是假如去查《三國志》，卻會使你失望，因為根本沒有這回事。

王朗確是死在曹睿在位的太和二年（公元二二八年），但他既沒有隨軍出征，更沒有臨陣向諸葛亮說教，自然也不是被諸葛亮罵死的。

那為什麼《三國演義》的作者又憑空結撰出這一回書來呢？

【一】見《三國演義》第九十三回。

毛宗崗在這回的評語中說：「武侯雖有出師之表上告嗣君，恨無討賊之文佈告天下。今觀罵王朗一篇，即以此罵曹丕，即以此當佈告之文可耳。」這自然也有些道理；不過，為什麼作者不要別人，偏要拿王朗來當場罵殺呢？

原來是大有道理的。

王朗此人，初時追隨陶謙，後為會稽太守（郡治在今浙江省紹興市）。孫策在江東攻城略地，他舉兵抵抗，失敗被擒。後來又歸順了曹操，由諫議大夫升為御史大夫，頗為揚揚得意。【一】

但此人卻不知自量，居然一再向蜀國大臣寫信勸降，胡說魏主乃「天命所歸」，西蜀小邦，只應投順稱臣云云。他先是恃着老朋友的關係，寫信給蜀國太傅許靖。信裏有這樣幾句話（由筆者譯成現代語）：

如果足下真能夠輔佐人家的幼主，決斷人家的疑惑，就應除去稱帝的偽號，奉事接受天命的大魏，那樣，雙方都獲得極高的榮譽，上下都有了不朽的名聲，功勳和事業，聲名和勞績，都一起來了。這樣，你就可以超過伊尹和呂望了。【二】

但當時許靖沒有去理睬他，讓他碰了一鼻子灰。這個傢伙還不死心，過了不久，又寫信給諸葛孔明，居然勸說孔明向魏國投降。孔明自然不予答理。但是孔明對此事卻不像許靖那樣沉默，他隨即寫了一篇文章，題曰《正議》，就是正大地議論的意思。文章針對王朗的無恥勸降，嚴厲加以駁斥，並把它公開發表。其中有一段說（譯成現代語）：

從前那個項羽，他的興起不是由於自己有道德，因此雖然佔據華夏地區，裝出帝王的架勢，結果卻是身首異處而死，永遠成為後世的鑒戒。而曹操不肯接受這個教訓，又跟着這條死路走了。他沒有遭受殺身之刑，不過是一時幸運，災禍一定要落在他子孫身上的。不料有那麼兩三個傢伙，已是行將就木之年，卻接受偽帝的旨意，向我寫信陳述什麼天命，這真像張竦、陳崇這些無恥之徒稱頌王莽的功德那樣。難道他們面臨大禍，還企圖幸免麼！【三】

下面，諸葛孔明又指出，曹操用他的詭詐之術，以數十萬大軍，救張郃於陽平，而結果大敗，喪師失地，感毒而死。曹丕則淫逸不道，居然篡位。從前軒轅氏用幾萬兵卒，平定海

【一】見《三國志・王朗傳》。

【二】見《三國志・許靖傳》引《魏略》。

【三】見《三國志・諸葛亮傳》引《諸葛亮集》。張竦、陳崇作奏稱頌王莽的功德，見《漢書・王莽傳》上。

內，何況我蜀漢以數十萬之眾，據正義而臨有罪之國，你偽魏豈能抗拒麼？

孔明這篇義正辭嚴的《正議》，正是針對王朗、華歆、陳群等人勸降的嚴正答覆，也等於是一篇討魏的檄文了。

這個為虎作倀的王朗，羅貫中是十分痛恨的。為了進一步暴露這個「皓首匹夫，蒼髯老賊」的醜惡面目，於是羅貫中就把他拉到祁山前綫上來，讓他在陣前發表一通謬論，然後由孔明當場痛加駁斥，讓他氣得「大叫一聲，撞死於馬下」。

雖說故事是虛構的，卻又是有來歷的。王朗這個傢伙，確實是厚顏無恥，顛倒順逆，應該讓他在孔明面前氣死的。

這便是小說家的用意所在。

羅貫中運用史料，手法的高明巧妙，在這一回書裏，又一次顯示出來。

鮮明對照的一對——馬謖與王平

（一）街亭之敗與馬謖

街亭之戰，發生在後主建興六年（公元二二八年），是諸葛孔明北伐的第一戰。

街亭在今甘肅省莊浪縣東，地近六盤山下，由此東去，不遠就是今陝西的關中地區，可以撫長安之背。當日孔明打算由此進兵，開闢關中作為根據地，以便進取中原的。

那時，曹睿已繼曹丕為帝，魏、蜀雙方數年來安靜無事，所以魏方完全沒有準備。蜀兵一出，直攻祁山，南安、天水、安定三郡（均在今甘肅省東部）一齊響應，於是關中震動，逼得曹睿親自鎮守長安，並急派曹真、張郃到前綫抵敵，真是倉促而又狼狽。

假如這一仗打得好，諸葛亮即使未能攻下長安，至少也可取得包括隴西、扶風在內的關西數郡，形勢對蜀便極大有利了。

可惜馬謖恃着紙上談兵的本領，執意孤行，終於一敗塗地。不僅三郡得而復失，兵馬物資損失嚴重，而且此後魏國有了軍事準備，再去強攻就困難得多了。街亭之敗，實在使蜀方遭受無可補償的損失。

馬謖之敗也是必然的。此人只是熟讀兵書，能言善辯，卻從未帶兵獨當一面，缺乏實戰經驗。毛宗崗說得好：「馬謖之所以敗者，因熟記兵法之成語於胸中，不過曰『置之死地而後生』耳，不過曰『憑高視下，勢若劈竹』耳。孰知坐論則是，起行則非。讀書雖多，致用則誤，豈不重可嘆哉！故善用人者不以言，善用兵者不在書。」（見《三國演義》第九十五回）空談家誤國誤事，往往如此。

諸葛亮嚴懲馬謖，自見法度嚴明；然而他也有錯誤。他對馬謖的看法主要是在於「偏蔽」。「偏」就是只注意一面，而忽略了另一面；「蔽」就是只看到近處小處，看不到遠處大處。孔明率大軍出祁山時，大家都以為應由魏延或吳懿作先鋒，孔明卻不顧眾人意見，單獨提拔馬謖。他以為馬謖有軍事理論，而忘了他沒有實踐經驗，這是偏蔽之一。馬謖臨死時，曾說：「丞相待我如子，我待丞相如父。」可見孔明平日對馬謖是何等疼愛。正因疼愛，便只見其長，不見其短，這是偏蔽之二。劉備生前曾對孔明說：「馬謖言過其實，不可大用。」這是臨終的遺言，何等重要。孔明卻因自己另有看法，於是便似聽而不聞。這是偏蔽之三。

智如諸葛，依然難免有此偏蔽，又因偏蔽而失事，偏蔽之為害大矣！

（二）王平是個文盲大將軍

蜀國將領中，有馬謖、王平二人，同時在街亭之戰中出現；這二人卻是矛盾的一對，處在兩個極端，對照得分外分明。

馬謖很有文化修養，熟讀兵書戰策；王平是個文盲，史書說他「所識不過十字」。馬謖是世家出身，兄弟五人並有才名，在荊州時就跟隨劉備，入蜀後升為成都令、越巂太守。王平自幼貧苦，養於外家，曹操征漢中時，他從曹軍中投降劉備，做了一員裨將，兩人在蜀國地位也很懸殊。馬謖能言善辯，同諸葛亮可以終日談論；王平卻是個寡言的人，史書說他終日端坐，沒有一點將軍的風度。如此等等。

若在平時，發揮空論，王平當然不是馬謖的對手，豈能與馬謖相比。所以孔明初出祁山，便提拔馬謖為先鋒，王平卻只安排做他一員副將。

然而打仗不是兒戲，一個嚴峻的考驗終於來了。

在街亭，馬謖自以為熟讀兵書，卻不懂在實戰中怎麼運用，舉措乖謬，王平再三勸諫，馬謖總是塞耳不聽，結果招來了全軍覆沒。只有王平獨領千人，鳴鼓堅持，使張郃以為他有伏兵，不敢進逼。於是王平緩緩召回殘軍散卒，安然撤退。

這一役，除了馬謖誅死，還有兩個將軍張休和李盛都被處斬，另一個將軍黃襲被撤職；

獨有王平立功，加拜參軍，統五部兼當營事，進位討寇將軍，封亭侯。

從此，蜀國上下對王平的看法完全改變。

建興九年，諸葛亮再圍祁山，命王平另領一軍守住南圍。魏大將張郃率軍來攻，氣勢洶洶，王平堅守不動，張郃只好撤退。

諸葛亮死後，王平長期鎮守漢中，前後達十四年之久，屢遷為鎮北大將軍。他在漢中，雖無赫赫戰功，卻穩重深厚，守禦有方，使魏軍無隙可乘。

下面這件事更可看出王平應變的才能：

延熹七年，魏大將軍曹爽起兵十餘萬向漢中進攻，前鋒很快進到駱谷（今陝西周至縣西南）。那時漢中守兵不滿三萬，諸將大驚無策。有人說，現在眾寡懸殊，不如退守漢城（今陝西勉縣）和樂城（今陝西城固縣東），誘敵深入，等涪州救兵來到，然後合力拒敵。王平反對這個意見，他指出先主令魏延鎮守漢中時，依山為險，建立圍寨，使敵人無從深入。現在就應依照原來部署，分兵據守黃金、興勢兩個要隘（均在今陝西洋縣東北），等候援兵，才是萬全之策。大家同意王平的意見。於是魏軍勢窮告退。

王平之穩，主要是表現在敵強我弱的形勢下，既不急躁冒險，也不驚慌失措。因為他是行伍出身的軍人，有比較豐富的實戰經驗。他的戰功雖不顯赫，卻儼然成為一方面的重鎮。

王平的功績是值得表彰的。但終因沒有文化，限制了他更大的成就，這也是王平畢生的憾事。

《後出師表》是一篇偽作

諸葛亮的《前出師表》和《後出師表》都是同樣著名的文章，以後又在《古文觀止》這類選本中加以收錄，《三國演義》又照抄不誤，於是誦讀的人就更多，也更深入人心了。

可是事情很蹊蹺。陳壽的《三國志》只收《前出師表》而不錄《後出師表》，後者只是裴松之作注時，才引《漢晉春秋》附加進去的；而且又解釋說：「此表，《亮集》所無，出張儼《默記》。」連諸葛亮的文集都沒有收，卻由吳國做過大鴻臚的張儼記錄下來，這就夠奇怪了。陳壽是蜀國人，他收集孔明的事跡和文章是很齊備的，不應該連這篇大文章都遺漏了。這也真使人不解。

然而最奇怪的卻是《後出師表》的內容。因為那裏面充滿一片失敗的氣氛，簡直像一個被逼到絕路的人垂死掙扎的哀鳴，同蜀國當時的情勢全不相合。我們試把此文的內容細細推敲一下，就會發覺它不可能是出於諸葛孔明的手筆。

此文有兩句著名的話：「鞠躬盡瘁，死而後已。」說得悲壯，不少人都曾引用過；但放在出師的表文裏，就變成一句十分洩氣的話。誰都知道，出兵討伐敵國，是一件大事，「氣

孔明上出師表

可鼓而不可洩」，沒有在打仗之前，就先散佈失敗議論的道理。而文中的「故知臣討賊，才弱敵強也」；又「先帝每稱操為能，猶有此失，況臣駑下，何能必勝」；又如「喪趙雲」一段，說軍中已少了許多勇將——那又何必急急打仗？又如「今民窮兵瘁而事不可息」——既然明知民窮兵瘁，敵人又不是大舉來犯，有什麼「事不可息」？在邏輯上也說不通。還有「成敗利鈍，非臣之明所能逆睹也」。豈不是把國家命運付之孤注一擲，這怎能是諸葛孔明平日的態度？

《前出師表》寫於建興五年（公元二二七年），《後出師表》寫於建興六年。中間這年經過了街亭的失敗，這失敗固然損失不輕，但說蜀國從此一蹶不振，只能在死亡中掙扎，則完全不是事實。因為建興六年冬天孔明又重出散關，圍陳倉，因糧盡退兵，還擊斬了王雙，說明在整頓了半年之後，又有力量出兵進攻，一進一退，十分從容。第二年冬天，再遣陳式攻武都、陰平，收復二郡，魏國對此則束手無策。可見孔明此時依然意氣風發，毫不氣餒，哪像《後出師表》那副淒涼絕望的樣子。當時孔明不過四十七八歲，正當盛年，街亭挫折，何足以使他悲觀絕望。《後出師表》不是也說：「曹操智計，殊絕於人，其用兵也，彷彿孫吳。然困於南陽，險於烏巢，危於祁連，逼於黎陽，幾敗北山，殆死潼關。」失敗過這許多次，曹操還是統一了北方，那麼，街亭一役，又何足使諸葛亮喪氣如此？

《後出師表》引者有一句話說，孔明要北伐，「議者謂為非計」，因此孔明要反駁他們。

但是《後出師表》中所舉理由，卻有不少是替反對派說了話。如「曹操五攻昌霸不下，四越巢湖不成，任用李服而李服圖之，委夏侯而夏侯敗亡。先帝每稱操為能，猶有此失，況臣駑下，何能必勝。」這些話拿來解釋街亭之敗還勉強可以，拿來作出兵的理由，就不通了。《後出師表》又有一段說：「劉繇、王朗，各據州郡，論安言計，動引聖人，群疑滿腹，眾難塞胸。今歲不戰，明年不征，使孫策坐大，遂併江東。」用意是說，如果不北伐，使魏國逐步強大起來，就難以抵敵了。由弱小到強大謂之坐大，但是魏國那時已很強大了，絕非孫策初起時的形勢，引用劉繇、王朗的舊事，有何相似之點呢？這幾句話如果是魏國討伐蜀國的理由，倒還有點道理。諸葛亮是說不出這種歪理的。

諸葛一生惟謹慎，這是大家知道的。但《後出師表》卻一再主張「危」。如說「況臣才弱，而欲以不危定之，此臣未解三也」，「故冒危難以奉先帝之遺意也」，「高帝……涉險被創，危然後安」。這些冒險的主張，也不像孔明生平的為人。

還有一個事實上的錯誤。趙雲是建興七年逝世的，見於《三國志・趙雲傳》；而寫於六年的《後出師表》，卻說「喪趙雲」，這就明明是後人偽作時，弄不清趙雲死年所出現的漏洞。若是孔明，把未死的大將說成已死，真是個天大笑話了。

《後出師表》是一篇偽作，那是無可置疑的。清代的袁枚便早已指出。至於作偽者為誰？下文再說。

諸葛恪是《後出師表》作偽者

諸葛恪是諸葛瑾的兒子，諸葛亮的姪兒。在孫權死前一年，已做到大將軍、太子太傅。孫權臨死，命他同孫弘等大臣扶助兒子孫亮繼位。他已握有東吳的大權。

諸葛恪是個好大喜功的人。因過去吳國和魏國交戰，互有勝負，東吳佔不到多少便宜，心裏很不痛快。到孫亮繼位，他大權在握，就立刻動作，先「會眾於東興（今安徽省巢縣東南），更作大堤，左右結山俠（夾）築兩堤，各留千人。使全端、留略守之。引軍而還」。魏國因吳軍侵入邊境，就命大將胡遵、諸葛誕等人率兵七萬，圍攻兩塢。諸葛恪親率四萬人赴救。結果，丁奉諸將大破魏軍，殺敵數萬人，斬叛將韓綜等。諸葛恪因功封為陽都侯，加荊州揚州牧。從此他的慾望就更大了。

次年春天，他又想再出兵攻魏，不料朝中大臣大加反對，認為連年興師動眾，人民痛苦，不如暫時不動為妙。諸葛恪成了極少數派，形勢對他十分不利。

他卻是個剛愎自用的人，別人的話他根本聽不進去，但為了說服反對者，他也得舉出幾點出兵的理由來，以示伐魏有理。於是他就寫了一篇《論征魏》的文章，公之於眾。這篇文章，就收錄在《三國志．諸葛恪傳》中。

這篇文章有個絕妙之處，就是其中的論點同《後出師表》的論點差不多是一樣的，彷彿是同一個印模裏出來。為了讀者的方便，這裏不妨把其中幾段翻譯為白話文，讓大家對照着比較一下：

（一）「劉繇、王朗，各自據守自己的州郡。議論大計時，動不動就引用古聖人的話；又把眾人的議論、責難的話都塞滿心中。今年不肯打仗，明年不願出兵，致使孫策坐大，吞併了整個江東。」（《後出師表》）

「從近事說，劉景升在荊州，有軍兵十萬，財政積蓄如山。他不趁曹操還微弱，同他爭奪天下，卻坐着眼看曹操消滅袁氏父子兄弟，逐步強大。後來曹操進攻荊州，景升的兒子就只好成為俘虜了。」（諸葛恪《論征魏》）

（二）「現在是民窮而兵疲，但形勢卻不能讓我們休息。不能休息，那麼我們行動或不行動，那消耗的情況都是一樣的。如果不趁現在進攻敵人，妄想以一州之地，同魏國賊人持久，這是我不理解的第六點。」（《後出師表》）

「現在伐魏，是趁着他們處在劣勢之時。聖人貴在趨時，時機便在今日。假如順眾人之情，懷偷安之計，以為長江的天險永久不變，也不理會魏國以後會變得強大起來。這正是我所長嘆息的。」（《論征魏》）

（三）「自從臣到漢中，不過一年，就死亡了趙雲、陽群、馬玉、閻芝……和曲長屯將七十多人，以及突將、無前、賨叟、青羌、散騎、武騎一千多人了。這些都是幾十年間從四方糾集來的精銳，再過幾年，又會消失三分之二了。那時怎麼同敵人打仗？」（《後出師表》）

「現在魏國人民生育繁多，不過年紀還小，未能用於打仗；若再過十多年，他們人口一定成倍增長。反過來，我國的勁兵現在尚存，若不早日使用，讓他們坐着老去，再過十多年，又少了一半；而且我們的兒童數目不多，到時敵人增多一倍，我軍兵員減少一半，就算伊尹、管仲再生，也無能為力了。」（《論征魏》）

（四）「漢高帝聰明比得上日月，謀臣的智慧高深，但仍然冒了危險，受了創傷，危而後安。如今陛下聰明不及高帝，謀臣也不及張良、陳平，卻想用長遠的政策來取勝，坐着平定天下。這是臣所不能理解的第一點。」（《後出師表》）

「從前漢高祖已經佔有三秦之地，為什麼不閉關守險，自己享樂一番，卻要傾國出攻項羽，身受創傷，甲胄都生了虱子，將士也非常辛苦。他難道喜歡鋒刃而忘記享樂麼？他是考慮到長久之計，認為同敵人是不能兩全的。」（《論征魏》）

就舉這四段吧。讀者一定很奇怪，為什麼彼此的口氣，發揮的道理，所引的例子，竟然如此相似呢？《後出師表》說不能讓敵人坐大，諸葛恪說坐觀敵人強大，後患不堪設想；《後出師表》說不能以一州之地與敵持久，諸葛恪也說懷偷安之計是使人嘆息的；《後出師表》說數年之後，國內精銳會損失大半，諸葛恪也說敵人人口日多，吳國壯丁日少；甚至引用漢高祖艱苦作戰的例子，兩者完全一樣。為什麼？

只有這樣去理解才是合理的：

諸葛恪為了駁倒反對伐魏的人，他除了親自撰寫這篇《論征魏》之外，還認為分量不夠，還須找個更有力的幫手。恰巧當時蜀國的情勢同吳國也差不多，而他又是諸葛亮的姪兒。他當然可以偽造一個《後出師表》作為證據，振振有辭地說：你看，當年我的叔父早已論到伐魏必須趁早了，你們這班人還有什麼好反對呢？他還特意在文章中插上一句：「近見家叔父表陳與賊爭競之計，未嘗不喟然嘆息也。」端出《後出師表》為證，真是欲蓋彌彰，把自己的內心隱秘一下子洩漏出來了。

蜀人陳壽不知有《後出師表》，而吳人張儼卻記錄了它，這是因為作偽者出在吳國。

《三國演義》的嚴重敗筆——劉後主可曾懷疑孔明

《三國演義》有一段頗為讀者不滿的情節，那就是在第一百回裏，杜撰了一段劉後主聽信讒言，說諸葛孔明「有怨上之意，早晚欲稱為帝」，又說「孔明自恃大功，早晚必將篡國」。於是「後主驚曰：似此如之奈何？宦官曰：可詔還成都，削其兵權，免生叛逆。後主下詔，宣孔明班師回朝。」於是孔明「仰天嘆曰：主上年幼，必有佞臣在側，我如不回，是欺主矣。若奉命而退，日後再難得此機會也」。於是班師回朝。

這段敘述，在歷史上是沒有的。事實上，那年是建興八年，即魏曹睿太和四年（公元二三〇年）。這一年魏國要改變被動挨打的局面，主動派了大軍，由曹真率領，司馬懿為副，分數路向西蜀進攻。曹真一隊，由子午道（長安之南通向漢中的小路）南入；司馬懿則從漢水上游進兵，企圖與曹真會兵於南鄭。還另遣軍隊由斜谷（五丈原之南）深入，又以另一支軍馬，由武威（南安郡西北）南下作呼應之勢。【二】魏國此次決心很大，以為數路並進，一定收到戰果。當時諸葛孔明聞訊，命李嚴率二萬人守漢中，自己另帶一支人馬開到城固（今陝西省城固縣）、赤阪（今陝西省洋縣東）一綫，準備迎敵。是時正當秋季，漢中一帶下了連綿大雨，一連三十日不曾停止，山路絕斷，運輸不繼，於是魏軍數路皆退。

魏軍撤退時，蜀兵並未前去追趕。這也是一種常識：大雨已一個月之久，加上山谷險阻，道路斷絕，人馬難行，即使追趕也沒有什麼收穫的。而《三國演義》為了熱鬧，卻寫孔明數路出兵攻擊，大敗曹真，又寫了一封書信，把曹真活活氣死。這便誇張得過了分了。此時又不好收科，便只有杜撰一個情節，說司馬懿用計，使人離間劉後主和孔明的關係，而後主也居然相信了。

這是為了湊足「六出祁山」之數。事實上，孔明只有五出祁山。建興八年這場仗，是魏軍主動進攻，雙方主力並沒有交鋒。倒是魏延另領一支兵馬，西出雍州，大破郭淮於陽溪。這和出祁山是無關的。

《三國演義》作者為了弄出一個孔明戰勝而又退兵的理由，就說劉後主中了讒言，硬把孔明宣詔回來。卻不知道這就把歷史上孔明和後主的關係破壞了。須知後主在孔明當政之時，對他是絕對信任的，一些宦官的讒言，怎能動搖後主的信心？何況孔明奉了托孤之命，是個事實上的監督人，後主也不可能隨隨便便把孔明調遣回來。這同對姜維完全是兩回事。

所以《三國演義》這一回書，不特誣了劉後主，連孔明的形象也受到貶損。說它是羅貫中的敗筆，實不為過。

【一】《三國志．曹真傳》說是「諸軍或從斜谷入，或從武威入」。但《資治通鑒．魏紀三》此條下胡三省注云：「武威恐當做武都，否則建威也。」因為武威離漢中很遠，起不到配合作用，由武都（今四川省西和縣南）或建威（今西和縣）卻是可以配合的。此注頗是。

木牛流馬不是獨輪車

《三國演義》第一百〇二回描寫孔明製作木牛流馬，「宛然如活者一般，上山下嶺，各盡其便」，而且將舌頭扭轉，牛馬就不能行動，再扭過來，便又長驅而行。真是奇妙得很。

小說家不是憑空揑造。《三國志．後主傳》說：「（建興）九年春二月，亮復出軍圍祁山，始以木牛運。」「十年，亮休士勸農於黃沙，作流馬木牛畢，教兵講武。」「十二年春，亮由斜谷出，始以流馬運。」他是先製造木牛，再發明流馬，兩種都是運輸糧食的好工具。

《三國演義》裏的製造木牛流馬法，也見於《三國志．諸葛亮傳》裴松之注。不過後人還是無法複製，不知其中機竅到底如何。宋以後的人，多以為這種木牛流馬不過是一種小車子。高承《事物紀原》說：「諸葛亮始造木牛，即今小車之有前轅者；流馬即今獨推者是，民間謂之江州車子。」《後山叢譚》和《稗史類編》也都是這樣說。

我卻以為並非如此簡單。

不管是江州車子（獨推的單輪車）還是有前轅的小車，機械原理都十分簡單，何勞「長於巧思」的諸葛孔明親自製作？其實後漢至三國時代，運用齒輪原理製作機械，已是屢見不鮮。後漢時畢嵐作翻車，是利用齒輪轉動來汲水的一種裝備。三國時韓暨又製造水排，利用水力驅動水輪來灌水。魏國有個馬鈞更巧妙了，他重新造出指南車，又能用水力發動，使木人擊鼓吹簫，跳丸擲劍，舂磨鬥雞，變巧百端。【一】當時的科技進步既已如此，而諸葛亮只能製出江州車子來，那就未免太過相形見絀了，還值得在史書上大書一筆嗎？

還可以再舉一個證明。

南齊的祖沖之，是首先把圓周率算到小數點後第七位的大科學家。他曾造出千里船，日行百餘里；又造過水碓磨，利用水力舂米。《南史·祖沖之傳》說他：「以諸葛亮有木牛流馬，乃造一器，不因風水，施機自運，不勞人力。」可知他是親眼見過木牛流馬的；又因木牛流馬的啟發，他便創造一種用機械運行的工具，比木牛流馬更勝一籌。由此可知，木牛流馬一定是利用了齒輪原理來製作，否則祖沖之不會有興趣拿它來作參考和對比。

還有一件趣事。范成大《桂海虞衡志》說，沔南人相傳：諸葛亮居隆中時，他的夫人黃氏用了幾個木人替她舂麥、磨麵，運轉如飛。諸葛於是拜求其術，後來便創造了木牛流馬云云。民間傳說，未必可靠，卻也可廣異聞。

【一】見《三國志·韓暨傳》及《方伎傳》。

封建社會一向不重視科學，甚至還扼殺科學，木牛流馬之失傳，毫不足怪。然而可喜的是，一九八五年，新疆傳出有人複製出木牛流馬的消息，進一步證明木牛流馬絕不是江州車子。一九八六年五月二十四日，廣州的《南方週末》刊出了一篇介紹文章，現將全文轉載如下：

一九八五年，在中國西部的烏魯木齊市，一個名不見經傳的小人物，把木牛流馬復原仿製出來了：他就是原新疆聯合收割機廠工程師、現新疆工學院教師王湔。

這天，我叩響了他的房門。握手之間，我發覺他是個文弱書生，白晳的皮膚，蓬鬆的頭髮，不修邊幅的穿戴，隱隱透着點落拓不羈的氣質。屋裏顯得凌亂，桌上全是繪圖工具，牀上攤着有關張衡製作地動儀的書籍、資料，以及一張地動儀復原設計的草圖。

說起木牛流馬，王湔滔滔不絕地敘說開了。他搬出《三國志》《中國通史》《中國古代農業機械方面的發明》等書刊，尋根溯源，縱論古今，逐一地介紹木牛流馬的歷史。然後，又把他複製的木牛流馬模型擺在我的面前，一邊表演一邊進行解說。

這隻木牛流馬，長約五十釐米，高四十五釐米；前半部酷似牛頭，後面有雙把可推，內部為對稱十八連桿結構。連桿構件看來並不複雜，加工似乎也不難，奇異的是裝配異常精巧，尺寸要求極嚴格，組合不同凡響。各個部件協同動作，密切配合，環環相扣，稍有差錯，就動不起來。王湔雙手拿着木把用力推動，木牛流馬步履矯健，體態平穩，進退自如，活脫脫如真牛活馬一般。這使人不禁想起《三國演義》中描寫的蜀軍推着木牛流馬，在「難於上青天」的蜀道上，如履平地送軍糧的情景。

王湔說：「為什麼說叫木牛流馬？它是一種具有牛的形態，馬的步態的四足步行器，或者說叫牛形馬步，能夠無輪『自走』。你看它腿的動作是對角綫式，兩足邁步，兩足着地，這與史書記載相吻合。從原理和製作過程來看，諸葛亮所在時代是完全做得到的，而這種創造發明的原理在古代文明史上，卻是一個了不起的創舉。」

王湔把帶有神秘色彩的木牛流馬變成了實物，使這一千古之謎有了令人信服的答案。它打破了以往認為木牛流馬是獨輪車結構的權威說法，證實這是負重型從動四足步行機，這是很了不起的成就。

王湔自幼愛好自然科學，還在少年時代，他在浙江上初中時，看了《三國演義》，就萌發了做木牛流馬的念頭，並開始試製。上了大學後，知識給他添了翅膀。一九六六年他從北京農業機械化學院畢業，分配到新疆聯合收割機廠工作時，「文革」「內戰」正酣，而他卻一頭扎進機械研究的那片「樂土」中。

科學不負有心人。一九八五年五月，木牛流馬復原模型終於製作出來了。

王湔的成功，引起了科學界的廣泛注意。去年十月，國際機器理論與機構學聯合會執行主席、波蘭專家莫列斯基在天津看到王湔複製的木牛流馬和當場表演，喜形於色，在他的講學中專門加了這部分內容，給予很高的評價。是啊，搞木牛流馬並非玩老古董，這項研究有着重大的科學價值和現實意義。人們已預想，今後的立體戰爭必然導致機器人上戰場。美國《時代》週刊介紹，美國國防部正在研製下世紀的最新兵器，其中有電視攝像和計算機聯動的戰鬥機器人。《經濟參考》去年五月報道，美國國防部耗資七百萬美元研製「機器馬」，說這種「馬」在佔地球一半的山地、沼澤地上具有極大的戰鬥優勢。

王湔正是基於這一指導思想搞木牛流馬研究的，他說：「利用木牛流馬的原理製造作戰機器人，具有外形小，通過性強，作戰靈活，造價低，戰場上生存能力強等優點；還可承受比人大的加速度，便於用火箭、飛行器空投，代替士兵在第一綫作戰。據此，當今木牛流馬的研究，已成為一項具有世界性的在軍事上有直接效益的課題。在非常規行走裝置的研製和使用上，中國有世界上最早的成功實例。可以說，中華民族是世界上首先成功使用首批機器人的。」（李念東文）

木牛流馬到底是不是這個樣子，當然還可爭論、研究。不過，神秘之謎已經初步揭開一角，人們從這一角繼續探討下去，是可以把謎底完全揭開的。我企望這一天早日到來。

孔明的妻妾及女兒——兼談唐詩中的「峒氓」問題

諸葛亮有妻，有妾，有兒子，也有女兒。《三國演義》除了敘述兒子諸葛瞻及妻黃氏的簡略事跡之外，姬妾和女兒都沒有涉及。

諸葛亮的妻子黃夫人，是沔陽名士黃承彥的女兒。據習鑿齒的《襄陽記》說，黃氏是個醜女，黃色頭髮，黑色臉孔，但是很有才學。黃承彥有一回對孔明說：「聽說你要找個內助，我那女兒雖然貌醜，才學卻能同你相比，你願意嗎？」孔明毫不考慮便答允了。鄉里的人都拿來當笑話，說：「莫作孔明擇婦，止得阿承醜女。」

這個醜女有哪些本領呢？《三國志》沒有記載，卻是到了南宋時代，范成大在《桂海虞衡志》裏講了下面這個傳說：

諸葛亮在隆中的時候，有客來訪，他囑咐妻子做麵條款待。轉眼之間，麵條就上盤。當時，市面上是沒有麵條賣的，孔明覺得奇怪，就到裏面窺看，只見幾個木人還在舂麥、磨麵，運轉如飛。孔明這才知道他妻子是個異人。此書還說，孔明製造木牛流馬，就是從妻子學得技術的。

諸葛亮七擒孟獲

這種傳說，可靠性到底有多少？真難說。人們只能打個問號了。

諸葛孔明也有妾，見於《藝文類聚》所載孔明給李嚴的一封信。信裏說：「吾受賜八十斛，今蓄財無餘，妾無副服。」

所謂「妾無副服」，就是妾侍只有一套見客的衣服。這是孔明自己說的，自然不假，也可見孔明自奉的節儉。但此妾不知是什麼人，姓甚名誰，也不清楚。

孔明有個女兒，史書上也不見記載。但南宋學者魏了翁，寫了一篇《朝真觀記》，其中說：「出少城西北，為朝真觀。觀中左列有聖母仙師乘煙葛女之祠。故老相傳，武侯有女，於宅中乘雲輕舉。」還有一本《仙鑒》說孔明的女兒名叫果，是修道的。這就很荒誕了。在三國時代的蜀國，道教是沒有地位的，孔明的女兒又何至於出家修道？這完全是南北朝以後道教盛行時揑造出來的胡說，用以抬高地位的。

然而對於孔明的妻子黃夫人，《反三國志》的作者卻捨不得讓她埋沒，特意為她寫了一回書。此書的第三十六回說，正當蜀國的大將都在前綫與魏、吳大戰之際，蜀國後方空虛，於是南方的孟獲就乘機起兵作反。此時法正留守成都，慌忙向劉禪建議，請孔明的妻子黃夫人掛帥征討。

原來黃夫人並非醜婦，乃因在亂世之時，恐被盜賊劫掠，於是自毀容顏，後來嫁了孔明，恢復舊妝，依然是個美貌少婦。她還精通奇門遁甲之術。當下接受了後主的委託，便乘一隻紙製飛鳶，同媳婦錦城公主同到前綫，精選二千五百兵士，扮作神兵模樣；另派太守呂凱領兵一萬埋伏，等孟獲領兵殺到，黃夫人先使神兵出陣，殺退蠻兵，然後引誘孟獲，到了三連海地區，伏兵齊出，將孟獲擒住，然後用飛劍當場取了教唆造反的孟優首級。這一來，孟獲嚇得叩首投降，表示永不反叛。這樣就平定了南方云云。

《三國演義》的七擒孟獲，是連場的熱鬧戲，如今《反三國志》的作者簡化成為一擒，也許是為了避免重複，只好如此去翻案。雖然筆墨是夠乾淨利落，可惜情節過分簡單，又丟不開什麼奇門遁甲飛鳶飛劍這一手，終歸顯得手段低能，很難引起讀者的興趣。寫歷史小說畢竟不是一件容易的事情哩！

由此又想起《三國演義》中提到的「洞」，不可不略為一談。

孔明南征孟獲，深入南中，一路上《三國演義》作者寫了許多洞。有所謂第一洞、第二洞、第三洞，又有銀坑洞、禿龍洞、八納洞等等。不少人以為，這些洞該是洞穴，大抵孟獲屬下的土人，都是住在山洞中的，是古代穴居的遺俗。其實大謬不然。

不幸這個誤會卻又是由來已久的。

先從一首唐詩說起。

柳宗元有一首《柳州峒氓》詩：

郡城南下接通津，異服殊音不可親【一】。
青箬裹鹽歸峒客【二】，綠荷包飯趁圩人【三】。
鵝毛禦臘縫山罽（音計）【四】，雞骨占年拜水神【五】。
愁向公庭問重譯【六】，欲投章甫作文身【七】。

這首詩是他任柳州刺史時寫的，說的是唐代柳州的土風民俗。其中「青箬裹鹽歸峒客」一句，自宋代已不得其解。宋刊世彩堂《河東先生集》的注釋說：「峒，山穴也。」就開始弄錯了。以後這首詩的不少注家一直沿着這個錯誤，連一九七八年出版的中國社會科學院文學研究所編的《唐詩選》，也仍把「峒」釋為「山穴」，說是山穴中人用竹箬裹着食鹽歸去。唐代的柳州是否還有穴居人，似乎未見記載。其實嶺南卑濕，若是掘洞而居，濕氣侵

【一】不同衣着，不同語言，難以親近。
【二】青箬：青的竹葉。
【三】趁圩：就是趕集。
【四】用鵝毛做被心。山罽：粗陋的毯子。
【五】雞骨占：拿雞骨作占卜的用具。
【六】重譯：語言要經過翻譯。
【七】章甫：指中原的帽子。文身：在身上刺花紋。

入，日子一久，不死即病，不比北方亢爽，人可以住進窰洞。前些年有些人掘山洞來養豬，結果終歸失敗。山洞裏豬也難住，何況是人？

原來這「峒」是當地的土語，又寫作「垌」。西南地區少數民族管山中的平地叫「峒」，常見地名有大峒、小峒、峒心之稱。這些峒因地勢平坦，可耕可住，所以又是氏族聚居之地。柳宗元詩中的「歸峒」，正是歸去他們聚居之地，而不是回到山洞中去。這是不應該有誤解的。

《三國演義》第九十回說：「梁都洞：洞中有山，環抱其洞，山上出銀礦，故名為銀坑山，山中置宮殿樓台，以為蠻王巢穴。」描寫還是近似；但把「峒」寫作「洞」，卻容易引起人家誤會，不及「峒」字的準確了。

《出師表》中特筆提到的人物——將軍向寵

留意三國史實的人，都知道蜀國有個將軍向寵。劉備和諸葛亮都是重視向寵的才能的。有名的《出師表》特別向後主推薦這個人：

將軍向寵，性行淑均，曉暢軍事。試用於昔日，先帝稱之曰能，是以眾議舉寵為督。愚以為營中之事，悉以諮之，必能使行陣和睦，優劣得所也。

向寵到底是個什麼人呢？《三國志》卷四十一有他的傳，可惜很簡單。大意是說，向寵先前做過牙門將軍（雜號將軍，相當於第五品），劉備征吳時，他隨軍出發。劉備兵敗，他領的一支軍隊卻不受損失。劉禪繼位後，他任中部督，典宿衛兵，也就是近衛軍的統領。諸葛亮北伐時，他升為中領軍（主管禁軍，相當於武官第三品）。延熹三年，因征討漢嘉（今四川省瀘定、雅安一帶）「蠻夷」，兵敗身死。

向寵生平主要是統領禁軍。帶兵打仗只有兩次，一次是征吳之役，一次是孔明死後，南方再次發生變亂，他戰死於前綫。《三國演義》的作者恐怕是來不及騰出筆墨來描寫這個人了，畢竟是很可惜的。

然而由於《出師表》的表揚，許多人仍然掛念着這位將軍。

五十多年前，有個叫周大荒的人，寫了一部長篇連載小說，叫《反三國志演義》。此書從《徐庶走馬薦諸葛》這一回寫起，把三國故事完全改造和顛倒過來，那結局是蜀漢的五虎將，在東征北伐中，全部掃平曹魏和孫吳，形成一統天下的局面。此書共六十回，寫戰爭倒是十分熱鬧，可惜人物塑造並不成功，藝術性頗為欠缺，今天知道的人已經不多了。

不過此書卻注意到向寵，特別為他寫了《龐士元巡城識向寵》一回。說是龐統在荊州做了關羽的軍師，「那日巡視襄陽北門，見一牙門小將，形狀魁梧，舉止沉默。士元一見大異，駐馬下問」，這人就是向寵。他熟悉地方形勢，對軍機也議論中肯。於是龐統大喜，立時修書薦到荊州，請關羽轉達劉備。後來向寵屢立戰功，封為彝陵侯。這些當然全都是杜撰了，卻也算彌補了《三國演義》之不足。作者還用「異史氏」的名義批評《三國演義》說：「讀武侯《前出師表》，未有不知將軍向寵其人者。然終玄德之死，《三國演義》中未見試用，如何曰能之事；終孔明之死，拜表後亦未見如何『事無大小，悉以諮之事』。以如此人物，出師裒舉，首列於武臣者，《三國演義》全文，乃不一書，不信甚矣。」

歷史上，許多有才能的人物的事跡，由於種種原因，不為後人所知。向寵幸而還留下了幾行記載，其他連一行文字也沒有留下的人，還多着呢！世界上有不少文明古國，因為種種原因，事跡大量湮沒，有些成為一片空白。如印度古代有一大段歷史，要靠中國翻譯的佛經來填補，便可想見。所以，我國能保存「二十四史」和其他許多史籍，是非常值得引以為榮的。《三國志》雖然簡略，但三國事跡還是靠了它才留存下來，我們對陳壽也不必苛求了。

《三國演義》又一傑作——夏侯霸大放光彩

夏侯霸出現在《三國演義》的第一百零二回。此後的十數回書中，先敘他與蜀軍交戰，後敘他投降蜀軍，又成為姜維的主要助手。姜維「九伐中原」，他獻計作戰，立功不少，最後在前綫戰死。表現可謂相當出色。

讀者可知小說家在這個人身上又花了多少苦心？

姜維伐魏，少了一個在身邊商議大事的人，既顯得孤掌難鳴，也會使故事情節失色不少。於是小說家想到這個投降過來的夏侯霸，便把他改造一番，讓他在蜀國後期擔任重要的角色。

夏侯霸是夏侯淵的第二子，曹丕登位後，封為關內侯；曹芳在位時，官討蜀護軍、右將軍。他對蜀國是有深仇大恨的，因為在定軍山一戰中，他父親被黃忠殺死，他決意報仇，所以常在雍州前綫作戰。

不料事情的發展竟然出人意外，魏國內部，司馬懿父子同曹家王朝爭權奪利的鬥爭，愈演愈烈。司馬懿終於用計殺了曹爽，削弱曹氏的勢力；又因為夏侯氏一族同曹家有密切關係，便又向夏侯家族下手，先將曹爽的表弟夏侯玄從前綫召回，削去兵權（後來便加以殺害）。夏侯霸是夏侯玄的堂叔，同在征西部隊中，見夏侯玄被解去兵權，知道自己也難免毒手，就從前綫逃了出來，投向蜀國。

他的南奔是十分艱險的，只帶了幾名心腹，好不容易才到了陰平小路，因不明地理，陷入荒谷之中，無路可出，糧食已盡，只好殺馬為食，步行尋路，不幸腳又跌傷，睡在石巖之下，看着束手待斃。卻幸他南逃的消息已為蜀國所知，四處派人搜尋，卒於把他找到，接回成都。從此夏侯霸就在蜀國住了下來。

原來張飛的妻子夏侯氏乃是夏侯霸的堂妹。這個夏侯氏十三四歲的時候，在譙縣本鄉居住，有一天到山上打柴，給張飛的軍士捉住，張飛細問情由，知她是良家女子，就娶她為妻。那是建安五年，即《三國演義》第二十四回寫劉、關、張三人兵敗失散，張飛奔往芒碭山的時候。

夏侯氏生了兩個女兒。長女嫁劉禪，建興元年立為皇后，十五年死。劉禪續娶其妹，亦為皇后，因此，夏侯霸同劉後主是有親戚關係的。夏侯霸歸蜀時，劉後主大表歡迎，還特意叫張氏生的兒子出來相見，對他說：「這是你的外甥啊！」從此夏侯霸就在蜀國定居。

但此後夏侯霸的事跡就不見史籍記載了。

《三國演義》作者是善於擺佈人物，安排情節的。夏侯霸也是一例。他入蜀以後，便已寂寂無聞；可是《三國演義》作者卻認為此人大可利用，於是從第一百零七回開始，就把他安排在姜維身邊，成為姜的得力助手。姜維連年同魏國交戰，夏侯霸出謀劃策，親臨前綫，成為出色的一個人物，直至後來同鄧艾交戰，在洮陽城下，為亂箭射死。這些全都是小說家的創造。

為什麼小說家要安排夏侯霸這樣一個結局？也不奇怪。我國古代小說，講究「有頭有尾」，夏侯霸既然煊赫了一陣，他的去向，就不能沒有交代。安排他在洮陽戰死，正是一種交代的手法。

高明的醫生，懂得「牛溲馬勃，敗鼓之皮，兼收並蓄」。高明的小說家也一樣，一些很尋常的材料，經過他的擺弄，就能發出光彩。入蜀後的夏侯霸，也可以說是小說家的「廢物利用」。

司馬懿這個陰謀家

（一）哪裏去找司馬懿

司馬懿是三國時代的重要人物，稍微有點歷史常識的人都知道；可是，那本收在「二十四史」裏的赫赫有名的陳壽的《三國志》，卻沒有替他單獨寫一篇傳記。我們要從《三國志》裏找司馬懿的事跡，就得很費一番功夫，因為有關他的生平事跡，都分散在其他人的傳記裏。如果要把這些材料湊起來，就得在《三國志》的一、二、三、四、八、九、十、十一、十二、十四、十五、十六、十七、二十一、二十二、二十三、二十四、二十五、二十六、二十七、二十八、三十、三十三、三十五、三十六、四十、四十一、四十三、四十四、四十七、四十八、六十四這三十二卷書裏逐一翻查；而且在查的時候，還須知道下面這些名字：仲達、司馬公、西鄉侯、宣王、司馬宣王、宣帝、晉宣帝等等，有的是他的別字，有的是他的封號，有的又是他死後的尊號。像卷一《武帝紀》（曹操）裏，注引《曹瞞傳》有一句說：「建公名防，司馬宣王之父。」這個司馬宣王就是司馬懿。卷二十八裏，注引《世語》有一句說：

「蜀朝問司馬公如何德？」這個司馬公也是司馬懿。

陳壽為什麼不替司馬懿立傳呢？原因就在司馬懿的孫子司馬炎做了晉朝的皇帝，司馬懿已經追尊為宣皇帝。照當時史官的習慣，他既是晉朝開國皇帝的祖父，而陳壽又是晉朝的臣子，把司馬懿放在《三國志》裏獨立成為一篇，是不容許的。

司馬懿的傳記要在《晉書》裏找。《晉書》裏又不叫《司馬懿傳》，而叫《宣帝紀》，放在開卷的第一篇。文中徑直稱他為「帝」。這一來，又出現一些奇怪的句子，例如這樣幾句：「帝流涕問疾，天子執帝手，目齊王曰：以後事相托……」乍看不知道這三個人指的是誰，細細查考，才知道「帝」是指司馬懿，「天子」是指魏明帝曹睿，齊王卻是太子、後來做了十五年皇帝的曹芳。又有兩句：「（曹爽）乃言於天子，徙帝為大司馬。」這個「天子」卻又是曹芳了。

還有一件怪事。讀《三國演義》的人，都知道蜀國有個吳懿，他是劉備續娶的吳皇后的哥哥，後來拜為車騎將軍，封濟陽侯，是蜀國後期赫赫有名的人物。可是，查遍《三國志》都找不着吳懿其人。這人到底跑到哪兒去了？細細一查，原來又是給陳壽改了名字，變成吳壹了。為什麼要改他的名字？原來司馬懿叫懿，他也叫懿，犯了皇帝祖宗的名諱。封建時代，臣下犯皇帝的名諱是不行的，儘管吳懿不是司馬氏的臣下，也不行。於是這位史官大筆一揮，吳懿就變成吳壹了（吳懿的名字，始見於《華陽國志》）。

真是彆扭！但舊時的史官就是按照這套「體例」辦事，我們對它也沒有辦法。

（二）他的手段如何

司馬懿是個陰謀家，他的生平行事，頗有點同曹操相像；但是曹操還有某些可愛之處，司馬懿卻一生玩弄權術。開頭他在曹操手下辦事，曹操就知他不是很安分的人，又聽說他生有異相。這異相叫「狼顧相」，就是身體朝前站着不動，扭轉腦袋，臉孔可以正對背後，像狼一樣。曹操有一回故意試試他，果真如此，這使曹操大為驚訝。又有一回，曹操夢見三匹馬同在一個馬槽裏吃草料，他猜想這三匹馬便是司馬懿和他兩個兒子，心中大為不快，常想借故殺掉這三人。只因曹丕同司馬懿交情甚好，設法保護，曹操終於下不了手。司馬懿於是裝成非常勤懇守法的樣子，把曹操也瞞過了。

等到曹操、曹丕相繼死去，他的陰謀就逐步施展了。曹芳在位時期，他同曹爽共執朝政，逐步樹立黨羽，又把兩個兒子放在重要職位上，自己卻詐稱老病，以麻痹曹爽，然後突然發動一場政變，把曹爽和他的親信一網打盡。從此曹魏王朝的大權，就落在司馬氏父子的手上。這件事的前後經過，《三國演義》描寫得很詳細，可以不必細說。

陰謀家總是非常殘忍的。遼東太守公孫淵作反，他奉命前往征伐，公孫淵要求投降，他加以拒絕；攻陷襄平以後，城中男子年十五以上一律斬首，凡殺七千餘人；公孫淵手下文武官員，一律處死，又殺二千餘人。可見他的殘暴。【一】

對待曹爽的同夥，他同樣不客氣，所有曹爽親信，本人被殺不在話下，還要「夷及三族」，連剛出生的孩子都不肯放過，嫁出去的姑姨姊妹、甥女姪女，也一律斬首。【二】他假惺惺地放了魯芝、楊綜兩個，不外是權謀而已。

歷史上有「三馬同槽」的夢兆，說明司馬氏終於取代曹魏，這固然是迷信的謬說；可是在古人看來，這些預兆卻是非同小可的。司馬懿也是陰險而又迷信的人。據說，在司馬氏得勢時，有一本叫《玄石圖》的緯書，內有「牛繼馬後」的話，司馬懿知道了，認為這是將軍牛金要取代司馬氏的預兆，就立意把牛金殺掉。這牛金原是曹仁的部將，後來官至後將軍，曾隨司馬懿在祁山抗拒諸葛亮大軍。【三】司馬懿也不管牛金是自己的老部下，就叫人特製一個裝酒的榼子，這東西可以裝兩種不同的酒，一按機關，兩種不同的酒就可以分別斟出來。司馬懿於是請牛金來家裏喝酒，自己先飲一杯，再斟一杯給牛金，牛金哪裏知道一個酒榼裏會有兩種酒，毫不遲疑，一飲而盡。原來牛金喝下的是毒酒，回家去就一命嗚呼了。【四】

司馬懿的陰謀權術，在魏國可說是得心應手，不料一旦碰上「天下軍師」諸葛亮，卻又一籌莫展。

（三）他是小說家筆下的小丑

《三國演義》作者是看透這一點的，所以寫司馬懿在魏國是威風十足，所向披靡，一旦到了西綫，就手忙腳亂，完全是個「畏蜀如虎」的腳色。諸葛孔明初出祁山，對手原是曹真和張郃，《三國演義》作者故意換上了司馬懿，讓他在「空城計」中大出其醜，就是一個例子。

《三國演義》第一百零二回寫諸葛孔明造木牛流馬，計中用計，殺得司馬懿大敗虧輸，只得死守不出，文字確實精彩。原來這回書的來歷是出於《三國志平話》，不過羅貫中沒有完全照抄《三國志平話》，其中有一段頗有民間風味的故事，他也加以放棄了。

《三國志平話》這段書說來也有趣。它說，司馬懿看見周倉驅動木牛流馬運輸糧食，心裏驚慌，就命令部將鄧艾引兵三千，奪得木牛流馬數隻，按照模樣，依法製造。不料造好以後，叫人拿木杵打一下，只見木牛流馬走了幾步，便不再動彈，同孔明的打一下走幾百步，

【一】見《晉書·宣帝紀》。

【二】見《晉書·宣帝紀》。

【三】見《三國志·曹仁傳》。

【四】見《晉書·明帝紀》。

根本無法相比。司馬懿束手無策。忽報周倉到營前下戰書，司馬懿放他進來，只見周倉喝得東倒西歪，口說軍師叫我來下戰書，能戰即戰，不戰即降，你是魏國名將，為何閉門不出？司馬懿看他這模樣，忽然心生一計，便喚人取好酒來，請周倉再飲，直把周倉灌得酩酊大醉。司馬懿便說：「周倉，我有萬貫金珠在此，只要你能說出木牛流馬行走的秘訣，一生富貴，享受不盡。」周倉笑道：「軍師有一篇《木牛流馬經》，提杵人只要口裏念經，木牛流馬就能不驅自走。元帥放我回去，我把經文偷了出來，交與元帥，保能一舉成功。」司馬懿大喜，送給周倉三十貫金珠，兩匹好馬，叫他把《木牛流馬經》盜來。周倉去了三日，把一卷書帶到，轉身便走。司馬懿打開一看，大驚失色，卻是孔明一封親筆書信，大意說，自古將材，沒有五個人會造木牛流馬，你是魏國名將，卻要盜我的《木牛流馬經》，豈不為後人所笑？司馬懿知道受騙上當，又氣又怒，當場把信撕了。【一】

這段書，羅貫中認為它荒謬無稽，所以棄而不錄，如今已經沒有很多人知道了。

（四）連他後代也感到羞恥

陰謀家雖然得意於一時，畢竟還是受到歷史的批判。下面又是一段發人深省的故事：

那是西晉滅亡以後，司馬懿的玄孫司馬紹繼位，歷史上稱為明帝。明帝有一回問丞相王導前朝的歷史，王導就把魏晉的舊事陳說一番。明帝聽到司馬昭殺死曹髦的事，登時把臉貼到席子上，羞愧地說：「這樣說來，晉朝的國運怎能會長久呢！」【二】

連他的後代也感到羞恥，假如在舞台上給司馬懿畫個大白臉，該不會是冤枉的。

【一】 周倉，歷史上本無其人。

【二】 見《晉書·宣帝紀》。

司馬昭之心與鍾會、鄧艾之死

司馬懿父子奪取曹家政權，同曹操父子最大不同之點，是司馬氏着重於對內誅鋤異己，而對外還無赫赫的功業可言。他們誅鋤異己，手段也夠慘毒。前面已說過司馬懿誅曹爽的事了，他誅滅了曹爽和曹義、曹訓、何晏、丁謐等八族；跟着嘉平三年又誅殺王凌和楚王彪；正元元年，司馬師再誅滅夏侯玄、李豐等；正元二年又殺毌丘儉；甘露三年司馬昭再殺諸葛誕；景元元年更殺了皇帝曹髦；再過兩年，連嵇康、呂安都殺了。每次殺人，都是夷及家族，死人無算。這樣，曹魏的新興貴族，凡不是投靠司馬氏的，幾乎都一網打盡了。

這當然是有一套深遠秘密計劃的，目的是掃除取代曹魏政權的障礙。

到了景元四年（公元二六三年），司馬昭認為應該對外顯示一下軍威了。雖說目的是樹立威望，也不過希望打一兩場勝仗，便算滿意。誰知蜀國竟滅亡得這樣快，而蜀國滅亡，卻又造成鄧艾、鍾會二人的空前聲望，這和司馬昭的初意就大不一樣了。

一般人都以為鍾會、鄧艾滅蜀以後，自己蓄意造反；或者像《三國演義》說的，是姜維挑動鍾會造反，這是一種表面看法。其實，鍾、鄧之死，恰是司馬昭最後一個大陰謀。

鍾會、鄧艾取漢中

不難設想，司馬昭處心積慮取代曹魏，是最怕別人的功勞凌駕自己的，鍾、鄧一舉滅了蜀國，威名大震，在司馬昭看來，簡直是對自己地位的威脅。鄧艾、鍾會雖說是司馬昭的親信人物，但司馬氏又何嘗不是曹氏的親信呢？何況鄧、鐘二人，一個是在淮河流域樹立了相當威望的鄧艾，一個是參加過司馬氏的機密、深知內情的鍾會，這兩人如果一旦聯結起來對付自己，或者就地起兵反對自己，豈不成了心腹大患！

這是蜀國迅速滅亡以後擺在司馬昭面前的大問題。

司馬昭也是夠陰險毒辣的，他周密計算了一下，知道鐘、鄧二人既有互相勾結的可能，又有彼此敵對互相殘殺的可能。假如向二人一齊發動打擊，他二人一定來個聯合應付；但是這兩個人各自稱功逞能，又可以分化瓦解。於是司馬昭就運用分化瓦解的手段，實行逐個擊破。

司馬昭的第一着是壓抑鍾會而提高鄧艾。他晉升鄧艾為太尉，增邑兩萬戶。而鍾會只是晉為司徒，增邑萬戶。鄧艾自是揚揚得意，鍾會卻惱火而嫉妒了。於是兩人的聯合便沒有可能。

當鍾會憤憤不平的時候，司馬昭第二着又來了。他的心腹衛瓘以監軍的身份隨軍到了西蜀。這個衛瓘實際上是奉命對鍾、鄧二人進行監視的。他在鍾會和鄧艾二人之間，耍了哪些詭計，史書上沒有記載，我們自然不清楚；但是也有蛛絲馬跡可尋。因為鍾會、胡烈等人密告鄧艾企圖作反時，衛瓘就在鍾會軍中；又是他帶了司馬昭的手令去收捕鄧艾的。衛瓘的陰謀，不言可知。

鍾會這人，正因一向詭計多端，他也許猜到了司馬昭的陰謀，故意加以利用；也許是利欲熏心，不暇作長遠考慮，居然倣傚鄧艾的字跡，向朝廷發出措詞傲慢的表報文書，以證實鄧艾的不臣之心；又倣傚司馬昭的字跡，寫了些使鄧艾大起疑心的信件。這一來，鍾會、鄧艾便完全對立。【一】

司馬昭兩步棋都已獲得成功，於是再走第三步，硬指鄧艾企圖造反，下令檻車征艾（把鄧艾囚禁送回京都），先去了一個心腹大患；但又給鍾會一個甜頭，先穩住他，所以又下令鍾會進軍成都，接收鄧艾所部人馬。

鍾會也不是呆鳥，他也要借刀殺人，便叫衛瓘先帶幾十個隨從，奉着詔書，拘捕鄧艾，自己則親率大軍隨後出發。

衛瓘何嘗不知道此行非常危險，卻又沒有辦法，只好硬着頭皮進入成都。幸而鄧艾並非成心造反，他手下的人聽說司馬昭來了手令，也不敢反抗，衛瓘總算順利完成了任務。

鍾會進入成都，擺在他眼前就只有兩條路了：要麼跟隨鄧艾之後，束手就擒；要麼馬上

【一】見《資治通鑑》卷七十八。

起來造反，第三條路是沒有的。他認為，自己手上握有近二十萬大軍，還有蜀國的將領軍士，合起來也是一股龐大力量。自己甘願做「狡兔死，走狗烹」的韓信呢？還是死裏求生，乾脆割據一方呢？

看來，姜維在這個問題上起了決定性作用，鍾會終於走上第二條路了。

然而，陰險狡猾的司馬昭料定鍾會必反。當鍾會進入成都，遠未站穩腳跟的時候，司馬昭已經親率十餘萬大軍，緊緊追躡在鍾會之後了。

他的佈置也夠嚴密。首先命令親信走狗賈充帶萬餘人由長安入斜谷，嚴行監視；自己則挾持皇帝曹奐，以十萬大軍進駐長安；還怕曹魏的宗室舊族乘機在內部起事，又派得力幹將山濤為行軍司馬，坐鎮鄴城。這一佈置，明顯的是下了決心同鍾會周旋到底了。

鍾會本來也有他的如意算盤。他對姜維說：「蜀兵可以作先鋒，進兵斜谷；我親率大軍在後接應，攻佔長安以後，便可分兵兩路，一路由渭水直趨孟津，一路由潼關東下，水陸會師洛陽，天下事就可定了。」

然而事情卻不出司馬昭所料：「夫蜀已破亡，遺民震恐，不足與共圖事；中國（魏國）將士各自思歸，不肯與同（作反）也。」確實如此。所以鍾會才一動作，內部便已先自擾亂，失敗之快，出乎他的意料之外。（此事的經過，《三國志．鍾會傳》及《資治通鑒》卷七十八都有詳細敘述，不再重複。）

或者以為鍾、鄧二人既有功於司馬氏，如果不是成心作反，司馬昭是不會殺他們的，不知道正因二人立了大功，所謂「功高震主」，被殺的機會更大。

鄧艾本是司馬氏的忠順奴才。曾在淮水一帶開渠灌田，積儲軍糧，使軍士屯田，替司馬氏樹立深厚勢力；又在司馬師討伐毌丘儉、文欽時，立下汗馬功勞。鍾會則是司馬氏的智囊團人物，鎮壓毌丘儉、文欽，賴鍾會策劃定計為多；後來殺諸葛誕，殺嵇康、呂安，也有他的密謀。《三國志》說他「從典知密事」，「壽春之破，會謀居多，時人謂之子房（張良）」。其後雖在外司，司馬氏的「時政損益，當世與奪，無不綜典」【一】（意即參與機密）。

既然如此，司馬昭為什麼必須殺他兩個呢？前已說過，一則這二人「功高震主」，司馬昭害怕此後駕馭不住。二則司馬昭的秘密實在給兩人知道得太多了，尤其是鍾會，他長期是智囊團裏的人物，司馬氏如何玩弄陰謀，如何翦除異己，如何處心積慮篡奪政權，鍾會是知道得一清二楚的。這也就構成非殺不可的條件。

試看鍾會被殺之後，和鍾會對立、本人又無明顯反跡的鄧艾，既已束身受囚，為什麼還要殺了？如果說鄧艾之死是衛瓘嗾使田續復仇之故，並非司馬昭要殺他，那麼事後何不治衛瓘擅殺之罪，反而連鄧艾在洛陽的幾個兒子也一併殺了，妻子及孫都發到西域充軍。司馬昭

【一】 見《三國志・鄧艾傳》及《鍾會傳》。

之心，豈不是路人皆見麼！

封建時代的史官都認為鍾、鄧二人真的造反，這實在是不公平的。正如說魏延存心造反一樣，鍾、鄧之死也是三國時代一場冤案。

關索是謎一樣的人物

毛宗崗的《三國演義》第八十七回，寫諸葛孔明南征孟獲，進軍之初，忽然來了一員戰將：

忽有關公第三子關索入軍來見孔明曰：「自荊州失陷，逃難在鮑家莊養病，每要赴川見先帝報仇，瘡痕未合，不能起行。近已安痊，打探得東吳仇人已皆誅戮，徑來西川見帝，恰在途中遇見征南之兵，特來投見。」孔明聞之，嗟訝不已。一面遣人申報朝廷，就令關索為前部先鋒，一同南征。

這個關索來得突然，使人莫名其妙。再查羅貫中的《三國演義》卻是沒有的，顯然是毛宗崗新添進去的了。

毛宗崗為什麼要添上這個人物，倒是值得一談的題目。

三國時代並無關索其人，自然更不會是關羽的兒子。可是到了宋代，這名字卻忽然大行其道起來，而且用這名字的多數是社會下層的好漢。《三朝北盟會編》記載了李寶，善角觝，都人號為小關索；《夢粱錄》記載角觝名手有賽關索；《武林舊事》記載角觝藝人有張關索、賽關索、嚴關索、小關索；甚至有個女摔跤手也叫賽關索；也有「強盜」頭子自稱小關索的。如此看來，宋代社會上一定曾流行過關索其人的故事，這個關索還是摔跤好手，無人能敵的。所以連《水滸傳》裏的楊雄也取個「病關索」的綽號。

還有奇怪的是，貴州省關嶺縣有個關索嶺（在黃果樹附近），至今還有關索的遺跡和傳說。大旅行家徐霞客在《黔遊日記》中寫道：「馬跑泉，乃關索公遺跡也。閣南道右，亦有泉出穴中，是為啞泉，人不得而嘗焉。余勺馬跑，甘冽次於惠（山），而高山得此，故自奇也……由閣南越一亭，又西上者二里，遂陟嶺脊，是為關索嶺。索為關公子，隨蜀丞相諸葛南征，開闢蠻道至此。有廟，肇自國初（指明代初年），而大於王靖遠，至今祀典不廢。」清人陳鼎《黔遊記》又說：「（由黔西）一路至滇，為關索嶺者三，而滇中亦有數處。」那麼關索的大名，竟是傳遍西南了。這個人又是誰呢？可惜史傳竟沒有記載。

王利器先生曾引用明刻本《新鐫京本校正通俗演義按鑒三國志》卷九《關索荊州認父》一節，說關公長子關索「七歲時元宵玩燈，鬧中迷失，索員外拾去，養至九歲，送與班石洞花岳先生，學習武藝，因此兼三姓，取名花關索」。又說關索「先過鮑家莊，遇鮑三娘；後過盧塘寨，遇王桃、王悅，皆與孩子鬥演武藝，比兒不過，完成夫婦」。這段記載，來源甚古，很可能出自宋代的民間傳說。

毛宗崗大抵是知道滇黔一帶有不少關索的傳說，所以在孔明南征中，有意把他安插進來，讓小說更能顯出地方色彩。但又因為是臨時湊合，因此在「七擒孟獲」中，關索便不見得有什麼特殊的表現，而且處處顯出添湊的痕跡。這又可見毛宗崗對於關索的故事也是知之不多，竟無法添枝加葉，來個再創造了。這也可見在創作方面，毛宗崗遠遠比不上羅貫中。

按，一九六七年，江蘇嘉定縣出土了《新編全相說唱足本花關索傳》四集，刻於明成化十四年（公元一四七八年），有人認為此書可能是據元刊本翻印。它的內容，同《三國志平話》有很大差別，全書從劉、關、張在桃園鎮子牙廟結義說起，歷敘興劉寨聚義，落鳳坡大敗曹操，收西川五路城，擒殺陸遜、呂蒙，直到諸葛亮入道修行，最後以關索病卒結束。故事全是民間藝人創造，同正史根本無關。因此，即使羅貫中看過此書，也會認為不值一顧，無所取材。毛宗崗卻沒有見過此書，硬把關索加入，就顯得不倫不類了。

口頭「三國」拾趣

我說有兩部《三國演義》，一部是文字的，一部是口頭的。後一部《三國演義》，已有人收得二百多個故事，變成文字了。不過肯定還有未變成文字，仍在民間口頭流傳的。這部口頭《三國演義》沒有由頭到尾連貫的故事情節，而是以人物為中心的個別小故事，其中有些是憑空結撰，有些卻多少與《三國演義》有關，可以看出民間小說家從不同角度來塑造他心目中的英雄人物。

有趣的是，一向在民間流行的俗語，居然也在此中找出故事來，本文且舉兩例。「三個臭皮匠，頂個諸葛亮」，這俗語人人皆知，來歷如何呢？湖北咸寧縣就流傳這樣的故事：

話說赤壁大戰時，周瑜要孔明造十萬支箭，限三天完成。孔明不慌不忙，叫三個隨從準備二十隻小船，兩邊插上稻草，用青布蒙着，打算三天之後大霧起時，向曹軍借箭。三個隨從依言準備了，忽向孔明稟道：「軍師妙計不凡，可是曹操也不是好騙的，萬一看出破綻，就不會上當。」孔明道：「你們有什麼打算？」三個人回道：「小人是皮匠出身，自有叫曹操上當的辨法，請軍師明日來看。」

次日孔明來到江邊，只見小船上的稻草人都穿上皮衣，戴上皮帽，一個個活像真的武士。孔明大為讚賞，說：「你們三個能頂得上我諸葛亮。」

到借箭那天，草船逼近曹營，曹兵仔細察看，見船上全是頂盔貫甲的兵士，以為吳軍真來劫寨，便拚命放箭。不到一會，十萬支箭都借來了。以後「三個臭皮匠，頂個諸葛亮」這話就流傳開來。

「諸葛亮弔孝——假仁假義」，民間故事是這樣的：話說孔明三氣周瑜以後，周瑜回到柴桑口，想得一計，向外宣稱周瑜突然病死，向荊州發去文書，請孔明來弔孝。孔明來到柴桑，進入靈堂，仔細一看，文武全無悲戚之容，走近棺材，又見蓋上有十幾個眼孔，心中明白。

孔明擺開祭品，燃起香燭，跪下來讀祭文，邊讀邊哭，讀罷，又伏在棺材上放聲大哭，每哭一聲，就把棺材捶一下，如此半個時辰，方才止住。人人都以為孔明一副好心腸。

誰知孔明在祭奠時，暗中把蠟燭捏成一個個丸子，捶棺材時，每捶一下就塞個丸子到眼孔裏，把棺材蓋的眼全塞上了。

原來周瑜正睡在棺材裏詐死，蠟丸塞了眼孔，就在裏面悶死了。這故事在鎮江流傳。

口頭《三國演義》就有許多這種「不經之談」，比羅貫中的《三國演義》另有一番情趣。

假三國之後還有假三國——關於《反三國志演義》

許多人都知道三國的歷史，許多人都讀過《三國演義》，但對於它的結局，劉、孫、曹三家的龐大產業，竟然統統落到那陰險狡猾的司馬懿及其子孫手上，而不久又演變成長達數百年之久的南北分裂，大抵都搖頭嘆息，甚至拍案而起，「太豈有此理！」「天沒有開眼！」都罵出來了。

確實，「戰士軍前半死生，奸徒幕下弄陰謀」。陰謀家不費一兵一卒，從別人的血泊裏居然撈走偌大一個國家。撈走了又保不住，轉眼便是「八王之亂」，轉眼外敵入侵。弄得兵戈遍地，金甌破碎，生靈塗炭，文物蕩盡。可恨可氣可惱可痛，孰過於此！

少年人讀《三國演義》，大抵都有這種局面：開頭時興致勃勃，甚至拍掌讚嘆，跳起來叫好；但是越往下讀，便越覺得不是滋味。關雲長敗走麥城，張翼德遇刺身亡，黃忠老去，馬超病死，繼之猇亭慘敗，白帝托孤，西蜀氣勢，奄奄欲盡。雖有孔明七擒孟獲，六出祁山，種種神奇，畢竟是迴光返照。及至孔明「星落五丈原」，大勢全去，實在索然無味，廢然掩卷，無意再讀下去了。恨不得像唐明皇聽藝人彈琴，幽幽咽咽，老大不是味道，趕緊叫人拿過羯鼓來，猛擊三通，「為我解穢」那樣，要找個地方出氣。這便是在下當年讀這部小說的景況。

原來同我這種想法的，竟也不乏其人。不久，我就發現一部「解穢小說」。它居然是金戈鐵馬，鼓聲震地，大唱翻案之歌，把整部《三國演義》全都翻過來了。

此書名《反三國志》，又名《反三國志演義》，作者名周大荒，湖南人，民國初年軍閥混戰時，曾任譚浩同、曲同豐等的幕僚，後居北京。一九二四年，北京出版《民德報》，他便在報上發表其處女作《反三國志》。直到一九三〇年，全書結集，交由上海卿雲圖書公司出版，此書共六十回。開頭有個「楔子」，叫做「雨夜談心傷今弔古，晴窗走筆遣將調兵」，交代寫這本書的來歷。除作者本人之外，還有評述者曹問雪，標點者謝曼，校訂者陸友白。每回插圖兩幅，後面又有「異史氏」寫的每回評論，說的是翻案目的、翻案苦心以及其巧妙之處、生花之筆等等。

作者自稱要把《三國演義》成案一一加以推翻，即「為一干英雄，代造完成一統時局」，「為馬超、趙雲一時名將抱打不平，令其吐氣」。作者的目的，倒不是非叫劉玄德家族統一天下不可，而是鑒於馬超、趙雲這一群名將，龐統、徐庶這幾個軍師，或生平失意，或功業不成，反而曹氏子孫、司馬父子飛揚跋扈，志得意滿，氣他不過，便實行一翻其案。但這只是理由之一，其實作者周大荒還想顯一顯他本人的「軍事才幹」。他替軍閥當幕僚，自以為

「戎馬書生」，不妨略展胸中所長，料不到那「半畝方塘」，施展不開手腳，無可奈何，於是轉而紙上談兵，借他人酒杯，快自己之意，這又是他寫作本書的一個主要動機。至於尊劉抑曹，在勢不得不如此，卻又並非重要的。

此書不是從《三國演義》的第一回翻起，因為由開頭到第三十六回之前，都還未進入三國歷史，用不着去翻它的案，只有進入第三十六回，徐庶被騙北上，劉備失去一個軍師，此案不可不翻，便從這一回翻起。此後便越翻越奇。劉備方面，集中了孔明、龐統、徐庶三個軍師，更有五虎將各當一面，兵分數路，東征孫吳，北伐曹魏，大小數百戰，終於統一了中原，建立了新朝。離不開衣錦榮歸，大團圓結局那一套。

雖則是着意為三國英雄翻案，作者又特別看中兩個人物，那就是馬超和趙雲。馬超雖則是五虎將，但被曹操殺了一家人，父仇未報，落得個抑鬱而亡，是個悲劇人物。《反三國志》特別同情他，盡情替他出氣。寫他南征北戰，無堅不摧，最後是掘曹操之墓，生炙華歆，報了父仇，然後以王爵的身份，衣錦返回西涼，吐盡了平生的齷齪氣。趙雲也是個「有才無命」的人物，此書便寫他在征吳滅曹中大顯身手，而且還有個武藝出眾的妻子馬雲騄——馬超的妹子，在他身邊。夫妻合作，殺敵致果，真算得上福慧雙修。還有，徐庶是投曹的，就翻了個投曹不成，仍舊輔助劉備，終於成功的案。龐統是早死的，就翻了個逃出落鳳坡之難，也終於建功立業的案。孔明一生謹慎，就寫他的老練穩重，處處鉗制司馬懿，終於殲滅了司馬一家父子。對於劉玄德，只是寥寥寫了幾筆，沒有親臨前綫，躬冒矢石，而且在洛陽病死了。倒是他的孫子劉諶，繼了帝位，而劉阿斗卻是遇刺身亡的。此書寫曹氏一家，也各有褒貶。曹操自立稱帝，不再是「周文王」。曹丕為人可惡，於是寫他兵敗投奔遼東，被迫自殺。曹植值得同情，他最後同曹彰逃到北方，留下曹氏一脈。孫吳方面，周瑜全是正面人物，並無氣殺之事。魯肅依然穩重，毫不糊塗。呂蒙奸詐，讓他的陰謀一再落空。徐盛忠直，就寫他慷慨戰死。凡此種種，作者在翻案時，自稱斟酌分寸，愛憎分明。

還有些章節，是翻得使人痛快的。如魏延當然是正面人物，卻特筆寫他偷渡子午谷成功，襲取長安，大大揚眉吐氣。呂蒙原來「白衣渡江」，詭計得逞，此書卻說他的陰謀為趙雲識破，無計奪取荊州，終於兵敗身亡。劉禪這個「阿斗」，昏庸無用，此書就寫他遇刺身亡，讓他的兒子劉諶繼位。「將軍向寵」，在諸葛亮《出師表》中特筆提到，而《三國演義》隻字不提，此書也給向寵寫了幾節文字，使讀者略知其人。

不過，翻案痛快是一回事。作者的藝術才華又是另一回事。由於作者忙於佈置紙上的軍事行動，整天趴在地圖上進行指揮，就抽不出時間來寫其他有趣的事；加上欠缺藝術才華，像「赤壁之戰」那樣曲折有趣的筆墨，他便寫不出來。連「七擒孟獲」也只不過草草寫了半回，枯燥無味得很。應該鋪敘的沒有鋪敘，應該細描的沒有細描，總覺得情節是匆匆而來，草草而過，藝術感染力便為之大減。所以從藝術性來說，它是遠遜於《三國演義》的。它之所以很快被人忘卻，主要原因便在這裏。由此可見，作為一部小說，徒快人意是不行的，只有情節而缺乏藝術描寫，儘管寫得多麼熱鬧，也是不行的。《反三國志》看來是極少有再版重印的機會了；但要談三國故事，卻還不應遺漏了它；而因為它是「假三國」之後又一部假三國，尚算有文獻價值，仍然值得大書一筆的。

談《反三國志》之「反」

《反三國志》全書共六十回，開頭有個「楔子」，叫「雨夜談心傷今弔古，晴窗走筆遣將調兵」，是交代寫這本書的來歷和創作過程的。每回有插圖兩幅（可惜畫得不高明），後面都有「異史氏」寫的一段評論，解釋每一回翻案的目的、翻案的苦心或翻案的巧妙之處。

它從《三國演義》第三十六回翻起。據說因為三國歷史是從劉備得孔明輔助才開始的，而孔明能輔助劉備，又是從徐庶走馬薦諸葛開始。所以此書就從《三國演義》第三十六回《元直走馬薦諸葛》翻起。寫的是程昱詐作徐母手書，召徐庶回許昌，徐庶辭了劉備，匆匆北上。半路上來到司馬德操莊院，司馬先生看了徐母書信，便知有詐，留住徐庶。原來關雲長已請得諸葛孔明出山，孔明知徐庶中計，急令趙雲扮作軍士，潛入許昌，將徐母保護出城，於是母子團聚。

第二回寫張飛請來了龐統，拜為軍師；又有長沙老將黃忠，聽說孔明求將，自願出山，途中遇見落草為寇的魏延，把他收服，一同投效劉備。再寫劉表病重，死前把荊州讓予劉備，於是劉備坐領荊州牧。附帶又寫孫權攻取江夏，殺了黃祖，報了父仇。

第三回寫周瑜獻計，派人到許昌誘說曹操進佔荊州，挑起曹劉之爭；曹操將計就計，命曹洪大張旗鼓，揚言進攻襄陽，卻暗裏親率大軍，偷襲合肥。

跟着寫曹丕激反了張繡，張繡私帶人馬，投降東吳，把曹操詭計，和盤托出。合肥前綫，呂蒙等大破張遼、李典，殺了樂進，先勝一陣。

第五回說周瑜和曹操在合肥會戰。周瑜水陸兩路，擊敗曹兵。于禁被擒，雙耳割去，才得釋放；張繡助吳兵一陣，立了大功。曹操被迫退軍。

下一回寫西川張松，私下帶了地圖，準備向曹操出賣，不料為張魯所知，派人追到江陵，暗殺張松，取了地圖。恰巧趙雲在江上巡查，搜出地圖，獻予劉備。於是定出攻取益州之計。跟着說曹操派張郃、夏侯淵進軍漢中，殺了張魯、楊松等人，佔據漢中。

下回又說曹操計賺馬騰到許昌，把他殺害；再令曹洪、文聘帶兵到扶風追殲馬岱，馬岱殺敗追兵，退到天水。

此回還寫劉備新喪甘、糜二夫人。孫權害怕曹操，周瑜主張孫、劉聯親，將孫權妹妹嫁予劉備，兩家和好。

第八回寫曹軍再犯合肥，太史慈出戰，中箭身死。另說西涼方面，馬超盡起人馬報仇。馬超妹子馬雲騄，武藝出眾，一同出發，立時攻佔長安；馬岱與姜維又將文聘殺敗，乘勝佔領潼關。曹兵退入漢中，與夏侯淵會合。

又寫曹操親率精銳，反攻長安。在陣前，馬超殺死曹操愛子倉舒（曹沖，字倉舒；龐德與許褚鬥刀，鬥了三日，不分勝負，許褚詐敗，龐德趕去，被埋伏的弓弩手亂箭射死。潼關又被曹兵偷襲，馬超兵敗，退到寶雞、天水，方才停住。

隨後是劉備進軍西川，趙雲、黃忠從中路進攻涪關，殺了楊懷、高沛，再與嚴顏、張任在巴州大戰。張任驍勇，同趙雲殺個平手，孔明用計，亂箭射死張任；嚴顏勢窮力竭，只好投降。

下回即說劉備軍隊圍困成都，劉璋命吳懿到川北徵兵，不料馬超接到劉備邀請書信，已領兵來到綿竹，李嚴出戰，失手被擒，只得獻出城池。馬雲騄又生擒了劉璝，恰與趙雲陣前相遇，劉璋至此只好出城投降。劉備得了益州，大封諸將，又撮合趙雲與馬雲騄成為夫婦。

以上十回，便翻《三國演義》三十回書的案。其中三顧草廬不見了，真太可惜；赤壁之戰沒有了，便毫不熱鬧；三氣周瑜也沒有了，潼關之戰寫得草率，劉備入益州也不過如此。可見翻案文章真不好寫。

第十一回說曹操怒罵漢獻帝，氣得管寧蹈海而死。伏皇后設計，把傳國玉璽通過伏完暗中攜出許昌，送予劉備。又說東吳周瑜，得病身亡。吳國太過分傷心，因此病重，引出孫夫人歸寧探母。

後面寫曹操知道玉璽出了許昌，大怒之下，殺了伏完全家；又在銅雀台大會群臣，商議廢帝自立，曹植出班勸諫。又有劉曄獻計，仍用漢天子名義，封孫權為吳王，使人暗示說劉備正覬覦帝位，以此激怒孫權。孫權果然中計，便命呂蒙準備進攻荊州。孫夫人知孫、劉關係破裂，自己又被拘留，一氣之下，投身長江，義烈身亡。關羽在荊州得悉此事，立即宣佈與東吳絕交。

第十五回寫曹操自己稱帝，廢獻帝為山陽公。華歆又命人將獻帝、伏后刺死於山陽。曹植因不滿父親篡位，突然潛逃，不知去向。

下面又說劉備縞素發喪，命孔明出師討曹。孔明點兵遣將，派黃忠進攻夏侯淵，馬超進攻張郃。馬超與李嚴設計，誘降了孟達，奪了陽平關。黃忠又在定軍山斬了夏侯淵，乘勝取了南鄭。

然後又說孔明派遣魏延，從子午谷小路，偷襲關中。魏延帶領三千人馬，先奪了鄠縣，再賺開長安城門，一舉佔領長安。孔明又命黃忠乘勢奪取潼關。馬超方面連敗張郃、鍾會、鄧艾，肅清隴西一帶。

第十八回寫曹操親率大軍，企圖奪回長安。孔明命魏延防守黃河，調李嚴、王平、姜維、馬岱到潼關助馬超迎敵。姜維設計，先敗了曹操一陣，再戰又勝。

再寫孔明派馬岱回西涼徵集善戰人馬。又派姜維協助魏延，魏延恃勇，乘夜偷渡黃河，佔領河東數縣。孔明即派馬超北上，乘機奪取上黨，魏延再奪取榆次（今山西南部），兩支軍隊擴大戰果，迅即平定了并州。

第二十回是賈詡獻計，親到東吳，勸說孫權相機進取荊州。孫權早有此心，即命呂蒙掛帥。呂蒙暗派軍士假扮客商，偷襲巴陵郡（今岳陽）。徐庶早已料及此着，即啟雲長，派趙雲夫婦防江。趙雲嚴密搜查，發現假裝吳兵，一舉加以消滅，呂蒙援軍也狼狽敗退。此回又帶出龐統巡城，認識牙門小將向寵，薦到張飛麾下的情節。

這十回主要是寫曹操親自篡位，劉備初起義兵，爭奪關中、隴右、山西一帶，也就是魏國的西部地區。自此孔明不須「六出祁山」，姜維更無「九伐中原」，而魏延的偷渡子午谷奇計，順利實現，翻案可說是乾淨利落。末後寫趙雲挫敗呂蒙「白衣渡江」的陰謀，也大快人心。可惜文字一瀉直下，絕無含蓄迴旋、令人咀嚼之處，情節亦缺乏波瀾起伏的奇觀，這便使翻案文章為之黯然失色了。

第二十二回寫劉備決定北伐大計，令雲長進兵北上。雲長派張飛進攻方城，龐統設計，襲取方城。曹洪退守葉縣，伊陽、舞陽也落入漢軍手中（均在今河南省）。此時又有黃承彥之子黃武，崔州平之子崔頎，龐德公兩孫龐豫、龐豐前來投軍，歸到張飛麾下。

下回寫曹操從晉陽退回許昌，拜司馬懿為都督，到前綫抵禦關羽。馬岱在武威招得精兵三萬餘人，回到長安，孔明命馬超領騎兵八千，赴襄陽協助防守。正值張郃前來偷襲，馬超殺敗張郃，再移兵武關，與馬岱攻取盧氏，又佔領宜陽（均在河南省西部）。

下回又說呂蒙要襲荊州，未曾得手，反被趙雲奇兵奪了江夏；向寵守住巴陵，與吳軍血戰，不分勝負。趙雲趕到，殺敗呂蒙；甘寧在潛江，亦為劉封、馬雲騄所阻。

第廿五回寫劉玄德進位漢中王；孔明定策，以魏延為左翼主將，馬超為右翼主將，進攻洛陽；自領大軍從潼關出師。另方面，關雲長亦三路出兵，關興攻登封，黃忠攻郟鄏，張飛攻葉縣，威脅許昌（以上數地均在河南省）。

下回便寫黃忠與徐晃在閿鄉大戰，黃忠攻破城池，徐晃退回函谷。魏延再強渡黃河，佔據邙山，威脅洛陽。

下回又寫諸葛瞻冒險奪取龍門，收降了文欽、文鴦父子。司馬昭用計，藏兵於少室山中，再同司馬師、鍾會合計，把漢軍殺敗。

第廿八回是張遼與曹仁起兵反攻方城，張飛抵敵不住，關雲長立即提兵來救，張遼迎戰不勝，火速退軍。另方面，曹洪追趕關興、張苞，反被文鴦、馬超偷襲了郟鄏，只得退到禹縣。這幾回都是寫魏蜀兩軍在河南省的攻守戰。

下回寫劉玄德離開成都，親自坐鎮荊州。不料劉表舊將蔡瑁、張允私通東吳，出賣了沔陽，又約蔡中、蔡和兄弟暗中起事，被趙雲發覺，殺了二蔡。徐盛得了沔陽，進攻荊州，被向寵擋住，馬雲騄提兵來救，在江上擒了蔡瑁、張允，立即處死，徐盛只好退出沔陽。

再寫趙雲乘勢進攻仙桃鎮（今湖北沔陽縣）與徐盛血戰，斬了潘璋、陳武；另有徐庶、關興又攻佔皂角市，呂蒙棄了夏口（今漢口）向南撤退。

第三十一回又說許褚守澠池，魏延率大軍圍攻，得姜維用計，亂箭射死許褚，奪了澠池。徐晃也棄了函谷關向東撤退。此時馬超又得了登封城（均在河南省）。

接寫馬超進攻偃師，與曹彰大戰，未分勝負。馬超遠襲密縣，反被張遼擊敗。孔明命黃忠進攻，殺敗張郃，直抵司馬懿鎮守的新安。

接寫孔明定計，夜襲敵營，射殺滿寵，斬了牽招。馬超方面，由諸葛瞻出馬，到叔父諸葛誕營中勸降，諸葛誕願意歸順。馬超乘機襲破魏兵三屯，阻斷洛陽交通。

下回又寫曹操在許昌會議，佈置計策，準備向漢軍反攻。又命陳群勸孫權進兵，夾擊夏口，窺取襄陽。東吳徐盛提出五路出兵之計。其中蒼梧太守士燮由蒼梧北上，襲擊零陵郡，劉璋在零陵投降。

另有番禺太守虞翻也奉孫權之命出兵，派其四子北犯桂陽，馬謖伏兵山中，迫使敵人不戰自退。又說蔣琬反攻桂陽，士燮戰敗，棄城而走，到了九嶷山，被追兵圍住，自刎而亡。

第三十六回是說東吳呂範煽動孟獲作反，孟獲領兵殺向越嶲，太守呂凱據城堅守。劉禪在成都聞報，與法正商議對策，法正舉薦孔明夫人，以奇門遁甲之術退敵。黃夫人即與媳婦錦城公主乘紙製飛鳶到了越嶲，令士兵扮作神鬼，嚇退蠻兵；孟獲逃到三連海，踏中陷坑被擒，黃夫人告誡後釋放，自此孟獲永不再犯。

呂蒙聽說南方三路兵敗，自己又無法取勝，逼得撤兵。趙雲轉軍向北襲擊汝南，得了汝南，又分兵攻佔上蔡、郾陵、舞陽、沈丘，進逼臨潁（均在今河南省），威脅許昌。雲長恐趙雲孤軍有失，親自進駐舞陽。另方面，馬超偷襲孟津驛，盡燒魏兵糧倉。

下回寫孔明視察新安形勢，密召礦工開掘隧道，直到新安城下，再用火藥二十萬斤填入，一霎時轟倒新安城牆數十丈，司馬師陣亡，漢軍湧入，司馬懿雖有張郃、徐晃、李典等名將，不能抵敵，大敗逃奔，退到洛陽，掘塹死守。

第三十九回寫孔明與司馬懿在洛陽、偃師之間展開一場惡戰，一方有馬超、黃忠、李嚴、諸葛誕、諸葛瞻，一方有徐晃、張郃、鄧艾、鍾會，十天之間，大戰三場，未分勝負。孔明令馬超率軍奪取孟津，切斷魏兵糧路，逼得司馬懿放棄洛陽，退守偃師。

接下去是馬超轉向南綫，迎擊來犯汝南的于禁，一戰而勝，于禁領敗兵投向東吳。東吳方面，因曹真讓出合肥，徐盛北向進攻新蔡（在河南省）。趙雲夫婦血戰數日，馬超來援，陣上擒了徐盛，斬了曹真。自此東吳無力進取。

此時張遼堅守葉縣，抵禦張飛、關羽兩軍；馬超則深入腹地，逼近許昌。曹操病危，遺命曹丕退據幽州，聯結鮮卑，以圖死守。曹彰仍留許昌。

第四十二回是劉備移駐南陽，趙雲決汝、潁二河之水，灌入臨潁，迫使魏將棄城逃走。襄陵的徐晃，四面被圍，突圍時被馬超兄弟截住，力戰而亡。

此時李典又敗於趙雲；曹彰見許昌難守，決定放棄，退到黃河北岸。趙雲入城，華歆迎降。馬超來到，設靈位祭祀馬騰，當場生炙了華歆，並率軍士把曹操七十二疑冢盡行發掘。

以上二十二回，盡是攻勝戰取之事，不甚熟悉地理的讀者，怕要看得頭昏眼花了。不過，除了孟獲、士燮兩役外，作戰地區都在今河南、湖北兩省。作者為要顯耀自己遣兵調將的才能，所以除作戰而外，竟再沒有什麼可談的事，此書之不耐久看，道理也在於此。

第四十四回是司馬懿知大勢已去，急令曹彰、曹洪、曹仁、文聘退到河北，只有張遼立意死守葉縣，結果張遼戰死，劉備盡收河南之地。

接下是久駐上黨的王平，進兵安陽，迅即克服，直殺到河北的獲嘉。馬超渡河支援，張郃向原武逃走。還有曹彰與東吳聯合，呂蒙領兵來到山東。孔明命趙雲渡河進擊，自己親自進攻司馬懿。司馬懿無法抵敵，退守延津。

第四十六回寫趙雲進兵封丘（在今河南北部），與曹洪血戰，司馬懿來救，大敗趙雲，魏軍亦折了曹爽、曹惠、司馬昭，傷了張郃。又說馬超一軍，在河北收了邯鄲，攻佔邢台，與曹彰血戰幾場，曹彰無法抵敵，退入柳城，依靠鮮卑，暫時立足。魏延與王平合兵，進攻幽州，曹丕退入遼東；程昱被擒，自刎而亡。

又說曹熊退守漁陽（今北京附近），王平領軍殺到，曹熊自殺。曹丕、曹休到了遼東，公孫淵懼怕漢軍，暗圖襲殺，曹丕知道，飲鴆先死，曹休被殺，漢軍又得了遼東。趙雲再度進攻封丘，殺了毌丘儉。司馬懿在延津死戰，打敗黃忠。

第四十八回是劉禪在江陵遇刺身死，劉備冊立劉諶為王孫。呂蒙渡河進攻封丘，甘寧去救司馬懿，漢軍抵擋不住，於是魏、吳合兵在範縣（在今山東西部）堅守。

以下續說漢、魏、吳三國在濮陽（在今河北省南）大戰，韓當被張飛刺傷身死；趙雲又攻佔合肥，孫韶兵敗自殺。

第五十回是呂蒙戰死於濮陽城，蔣欽、孫峻陣上被殺。司馬懿死守東阿，孔明再施地雷計，司馬懿、張郃、曹仁、曹洪盡皆炸死，文聘被張苞所殺。黃忠又圍攻館陶（以上二地均在山東省），生擒于禁，鄧艾陣亡，鍾會自刎，魏軍全部覆沒。

續寫孔明病重，在歷城（今濟南）逝世；徐庶指揮馬超、姜維等將，掃平江北。甘寧戰敗，在射陽河邊落水而死，丁奉也在淮陰陣亡。於是東吳大將只剩陸遜等三兩人。孫權又急又氣，發病身死。

以後的事，不必細說，無非是數路漢軍，齊向江南進發，一路上戰勝攻取，掃蕩東南，平定交州、廣州，成功了一統天下的局面。

最後寫到劉備得病，崩於洛陽，王孫劉諶繼位，成為中興之主。曹彰退出塞外，自立為王，在冰天中忽與曹植相見。然後新主大封功臣，諸葛亮追封琅琊王，關羽封武安王，張飛封武定王，馬超封武威王，趙雲封武成王，黃忠封武平王，其餘文武，各有封賞。一部《反三國志》，就這樣翻案完畢。

此書自然寫得大快人心，因為好人有好報，惡人有惡報，都得到應有下場，同《蕩寇志》正好相反，所以讀來絕不氣悶。不過，寫行軍打仗太多，又缺乏生花之筆，總覺難以耐人尋味。藝術性太差，是此書的致命弱點。

替孔明「補天」的反三國戲

替三國歷史翻案，最早的應推乾隆年間浙江錢塘人夏綸撰的戲曲《南陽樂》。《南陽樂》是以諸葛孔明為主角的南戲，共三十二折。翻案是由孔明六出祁山開始，寫孔明攻魏，司馬懿率軍抵敵，相持於五丈原。

孔明因軍務過勞，得了重病，嘔血不止。司馬懿得知，命其子司馬師偷襲蜀軍，又命司馬昭赴吳，約孫權夾擊蜀國。孔明病中用計，斬了司馬師，又命大將李嚴協助皇孫劉諶鎮守白帝城。孔明素精禳星之術，於是築壇向天求壽。至第七日，天帝感其忠誠，命天醫華佗下界，以仙丹投入藥劑中，孔明遂霍然而癒，將星亦冉冉復明。

司馬懿探知孔明病癒，大為驚恐，便又暗遣司馬昭入四川，通過奸臣黃皓向後主進讒，召回前綫蜀軍，被孔明識破奸謀。黃皓又生一計，趁後主祭先主廟之機，派遣刺客，企圖刺殺後主，刺客當場擒獲，卻又血口噴人，硬說是由北地王劉諶派遣的。後主大怒，下詔將北地王賜死，幸得蔣琬、費褘諫阻。後主於是詢問孔明，孔明再次識破奸謀，北地王得以安然無事。

接着又寫孔明在祁山被阻，於是授魏延一萬精兵，使其偷渡子午谷；又命馬岱率兵三萬為前鋒，從斜谷北上進攻。司馬昭迎戰魏延，兵敗被殺；司馬懿急迎斜谷北上之蜀軍，在長安城外展開大戰。結果，司馬懿大敗被擒。蜀國兩軍相合，直逼洛陽。曹丕聞蜀軍大至，與華歆落荒而走，到半路上，蜀軍追及，曹丕被擒，華歆被殺，於是魏國滅亡。

此處還有孔明命魏延發掘曹操七十二疑冢的事。魏延也果真把曹操的屍首找出來加以戮辱了。真可謂「一筆不漏」。

下面便寫孫權命陸遜率軍，由長江向四川進攻，一時聲勢洶洶。蜀將李嚴與北地王正在扼守白帝城，聞訊之下，立即迎戰，兩軍在長江中游水陸肉搏，未分勝負，卻有關雲長之魂，率領陰兵前來助陣，吳軍大敗，陸遜被迫自刎而死。以後蜀軍長驅直入，無人可擋，一直逼近吳都，孫權見大勢已去，只好開城投降。

《南陽樂》演到魏、吳滅亡，本來可以結束了，但作者還要為劇中人物安排後事，以完成「南陽」之「樂」。於是就拖了一條不長不短的尾巴。

尾巴之一是，審得曹丕篡漢自立，罪大惡極，理應處以極刑，懸首示眾。

之二是，審得司馬懿抗拒官軍，頑固不悛，理應斬首，以儆效尤。

之三是，審得孫權割據自立，偷襲荊州，致使關羽敗亡，先主亦因忿兵而敗，本應處以極刑，但念其妹乃先帝之遺孀，有此葭莩之親，姑且免其一死，判處永遠監禁。

之四是，查得孫夫人被騙大歸之後，在東吳為先帝守節，日夜悼念，孝服不離，情實可憫，理應迎歸成都，晉封尊號，以示崇仰。

之五是，孔明見大功告成，遂祭先帝之廟返回南陽隱居，以樂天年。後主挽留不住，親身遠送，隆重餞別。孔明遂實現其高臥南陽之樂。

最後一條尾巴是，後主劉禪以北地王劉諶年少有為，足為令主，於是禪位於北地王，自己退居太上皇之位。新帝登基，大赦天下。

真是一切完滿。

夏綸大翻三國之案，自然是有歷史背景的。因為清人入關後，對關羽十分尊崇，視為最敬之神，連帶着也就更加「尊蜀抑魏」；而且諸葛孔明之孤忠，亦更受到崇仰；然而孔明嘔血，蜀國滅亡，畢竟是一大恨事。為了彌補此恨，於是他便奮身而起，借戲曲的形式，為三國歷史作一大翻案。

《南陽樂》寫出後，大受擁蜀派的歡迎，雖上演情況如何不得而知，劇評家卻幾乎一致叫好，認為翻得痛快。其中徐元夢、梁廷楠更摘出劇中的十六事，如擒曹丕，殺司馬懿，掘曹操墓等等，尤稱快筆云云。這也可見有清一代的社會風氣了。

但此劇是由五丈原禳星翻起，五虎將尚未翻身，有人還認為不夠過癮，所以到了民國初年，周大荒就索性來個更徹底的翻案，於是便有《反三國志演義》出現。使西蜀五虎將一個個戰無不勝，攻無不克，大為揚眉吐氣。這段「翻身史」終於告一段落。

然而細想起來，此中又似乎有阿Q精神的影子在，這兩位作者，是不是把阿Q精神也帶到古人身上呢？且讓讀者自己思索吧。

《三國演義》須應附上地圖

《三國演義》成書後，印數之多，應居古典小說中的首位。但有一事卻很奇怪，向來只看到種種不同的繡像本。人物形象，每回插圖，往往不同，卻看不到附有地圖的。筆者所見，50年代內地重印的一種，附有簡單的三國區域圖，算是差強人意，但仍覺得不夠詳細。

這本以歷史戰爭為題材的小說，從黃巾起義，直到西晉滅吳，差不多一百年，絕大部分是講打仗的事，軍事行動遍及半個中國，地方軍閥割據地區，犬牙交錯，形勢非常複雜。如果不附地圖，便像看「三國戲」那樣，只見台上人物殺來殺去，到底他們在天之南還是地之北，一概不知，那結果只是一片糊塗而已。

小孩子讀《三國演義》，無非取其情節熱鬧，故事新奇，這自然可以原諒，若是大人了，還停留在這個水平，便未免太沒出息。

為了讓更多的人多知道些中國地理，我以為從小說入手，乃是比較順勢而又輕而易舉的辦法，恰巧中國就有這本《三國演義》，更是極有利的條件。

《三國演義》不止是一本很好的歷史小說，還可以說是一本極難得的「地理小說」。這

「地理小說」雖是筆者的杜撰，卻頗適合於它的身份，因為若說牽涉地理名目之多，沒有其他小說可以和它相比。我們正好利用這本小說來普及中國地理知識。

但是只附一張「三國分立圖」顯然是不夠的，必須附上二三十幅區域大小不一的地圖，分插在適當的回目之後。如赤壁之戰就附「赤壁形勢圖」，漢中之戰就附「漢中形勢圖」，南征孟獲就附「諸葛南征圖」，官渡之戰就附「袁曹形勢圖」，如此等等。還須兩色套印，把古今地名、區劃不同分別標示出來，讓讀者知古而又知今。

一般人若不是眼前需要，都怕看那些乾巴巴的地圖，但《三國演義》的地圖則是活的，充滿趣味的。用它來普及地理知識，一定能事半而功倍。

我說《三國演義》的地圖是活的，並非指這些地圖繪法與別不同（當然，假如有地圖繪製家能使地圖更「活」起來，如在地圖上加繪些人物之類，也是一法），我的意思是說，一般人看地圖，多是為了尋找他要去的地方，平時不會平白無故地找地圖看的，但《三國演義》的地圖，則是緊緊結合着故事情節，故事發展到哪裏，地圖也出現在哪裏，這樣，地圖就彷彿藏着故事似的。比如，繪着赤壁之戰的地圖，北面是新野、樊城、襄陽，南面是長坂、當陽、江陵，向東是夏口、樊口、赤壁、烏林。就是這樣一幅地圖，讀者結合着故事，便分明似見火燒新野、單騎救主、喝斷長坂橋乃至火燒赤壁、敗走華容道等等生動的人物活動着，死地圖立即變成活地圖了。

古人讀書，本有「左圖右史」之說。因為單看文字，有些歷史事件是不大清楚的，必須附圖。這圖既包括繪畫，也包括地圖。不過舊時印刷條件困難，有些書籍本有附圖的，也被刪去，實在可惜。如今印刷技術日趨先進，這些原有的圖便應恢復，沒有的圖也應補繪才是了。

不過《三國演義》的地名，有真的，也有假的，有可考的，亦有不可考的，因為它到底不同於正式歷史，其中夾雜着小說家的杜撰。所以製圖時也應心中有數。

舉兩個例子來說：

關雲長「過五關斬六將」這五關，便有真有假，而且關雲長走的路綫也不對。《三國演義》說的五關，第一關是東嶺關，這關在許昌就查不到。第二關到了洛陽，這本不是由許昌到河北必經之路。第三關是沂水關，沂水在今山東省，更不是關雲長應走的路。第四關是滎陽，又回到河南省來了。第五關叫滑州，滑州乃是隋代才出現的地名，三國時代還沒有。從這五關的名字，便可知道全是小說家的隨意牽扯，類似的不止這一事，如用地圖表示，就會看出它的破綻。

又如孔明南征孟獲，有些地名如瀘水、永昌等是實有的，有些地名如禿龍洞、銀坑洞、八納洞之類，卻是隨手牽來，無從查考，所以也須分別處理。

即使如此，《三國演義》到底不失為普及地理知識的一部有用的書，通過它來發揮作用，對於減少「地理盲」是頗有好處的。